Raureifträume auf Rügen

Zeit für Meer, Buch 1

BIRGIT GRUBER

Verlag:
Zeilenfluss Verlagsgesellschaft mbH
Werinherstr. 3
81541 München

Texte: Birgit Gruber
Cover: Zeilenfluss
Satz: Zeilenfluss
Korrektorat:
Dr. Andreas Fischer, Nadine Löhle – Goldfeder Texte

ISBN: 978-3-96714-482-6

BIRGIT GRUBER

Raureifträume auf Rügen

1

»Hey!«

»Hallo!«

»Wie schön, dich zu sehen.«

Scarlett, Liv und Tammy erhoben sich und begrüßten Izzy überschwänglich. Die vier Frauen umarmten sich herzlich und hauchten sich Küsschen zu. Als die Zeremonie beendet war, sanken sie wieder auf ihre Stühle, die zum Tisch eines der schönsten Cafés Bambergs gehörten. Es lag nahe dem alten Rathaus, und man konnte das Wasser der Regnitz rauschen hören, deren linker Arm das historische Gebäude umschlang. Obwohl es bereits Ende Oktober war, schien die Sonne, und die Temperaturen waren angenehm genug, um noch draußen sitzen zu können.

»Sorry, Mädels, dass ich zu spät bin«, entschuldigte sich Izzy, nahm den noch freien Platz ein und zupfte ihren beigen Mantel zurecht, der wie maßgeschneidert auf ihrem schmalen Körper saß.

»Die Berühmten unter uns brauchen eben ihren Auftritt«, meinte Liv und grinste sie an.

»Ich? Bin doch nicht berühmt. Schön wär's.«

»Immerhin lebst du seit Jahren in Berlin und arbeitest an deiner Karriere«, erinnerte Tammy.

»Na, das hat sich ja bald erledigt. Nächstes Jahr werde ich dreißig! Als Model startest du da nicht mehr durch. Wenn du es bis dahin nicht geschafft hast …«, brummte sie und schob ihre modisch rote Shoppertasche unter den Tisch. »Da hast du es als Künstlerin viel einfacher. Dir bleibt ein ganzes Leben lang Zeit, um den Zenit deines Erfolgs zu feiern.«

Tammy hob die Brauen. »Ich würde meine Malerei eher als Hobby bezeichnen. Von dem Verkauf meiner Bilder kann ich mein Auskommen nicht bestreiten, geschweige denn von einem großen Durchbruch und Erfolg reden. Du hingegen verdienst deinen Lebensunterhalt als Unterwäschemodel. Das ist doch toll.«

Die zwei Frauen schauten einander an. Zufrieden wirkten sie beide nicht.

»Das finde ich auch. Von wem ist denn die Tasche? *Louis Vuitton*, *Gucci* oder *Dior*? Ist die nicht zu teuer, um sie einfach auf den Boden zu stellen?«, fragte Liv indes interessiert.

»Das passt schon«, meinte Izzy nur und rückte ihre Sonnenbrille zurecht. Ihr langes schwarzes Haar fiel ihr schimmernd über die Schultern.

Die Kellnerin unterbrach das Geplänkel und servierte vier Cappuccini.

»Wir haben für dich mitbestellt.« Scarlett zwinkerte Izzy zu. Auch wenn sie sich inzwischen nur noch sporadisch sahen, war ihnen die Vorliebe für die italienische Kaffeekreation doch weiterhin gemein. Zumindest ging Scarlett davon aus, denn Izzy traf sie ebenso selten wie Tammy neuerdings.

Während Izzy schon vor Langem ihren Wohnsitz in die Bundeshauptstadt verlegt hatte, weil dort die Fotografen mit ihren Ateliers ansässig waren, die für die Modemagazine und Versandhäuser arbeiteten, war Tammy erst kürzlich weggezogen.

Liv und sie hingegen waren in ihrer Heimatstadt Bamberg geblieben. Dort, wo sie sich einst kennengelernt hatten, als Jugendliche bei der DLRG. Obwohl sie in unterschiedliche Schulen gegangen und nur ungefähr gleich alt waren, hatten sie sich sofort blendend verstanden und waren schnell beste Freundinnen geworden. Die Freundschaft hielt bis heute, auch wenn sie unterschiedliche Wege eingeschlagen hatten.

So betrieb Tammy – einunddreißig, rotbrauner Wuschelkopf und Sommersprossen – seit geraumer Zeit zusammen mit ihrem Freund Tobias ein kleines Lokal in Erfurt. Was Scarlett ehrlich überrascht hatte, da ihre Freundin vorher nie den Wunsch, ins Gastgewerbe einzusteigen, geäußert hatte.

Izzy hingegen hatte schon mit sechzehn mit dem Modeln begonnen und ihr Ziel akribisch weiterverfolgt. Ehrgeizig, wie sie war, hatte sie es mit knapp neunzehn geschafft, von einer Agentur unter Vertrag genommen zu werden. Mit ihren neununddzwanzig Jahren war sie das Küken in der Gruppe.

Liv dagegen – braunes Haare im Pixieschnitt – war mit vierunddreißig die Älteste des Gespanns. Sie war als Einzige von ihnen bereits verheiratet und arbeitete als Rechtsanwaltsfachangestellte.

Scarlett, sie selbst, war letzten Monat dreiunddreißig geworden und blond, nicht schwarzbraun, wie jeder beim Klang ihres Namens sofort dachte. Sie besaß langes Haar mit leichter Naturlocke und war von Beruf Fotografin, was sie genau genommen Izzy zu verdanken hatte. Denn ihre Leidenschaft am Fotografieren hatte sie entdeckt, als sie früher immer Bilder in unterschiedlichen Posen von der Freundin hatte machen müssen.

Heute knipste sie überwiegend Porträts, Hochzeiten und Babybäuche. Am liebsten waren ihr jedoch Naturaufnahmen, die sie allerdings nur zu ihrem Freizeitvergnügen schoss und mit ein paar Interessierten auf Instagram teilte. Auch sonst lief es in ihrem Leben glatt. Sie besaß eine schöne Altbauwohnung in der

Bamberger Gartenstadt und war seit zwei Jahren mit Dennis liiert.

»Hmmm.« Alle vier Frauen seufzten bei dem ersten Schluck Cappuccino beglückt auf und reckten anschließend ihre Nasen in die Oktobersonne.

»Herrlich«, schwärmte Liv.

»Ja«, stimmte Tammy zu. »Seitdem ich selbst in der Gastro zu Hause und quasi Mädchen für alles bin, genieße ich es umso mehr, mich mal bedienen zu lassen.«

»Du hast es dir ausgesucht«, meinte Scarlett schulterzuckend.

»Na ja, es war Tobias' Idee, wie ihr wisst … Aber es macht durchaus auch Spaß, und ich kann nebenbei meine Bilder ausstellen. Das ist doch was.«

Die Freundinnen nickten.

»Also erzählt mal, was gibt es Neues in der Heimat?«, fragte Izzy und schaute Liv wie Scarlett neugierig an.

Sie tauschten den üblichen Klatsch und Tratsch aus.

»Und wie läufts persönlich bei euch?«, wollte Izzy schließlich wissen.

»Gut. Jan und ich wollen seit geraumer Zeit eine Familie gründen«, erklärte Liv wie nebenbei. Als die Köpfe ihrer Freundinnen zu ihr herumschwangen, lachte sie auf.

»Du willst ein Baby?«, hauchte Izzy.

»Ja. Ich bin im besten Alter dafür, findet ihr nicht?«

»Schon …«, Tammy drehte ihre Tasse am Henkel im Kreis, »… aber das verändert alles.«

»Also, ich kann mir das grad überhaupt nicht vorstellen«, raunte Izzy.

»Wieso? Hältst du mich für ungeeignet, eine gute Mutter zu werden?« Liv guckte pikiert.

»Nein, nein. Ich dachte an mich«, stammelte Izzy.

»Ach so. Klar.«

»Was? Ich bin halt eine Karrierefrau, auch wenn es etwas

steinig läuft. Und mein Singleleben gefällt mir ebenfalls. Ich lerne tolle Kerle kennen, und wenn der Spaß vorbei ist, geht jeder seiner Wege. Dafür werde ich mich nicht entschuldigen.«

»Musst du ja nicht«, warf Tammy ein. »Ich bin ebenfalls noch nicht so weit, um über Familienplanung nachzudenken.«

»Was meinst denn du, Scarlett? Du hast noch gar kein Wort dazu gesagt«, fragte Liv.

Scarlett blinzelte und straffte die Schultern. Sie fühlte sich etwas überrumpelt, weil plötzlich sie im Mittelpunkt der Aufmerksamkeit stand.

»Na ja, warum nicht? Ihr seid schon drei Jahre verheiratet. Ich denke, da ist der Wunsch doch ganz normal. Oder?«

Liv nickte.

»Hört sich irgendwie so an, als würdest du nicht zum ersten Mal über das Thema nachdenken«, stellte Tammy fest.

Scarlett wurde warm.

»Kann schon sein. Ich glaube nämlich, dass Dennis mir am Wochenende einen Antrag machen will«, platzte sie heraus und grinste wie ein Honigkuchenpferd.

»Was?!« Einhellig schauten sie die Freundinnen baff an.

Scarlett nickte. »Ja, ich denke, es ist so weit.«

»Wow! Und das verrätst du uns erst jetzt?« Liv lächelte breit.

»Richtig. Du hast es damals von allen Dächern gerufen.« Tammy stupste Liv lachend in die Seite.

»Natürlich! Ich schwebte auf Wolke sieben.«

»Kaum zu glauben, dass es schon drei Jahre her ist. Erinnerst du dich noch an deinen Junggesellinnenabschied?«

»Als ob ich den vergessen könnte!«

»Na, also ich hab da schon ein paar Lücken«, räumte Izzy glucksend ein.

»Ich auch«, gestand Scarlett.

»Was war das für eine wilde Nacht.«

»Das aus deinem Mund zu hören, ist fast, als würde ich einen Orden verliehen bekommen«, meinte Liv versonnen.

»Du darfst dich durchaus geehrt fühlen! Auch wenn ich vermutlich nicht für die Ehe geschaffen bin, der Trip nach Las Vegas war die beste Idee ever!« Izzy drückte Liv beherzt die Hand.

»Ich musste euch am nächsten Morgen alle einzeln einsammeln.«

»Oh Gott! Ja!« Scarlett schlug sich die Hände vor den Mund. Sie wusste noch genau, wie sie verkatert in einem Motelzimmer aufgewacht war, ohne zu wissen, wie sie dort hingekommen war. Als sie die Augen aufgeschlagen hatte, hatte sie in einem spitzenbesetzten rosa BH samt Slip gesteckt, die sie unter normalen Umständen nie getragen hätte. Auf ihrem Kopf hing ein Haarreif samt schulterlangem Schleier schief, ähnlich dem, mit dem Liv am Vorabend durch die Straßen und Casinos gelaufen war. Vermutlich hatte sie sich, angeschickert wie sie gewesen war, irgendwann im Laufe der Nacht aus Spaß ebenfalls einen besorgt …

»Dich habe ich am längsten suchen müssen. Und wie schwierig es war, dich zu erreichen! Bis du endlich mal an dein Handy gegangen bist, war es schon weit nach Mittag«, vervollständigte Liv Scarletts Erinnerungen.

»Tut mir leid.« Ein Hauch von schlechtem Gewissen überfiel sie deswegen immer noch.

»Nie mehr so viel Alkohol!«, beteuerte auch Izzy und schüttelte den Kopf. Ich bin auf einem ›Einarmigen Banditen‹ aufgewacht. Diese Erfahrung reicht einmal im Leben.«

»Du hattest die Abdrücke des Automaten noch Stunden später im Gesicht«, rief Tammy lachend aus.

»Ja und du warst leichenblass. Dazu die dunklen Augenringe —«

»Stimmt. Hat dich nicht ein Junge gefragt, ob du Morticia aus der *Addams Family* bist?«, gackerte Scarlett dazwischen.

»Allerdings und ich habe es als Kompliment betrachtet. Seither habe ich versucht, zu Fasching mal so auszusehen. Ich habe es nie mehr so hinbekommen.« Nachdenklich strich sich das Model über ihr langes, glattes, schwarzes Haar.

»Dazu brauchst du eben einen Superkater, und den gab's nun mal nur zu meinem Junggesellinnenabschied«, erklärte Liv zufrieden.

»Du wirst doch bestimmt auch einen abhalten, Scarlett. Oder?«, meinte Izzy hoffnungsvoll.

»Also, erst mal muss mir Dennis *die* Frage stellen.«

»Wann genau rechnest du denn damit?«, wollte Liv wissen.

»Samstagabend. Er hat gesagt, dass er etwas ganz Besonderes geplant hat, mir aber nicht verrät, was. Es soll eine Überraschung sein. Ich soll mir nur das Wochenende freihalten.« Sie strahlte ihre Freundinnen an.

»Hört sich wirklich ganz danach an, als könnte deine Vermutung stimmen«, überlegte Tammy laut. »Er ist schließlich nicht der spontanste Typ.«

»Na und? Kann eben nicht jeder so kurzentschlossen sein wie dein Tobias. Dennis ist halt ein Controller durch und durch«, verteidigte sie ihren Freund.

»Deswegen plant er ja auch gern«, sprang Liv ihr bei. »Ich finde es süß, dass er sich Mühe gibt.«

»Klar. Ihr veranstaltet auch Pärchenabende.« Izzy verdrehte die Augen. »Das ist so was von oldschool.«

»Du bist doch nur neidisch«, gab Liv zurück und trank ihren Cappuccino aus.

»Ne, bestimmt nicht. Mir gefällt mein Leben«, gelobte Izzy. Dann wandte sie sich wieder Scarlett zu. »Wirst du denn Ja sagen?«

Sie starrte ihre Freundin überrascht an. »Natürlich.«

»Hm. Du willst also wirklich diesen Langweiler heiraten«, stellte Izzy fest und versetzte ihr damit einen kleinen Stich.

»Wenn er mich fragt …«, murmelte Scarlett hölzern.

Izzy nickte. »Entschuldige. Ich mein's doch nur gut. Meiner Meinung nach passt Dennis einfach nicht zu dir. Du brauchst jemand Aufregenderes. Einen, der dich herausfordert, dich zum Lachen bringt und um den Verstand vögelt.«

»Das ist wieder so was von *Izzy*!«, meinte Scarlett, halb bekümmert, halb belustigt. Immerhin war Izzys Meinung nicht neu für sie. Sie sagte immer, was sie dachte.

Die Freundin zuckte mit den Achseln. »Tja, so bin ich eben.«

»Schon in Ordnung.«

»Wir sind alle, wie wir sind«, erklärte Tammy weise. »Und das ist auch gut so. Wir wollen füreinander nur das Beste. Denn das Beste ist für uns gerade gut genug.«

»Amen«, sangen sie im Chor und legten zur Bekräftigung ihre Hände sternförmig in der Tischmitte aufeinander.

2

Unzufrieden verwarf Scarlett das Outfit. Es war das fünfte Ensemble, das sie aufs Bett geschmissen hatte. Dort türmte sich allmählich ein richtiger Klamottenberg.

Es war aber auch schwer, eine passende Garderobe zu finden, wenn man keine Ahnung hatte, wo es hingehen würde. Dafür wusste sie, dass sie unbedingt gut aussehen musste! Die Erinnerung an diesen Abend sollte später durch nichts getrübt sein. Das Passende hatte sie allerdings noch nicht gefunden.

In einem Nobelrestaurant wäre sie mit dem Cocktailkleid sicherlich richtig beraten, jedoch weniger bei einem Waldspaziergang. Nun, sie traute Dennis beides zu. Er liebte Spaziergänge ebenso wie sie, das hatten sie gemeinsam, er ging aber auch gerne fein essen.

Izzy hatte schon recht. Dennis war vorhersehbar. Aber das war schließlich nichts Schlechtes! Scarlett wusste genau, wie er tickte, und blieb von unschönen Überraschungen verschont. In diesem Punkt irrte ihre Freundin, sie brauchte niemand *Aufregendes*. Denn davon hatte sie in ihrem früheren Leben wahrlich schon genug gehabt.

Ihre Gedanken wanderten zurück zur alkoholkranken Mutter, die sich, solange Scarlett denken konnte, höchstens um sich selbst gekümmert hatte. Weshalb Scarlett schon sehr früh hatte erwachsen werden müssen. Ihren Vater hatte sie nie kennengelernt. Sie war das Ergebnis einer heißen Liebesnacht, nach einem schwülen Sommerabend im Freiluftkino, in dem *Vom Winde verweht* gezeigt worden war.

So war sie auch zu ihrem Namen gekommen. Es war das einzige Überbleibsel, das einzige Andenken an den Mann jener Nacht. Ihre Mutter konnte sich nicht einmal mehr richtig an ihren Vater entsinnen. Vermutlich war das auch der Grund, warum er zunehmend eine bemerkenswerte Ähnlichkeit mit Clark Gable aufwies, je öfter sie von ihm gesprochen hatte.

Scarlett hingegen konnte sich für ihren Geschmack noch viel zu gut daran erinnern, wie es gewesen war, bereits als Kind und Jugendliche dafür sorgen zu müssen, dass es halbwegs sauber und etwas zum Essen im Haus war. Hätte sie die fälligen Rechnungen nicht bezahlt, wären sie mehr als einmal beispielsweise ohne Strom dagesessen … Wie gut, dass wenigstens diese Wohnung in der Gartenstadt ihnen gehört hatte. So hatte sie ihnen niemand nehmen können.

Unwillkürlich schaute sie sich um. Hier war sie groß geworden. Nichts mehr darin erinnerte an die alten Zeiten, dafür hatte Scarlett gesorgt. Sie hatte sie übernommen, nachdem ihre Mutter vor ein paar Jahren verstorben war. Seltsamerweise hatte sie damals zwar Trauer empfunden, aber auch eine gewisse Erleichterung. Bei dem Gedanken daran schämte sie sich bis heute. Doch ab da hatte sie sich wenigstens nicht mehr jeden Tag fragen müssen, welche unschönen Ereignisse jetzt wieder auf sie warten würden.

Das war auch der Grund, weshalb sie Überraschungen hasste. Die geplante von Dennis heute war natürlich eine Ausnahme. Er hatte sie immerhin angekündigt, und da er ihre Vorbehalte diesbezüglich kannte, konnte sie sich sicher sein, dass es sich hier um etwas Positives handeln würde. Einen Heiratsantrag, wie sie schwer vermutete.

Sofort verspürte sie ein mulmiges Gefühl im Bauch. Ach Quatsch, das waren Schmetterlinge! Sie schaute sich im Spiegel selbst in die Augen. Müsste sie nicht vor Aufregung ganz aus dem Häuschen sein? Das Kribbeln war lediglich mäßig.

Sie schüttelte den Kopf. Es lag bestimmt nur an den dunklen Erinnerungen der Vergangenheit. Warum musste sie auch ausgerechnet jetzt daran denken?

Ein Blick auf die Uhr sagte ihr, dass sie sich allmählich sputen musste. Dennis würde sie in einer Stunde abholen.

Livs Frage waberte ihr durch den Kopf: ›Warum wohnt ihr eigentlich immer noch getrennt?‹, hatte sie neulich erst wissen wollen. Scarlett kannte die Antwort selbst nicht genau. ›Es hat sich bisher einfach nicht ergeben‹, hatte sie lapidar geantwortet. Was irgendwie auch stimmte. Dennis' Wohnung lag im dritten Stock eines umgebauten Lagerhauses, auf der anderen Seite der Stadt und war hochmodern eingerichtet. ›Männlich‹, beschrieb Dennis sie gern. Ihre war bunt und gemütlich, was zu dem Altbau passte, zudem umgeben von Gärten mit netter Nachbarschaft. Während Dennis zur Miete wohnte, war sie Eigentümerin. Scarlett fühlte sich wohl und wollte sie um keinen Preis hergeben, da konnten so viele unwillkommene Erinnerungen in den Ritzen stecken, wie sie wollten. So hatten sie die Entscheidung, wer zu wem zog oder sich ein ganz neues Domizil zu suchen, immer wieder vertagt. Doch wenn sie demnächst heirateten, mussten sie sich wohl doch bald einig werden …

Sie blies sich eine blonde Locke aus dem Gesicht und griff nach einem dunkelroten Shirt in Wickeloptik mit Schalkragen. Es betonte ihre Figur und passte sowohl zu Hosen als auch Röcken. Sie schlüpfte in eine schwarze Marlenehose mit weitem Bein und drehte sich einmal im Kreis. Perfekt! Schick und doch für alle Eventualitäten geeignet. Was auch immer Dennis sich ausgedacht hatte …

Wieder kam ihr das Gespräch mit ihren Freundinnen in den Sinn. Liv hatte gemeint, dass Dennis sich bemühte. Wie wahr! Das tat er, seitdem sie zusammen waren. Mit seiner gradlinigen und bodenständigen Art passte er zu ihrem vernunftbestimmten Wesen. Sie hatten einige schöne Momente erlebt, und er hatte das Loch gefüllt, das ihre Freundinnen – ihre wahre Familie – hinterlassen hatten, seitdem sie sich, der Lebensumstände wegen, immer seltener sahen. Ohne Tammy, Izzy und Liv wäre ihre Jugend vermutlich anders verlaufen. Sie hatten ihr den Halt gegeben, der ihr daheim seit jeher gefehlt hatte, und sie war noch heute dankbar dafür, dass sie nicht auf die schiefe Bahn geraten oder zur steifen Jungfer geworden war. Na ja, wenn, dann wäre vermutlich eher Letzteres eingetreten. Denn die Wahrheit sah so aus, dass sie schon immer viel zu erwachsen für ihr Alter gewesen war und geradezu verbissen Regeln befolgt hatte. Man konnte durchaus sagen, sie war zum genauen Gegenteil ihrer Mutter geworden. Das einzige Mal, dass sie sich wirklich wild und ungestüm verhalten hatte, war während des Kurzurlaubs in Vegas gewesen, woran sie durch den Freundinnentratsch erst wieder erinnert worden war.

Mit liebevollem Blick schaute sie auf das Foto von ihnen vieren, das eingerahmt auf der Kommode stand. Es war am Badesee aufgenommen worden, und alle lachten gelöst in die Kamera.

Zum ersten Mal fiel ihr auf, dass von Dennis kein Bild daneben stand. Das musste sie demnächst unbedingt ändern!

»Wohin fahren wir denn?«, fragte Scarlett und merkte, dass sie hibbelig wurde.

Sie schipperten die Bundesstraße entlang, und Wälder wie Wiesen zogen an ihnen vorbei. Die Sonne stand tief, der Abend nahte.

»Wir sind bald da«, beteuerte Dennis und lächelte etwas schief. Eine Mischung aus Anspannung und Vorfreude lag unabweislich auf seinen Zügen, was Scarletts Verdacht noch mehr bestätigte. Bald war der große Moment!

Sie kaute auf ihrer Unterlippe und musterte ihn verstohlen. Er trug eine schwarze Jeans und sein blau-weiß gemustertes Businesshemd, das ihm so gut stand. Er hatte es bestimmt angezogen, weil er wusste, dass er ihr darin gefiel. Aber einen Hinweis auf sein Vorhaben gab seine Kleidung nicht.

»Raus mit der Sprache. Was hast du mit mir vor?«, bohrte sie weiter.

Doch Dennis zwinkerte ihr nur verschwörerisch zu. »Kannst du dich noch an den Film erinnern, den wir neulich angeschaut haben?«

Scarlett runzelte die Stirn. »Diesen Thriller?« Sie riss gespielt die Augen auf. »Du willst mich irgendwo tief in den Wald verschleppen und mich dann kaltmachen?!«

Dennis durchfuhr ein Ruck. »Was?!«

»Dann habe ich es erraten? Ich muss schon sagen, also, das nenne ich wirklich eine Überraschung«, scherzte sie weiter, jedoch bemüht, den ernsten Tonfall beizubehalten. Sie wusste selbst nicht, welches kleine Teufelchen sie da gerade ritt.

Perplex schaute er sie an, und sie legte noch eins oben drauf.

»Unter diesen Umständen sollte ich vielleicht lieber schnell aussteigen …« Ihre Finger legten sich auf den Türgriff.

»Scarlett! Das denkst du nicht im Ernst?« Dennis wurde blass und verriss kurz das Lenkrad. Der BMW machte einen Schlenker, bevor er in verlangsamtem Tempo wieder geradewegs die Straße entlangfuhr. »Bitte! Du musst dir doch keine Sorgen machen. Ich würde dir nie etwas antun!«

Sie prustete los. »Das weiß ich doch«, gackerte sie. »Du aber scheinbar nicht. Du hättest mal deinen Gesichtsausdruck sehen sollen.«

Dennis zog die Brauen zusammen. Völlig verdattert blickte er sie an. »Wie kommst du nur auf so was?«

»Na ja, eigentlich hast du mich darauf gebracht. Du hast mit dem Film angefangen …« Allmählich beruhigte sich ihr Gemüt, und als er nur mit dem Kopf schüttelte, anstatt zu antworten, begriff sie, dass ihre kleine Einlage für Dennis nicht mal im Ansatz lustig gewesen war. Na ja, einen Heiratsantrag mit einem Psychomord zu vergleichen, war wohl schon etwas schräg. Aber in außergewöhnlichen Situationen gewann ihr schwarzer Humor gerne mal die Oberhand. So wie jetzt. Ihre Nerven flatterten. Sie stand schließlich vor der größten Entscheidung ihres Lebens!

Zerknirscht schielte sie zu Dennis. Sie wusste doch, dass er mit ihren makabren Scherzen nichts anfangen konnte. Warum nur hatte sie sich nicht zügeln können?

Andererseits wusste sie offiziell doch gar nicht, dass er gleich um ihre Hand anhalten wollte.

»Es tut mir leid. Ich wollte die Stimmung nicht killen«, sagte sie, und ihrer Kehle entschwand augenblicklich ein Glucksen, als ihr der Wortwitz klar wurde.

Glücklicherweise stimmte Dennis mit ein. »Hast du nicht.« Er legte flüchtig seine Hand beruhigend auf ihr Bein. »Du überraschst mich eben nur immer wieder.«

»Und das ist gut?« Sie war sich nicht sicher.

Er zuckte mit den Achseln und setzte den Blinker. »Es bringt auf jeden Fall Schwung in mein Leben. Wir sind fast da.«

Schon bog er auf einen Flurweg ab.

Scarlett fragte sich noch, was sie hier wollten, zwischen Wiesen und Feldern, als sie ihn sah.

Direkt vor ihnen stand ein riesiger Korb, an dem ein Heißluftballon gerade zum Leben erwachte und sich langsam in den Himmel erhob.

Sie sah zwei Männer werkeln, dann stoppte Dennis das Auto neben einem Kastenwagen samt Anhänger, auf dem ein Schriftzug angebracht war, der für Ballonfahrten warb.

»Na, was sagst du?« Mit breitem Lächeln schaute er sie an.

»Wow!« Mehr als ein Hauchen brachte sie nicht zu Stande. Damit hatte sie nun wirklich nicht gerechnet.

Er nickte zufrieden.

Sie stiegen aus und begrüßten die Ballonfahrer. Martin stellte sich als Pilot vor, Helmut als Boden-Crew. Er würde in ständiger Funkverbindung mit dem Ballon stehen, erklärte er ihr, während Dennis aus dem Kofferraum etwas holen ging.

»Ich dachte, Ballonfahrten gibt es nur im Sommer?«, fragte Scarlett Martin.

»Die meisten finden da tatsächlich statt, aber man kann zu jeder Jahreszeit fahren. Eine Landschaft im tiefen Schnee oder im bunten Herbstkleid hat ihren ganz besonderen Reiz. Du wirst schon sehen.« Er zwinkerte ihr aufmunternd zu.

»Aber ist es nicht fast schon etwas zu spät am Tag dafür?«, hakte sie neugierig nach und ließ ihren Blick über den Acker streifen, bis er an einer Busch-Baum-Insel hängenblieb, die von der goldenen Oktobersonne angestrahlt wurde. Sie entdeckte ein paar Vögel, die sich darin tummelten, und Scarlett schloss daraus, dass dort wahrscheinlich Schlehen oder Hagebutten zu finden waren.

»Oh nein, das Wetter ist vor Sonnenuntergang ideal. Die durch die Thermik verursachten Winde sind da schwach und gleichmäßiger.« Er guckte in den Himmel, und sie tat es ihm nach. Der Ballon war herrlich farbenfroh und erstrahlte in Gelb, Weiß und Rot. Dazu der blaue Himmel, der Anblick war einfach gigantisch.

Der Pilot wandte sich wieder seiner Arbeit zu und regulierte den Propangasbrenner. Sein Kollege Helmut machte sich derweil daran, den großen Ventilator, mit dem vorher genügend kalte Luft in die Ballonhülle geblasen worden war, wieder im Anhänger zu verstauen.

»Ach Scarlett, wie viel wiegen Sie?«, wollte Martin plötzlich wissen.

Die Frage traf sie wie aus dem Hinterhalt. Warum interessierte ihn das denn?

Als hätte er ihre Gedanken gelesen – aber vermutlich war es ihr viel mehr ins Gesicht geschrieben –, erklärte er: »Ich muss die Tragkraft berechnen.« Was immer das heißen sollte. Sie schätzte mal, dass es darum ging, wie viel Gas er für die Fahrt benötigte.

Sofort befand sie sich in einer Zwickmühle. In ihrer Kindheit war sie mal übergewichtig gewesen. Das war lange her, aber Modelmaße wie Izzy besaß sie trotzdem nicht. Obwohl sie eine relativ gute Figur hatte, brachten sie Gewichtsangaben zu ihrer Person dennoch in Bedrängnis. Also Wahrheit oder Lüge?

»Ähm, ich bin mir nicht sicher. Gut sechzig Kilo?«, antwortete sie da schon.

Es war geflunkert. Fünfundsechzig trafen es besser. Aber Martin widersprach nicht, auch wenn er sie flüchtig musterte. Sein wissender Blick ließ sie hoffen, dass er ihrer Nennung ein paar Gramm ›Frauenbonus‹ hinzufügte. Sie schätzte ihn auf Mitte vierzig und hatte den Eindruck, dass er wusste, was er tat. Also sollte er den Weitblick haben und seine weiblichen Fahrgäste kennen. Sie war sicherlich nicht die Einzige, die bei dieser Nachfrage zusammenzuckte …

Schnell wandte sie sich ab und entdeckte Dennis, der über dem Ballonkorb lehnte. Sie ging zu ihm.

»Bist du aufgeregt? Du guckst ein bisschen schräg«, stellte er fest, zog sie in die Arme und gab ihr einen Kuss, was sie einer Antwort enthob.

Sie kuschelte sich an ihn, roch sein Aftershave und versuchte, die rügende Stimme in ihrem Hinterkopf zu verdrängen, die ihr sagte, dass man nicht log. Besonders nicht bei so einer heiklen Angelegenheit wie dem Ballonfahren. Wenn sie nun abstürzten, nur weil sie ihr Körpergewicht geschönt hatte?

Als Dennis sie sanft von sich schob, bemerkte sie es kaum. »Du hast doch keine Höhenangst oder?«

»Wie? Nein.« Sie schüttelte den Kopf.

»Gut«, stellte er erleichtert fest, gestand dann jedoch: »Aber ich ein wenig.«

»Was?« Mit großen Augen sah sie ihn an. »Wieso hast du das dann organisiert?«

Er lächelte verlegen. »Weil ich dir eine ganz besondere Überraschung bereiten wollte.«

Wie lieb! Dann hallte der Satz in ihr nach. Wollte er ihr demnach gar keinen Antrag machen? Sie wartete darauf, dass sich bei dem Gedanken Enttäuschung in ihr breitmachte, doch Dennis hielt ihr ein Geschenk unter die Nase.

»Hier, das ist für dich. Ich denke, du kannst es gleich gebrauchen, und hoffe, es gefällt dir. Deine Turnschuhe solltest du auch anziehen.« Er deutete auf den Boden, wo ihre weißen Sneaker standen. Die hatte er also aus dem Kofferraum geholt. Er musste sie in weiser Voraussicht mitgenommen haben.

Erstaunt nestelte sie an dem Geschenkpapier und zog einen pinken Tuchschal mit weißen Punkten heraus.

»Wie schön!«, flötete sie und wickelte ihn sich gleich um. »Na, steht er mir?«

»Perfekt.«

Sie gab ihm einen dicken Kuss, und die Sonne kitzelte ihre Nasenspitze. War das Leben nicht toll?

»So, ihr Turteltauben. Los geht's«, unterbrach Martin den Moment. »Wenn du deine Schuhe gewechselt hast, könnt ihr einsteigen.«

Sie schaute auf ihre Pumps, die für den Wiesenboden sowieso ungeeignet waren. Regelrecht dankbar wechselte sie sie flugs gegen die praktische Variante. Dann kletterte sie in den Korb.

Ganz Gentleman half Dennis ihr. Seine Hand lag liebevoll auf ihrem Po und schob sie sanft. Als der Korb einen Ruck machte und mit einer Hälfte kurz vom Boden abhob, verlagerte sie unbewusst ihr Gleichgewicht nach vorne, sodass sie geradewegs ins Korbinnere flog. Ihr Oberkörper schrammte an der gegenüberliegenden Korbgeflechtseite entlang.

»Hoppla«, gluckste Helmut.

»Oha!«, jaulte Scarlett.

»Alles in Ordnung?«, rief Dennis erschrocken.

»Ja, ja. Alles okay«, erklärte sie, während Dennis ebenfalls den Korb erklomm.

Sie rappelte sich auf und strich ihre Jacke zurecht. Was für ein glamouröser Einstieg, dachte sie und wollte sich nicht ausmalen, wie affig es ausgesehen haben musste, als sie ihren Po wie einen Vollmond in die Höhe gestreckt hatte.

Gleich darauf wurde die Leine gelöst, und der Ballon stieg Richtung Himmel.

Scarlett lehnte über der Korbbrüstung und sah zu, wie sie abhoben. Der Abstand zum Boden erhöhte sich, und aus Zentimetern wurden Meter.

In ihrem Bauch kribbelte es.

»Wahnsinn«, seufzte sie versonnen.

Dennis stand neben ihr und lächelte. Dann beugte er sich hinunter und begann in einer Picknickbox zu wühlen, die sie erst jetzt bemerkte. Hatte er sie mitgebracht oder war sie vom Veranstalter bereitgestellt worden? Egal. Sie genoss weiter die Aussicht. Die wiesenbewachsenen Hügel mit den Bäumen und Büschen wurden zunehmend kleiner. Weiter hinten tauchten

Häuser, eine Ortschaft, auf. Kühle Luft wehte ihr ins Gesicht und schärfte ihre Sinne zusätzlich. Was für ein Erlebnis!

Schließlich stand Dennis mit einer Flasche Sekt vor ihr. Seine Wangen waren gerötet. Wahrscheinlich war er genauso aufgeregt wie sie.

»Scarlett«, setzte er an und holte Atem, dabei nestelte er an dem Korkenverschluss herum, »möchtest du«, das Aluminiumpapier fiel herab, und er schob mit dem Daumen den Plastikkorken nach oben, »mich«, der Pfropfen schoss aus dem Flaschenhals und traf Pilot Martin direkt zwischen den Augen. Er wankte und verriss die Steuerung, den Hebel für die Gaszufuhr, was auch immer. Scarlett wusste es nicht, dafür merkte sie, wie der Ballon rasch an Höhe verlor und der Korb ins Kippen kam. Sie, Dennis, Martin und die (schwere?) Picknickbox befanden sich plötzlich alle auf einer Seite. Das konnte nicht gutgehen. Tat es auch nicht. Während der Sekt wie eine Fontäne fröhlich aus seinem Glasgefängnis entwich, zog die Schwerkraft an ihnen. Der Korb geriet erst in Schieflage und neigte sich dann ganz zur Seite. Scarlett fiel als Erstes über Bord, Dennis gleich hinterher. »Heiraten?«, schnaufte er, als er auf ihr landete.

»Was?« Sie fühlte sich platt wie eine Flunder. Aus ihren Lungen entwich der letzte Rest Luft. Dennis' Augen bohrten sich in sie, seine Nasenspitze berührte ihre fast. Die noch übrigen Sekttropfen spritzten ihr ins Gesicht. Ein dumpfes Ploppen drang an ihr Ohr, und aus den Augenwinkeln sah sie den Ballonkorb ins Gras plumpsen.

»Möchtest du meine Frau werden, Scarlett?«, wiederholte Dennis seine Frage ernsthaft.

Sie kicherte. »Ich habe wohl kaum eine Wahl.«

Sein Gewicht drückte sie fest ins Erdreich. Was für ein Glück sie doch gehabt hatten. Der Sturz war nicht hoch gewesen, nur ein paar Meter. Sie waren auf Wiesenboden gefallen und schienen unverletzt. Lebensfreude und pures Adrenalin rauschten ihr durch die Adern.

»Ja, das möchte ich sehr gern!«, hauchte sie und küsste ihn stürmisch.

DAS TYPISCHE NOVEMBERWETTER hatte Einzug gehalten, als Scarlett und Dennis auf dem Weg zum Standesamt waren, um die nötigen Formalitäten abzuklären. Gutgelaunt hatte sie ihren Arm bei ihm eingehängt, während er einen großen bunten Regenschirm über sie beide hielt. Das Niederprasseln der Wassertropfen verursachte ein rhythmisches Geräusch, in dessen Takt sie liefen. Hin und wieder übersprang Scarlett eine Pfütze mit fast kindlicher Freude. Passanten, die ihnen entgegenkamen, lächelten sie an. Offenbar strahlten sie ihre Glücklichkeit geradezu aus, da störte auch der wolkenverhangene graue Himmel nicht.

Kurz darauf saßen sie einer Standesbeamtin gegenüber, Ende dreißig, mit schwarzem kurzgeschnittenen Haar und einer schwarzgerahmten Brille, die ihre Augen größer erschienen ließ, als sie bereits waren.

Sie tippte an ihrem Computer herum und gab schließlich Dennis seinen Personalausweis und die Geburtsurkunde zurück, um sich Scarletts Unterlagen zu widmen.

Bedeutungsvoll drückte Dennis Scarletts Hand. Sie lächelte glückselig.

Ein Murmeln der Standesbeamtin lenkte schließlich ihre Aufmerksamkeit auf sie. Die Frau kniff die Augen ein wenig zusammen und beugte ihren Kopf dem Bildschirm entgegen, um wohl besser sehen zu können. Fast unmerklich schüttelte sie den Kopf, hämmerte erneut auf die Tastatur ein, bevor sie sich in Zeitlupe ihnen zuwandte. Ihr Blick suchte Scarletts.

»Ist etwas nicht in Ordnung?«, fragte sie.

Einen Moment herrschte Schweigen, dann öffnete die Beamtin mit gerunzelter Stirn den Mund.

»Nun ja. Frau Wening, hier ist vermerkt, dass Sie bereits verheiratet sind. Das macht eine erneute Heirat ausgeschlossen. Aber das sollte Ihnen wohl klar sein.«

»Was???«, stießen Scarlett und Dennis gleichzeitig hervor.

»Zuerst muss die Scheidung rechtskräftig sein. Ansonsten wäre es ein Fall von Bigamie –«, dozierte ihr Gegenüber.

Scarlett unterbrach sie. »Aber das stimmt doch gar nicht! Ich bin ledig. Le-dig!«

Die Dame sah noch einmal auf ihren Bildschirm und schüttelte den Kopf. »Nein, Datum der Eheschließung war am zehnten Mai zweitausendeinundzwanzig.«

»Du bist verheiratet?!« Dennis sah sie fassungslos an.

In Scarletts Kopf wirbelte alles durcheinander. Das war unmöglich. »Also, wenn ich schon einmal vor dem Traualtar gestanden hätte, wüsste ich das doch wohl am besten!«, presste sie hervor. »Wenn das hier nicht die ›versteckte Kamera‹ ist, müssen die Angaben in Ihrem Computer einem Behördenirrtum unterliegen.«

Die Frau rückte ihre Brille zurecht und schenkte ihr einen mitleidigen Blick. »Das glaube ich kaum. Die Daten wurden im Standesamt Berlin geprüft und eingepflegt.«

»In Berlin?«, echote Scarlett.

»Ganz recht. Dort werden Fälle, die nicht in das Zuständigkeitsschema fallen, übernommen. So wie ich es hier lese, wurde die Ehe in den Vereinigten Staaten geschlossen, weshalb die Meldung vermutlich in Berlin eingegangen ist.«

»Du hast in Amerika einen Mann?!« Dennis riss empört die Augen auf.

»Was? Nein! Nicht, dass ich wüsste. Ich war doch noch nicht mal da –«

»Ach echt? Und wie kommt dann dieser Eintrag zustande?«

Benommen zuckte Scarlett mit den Schultern. Der nüchterne Gesichtsausdruck der Standesbeamtin, gepaart mit Dennis' pikierter Miene, die unverhohlene Ablehnung und Bestürzung gleichermaßen zum Ausdruck brachte, vermittelte Scarlett ein Gefühl der Ohnmacht. »Das wüsste ich auch gern. Ich —«

»Weißt du was? Spar dir die Erklärungen! Ich habe genug gehört. Ich habe ja schon viel erlebt, aber so was ist mir noch nicht untergekommen! Niemals hätte ich gedacht, dass du derart verlogen sein könntest.« Sein Gesicht wurde mit jedem Wort, das er von sich gab, roter. Er redete sich richtiggehend in Rage. Jeder Satz fühlte sich für Scarlett wie eine Klatsche an, und doch konnte sie ihm seine Reaktion nicht verübeln. Sie verstand ja selbst die Welt nicht mehr! »Und dann besitzt du noch die Frechheit, mit mir hier aufzutauchen, um die Bombe platzen zu lassen. Du hättest meinen Antrag auch einfach ablehnen können! Statt diesen Affenzirkus hier zu veranstalten.«

Jetzt schnappte sie nach Luft. »Du denkst, ich wusste davon und hätte dich absichtlich diesem Trauerspiel ausgesetzt?«

Er sprang auf und warf die Hände in die Höhe. »Ja, was soll ich denn sonst denken? Kein Mensch vergisst doch, dass er mal einem anderen das Ja-Wort gegeben hat! Oder hast du doch mehr von deiner Mutter geerbt, als du zugeben willst? Warst du so besoffen, dass du dich nicht mehr erinnern kannst?«

Das saß! Eisige Kälte kroch in ihr empor und legte sich über ihr Herz, bis es zersprang, wie in einem zu fest gezogenen Schraubstock.

Doch Dennis registrierte nichts davon. Er schenkte ihr einen letzten wutschnaubenden Blick.

»Mich derart vorzuführen!«, knurrte er. Dann stapfte er zur Tür und verließ eilig den Raum. Er konnte gar nicht schnell genug wegkommen, während Scarlett ihm wie gelähmt hinterherstarrte.

Einen Moment herrschte Todesstille. Erst das Räuspern der Standesbeamtin erinnerte Scarlett, dass sie wie versteinert dasaß und wohl ebenfalls gehen sollte. Doch sie war nicht fähig, sich zu rühren.

»Ist mit Ihnen alles okay?«, fragte die Frau einfühlsam.

Betäubt hob Scarlett endlich den Kopf und nickte. Obwohl sie es nicht wusste. War sie okay? Äußerlich auf jeden Fall. Innerlich … Die Liebe, die sie bis vor wenigen Minuten noch empfunden hatte, war zu einem Haufen Scherben zusammengefallen. Doch um diese aufzukehren, war jetzt nicht der richtige Zeitpunkt. Also tat sie das, was sie immer tat, wenn sie mit Extremsituationen konfrontiert wurde. Sie riss sich zusammen und setzte ihrem Gesicht eine Maske mit mildem Lächeln auf.

»Es kann sich also Ihrer Meinung nach um keine Verwechslung der Daten in Ihrem System handeln?«, fragte sie in dem Versuch, ihrer Stimme wieder Herrin zu werden.

»Nein, ich fürchte nicht.«

Scarlett ignorierte den vielsagenden Blick der Beamtin. Sie konnte wohl, ähnlich wie Dennis, nicht glauben, dass sie so eine Tatsache einfach vergessen hatte. Es war ja auch irgendwie unvorstellbar, und doch war es so. Bis jetzt! Denn tief in ihrem Unterbewusstsein waberte nun eine trübe Erinnerung herum.

Sie holte tief Luft. »Wann sagten Sie noch gleich, soll diese Ehe geschlossen worden sein?«

Ihr Gegenüber schaute in die Unterlagen. »Zehnter Mai zweitausendeinundzwanzig.«

Vor gut drei Jahren also. »In Amerika.«

»Las Vegas, um genau zu sein.«

Das bestätigte ihre dunkle Vermutung. Der Grauschleier in ihrem Gedächtnis hob sich ein wenig. Es handelte sich um den Zeitpunkt, als Liv ihren Junggesellinnenabschied mit ihnen dort gefeiert hatte.

Scarlett spürte plötzlich die Kopfschmerzen, die sie beim

Aufwachen in dem fremden Motelzimmer geplagt hatten. Ihr Outfit, bestehend aus den rosa Spitzendessous und dem Schleier im Haar, blitzte vor ihrem inneren Auge auf.

Sie schlug sich die Hände auf den Mund, um nicht laut aufzuschreien. Trotzdem entfuhr ihrer Kehle ein kleines Quieken.

Die Standesbeamtin beobachtete sie interessiert. »Sie erinnern sich?«

»Ich … bin mir nicht sicher«, meinte Scarlett keuchend und wusste selbst, wie unglaublich das klingen musste. »Wie heißt er denn eigentlich? Also, mein … Mann.« Es fühlte sich komisch an, es auszusprechen: ›Mein Mann.‹

»Elliot Morel.«

Bereits bei der Erwähnung des ersten Buchstabens des Vornamens murmelte Scarlett im Geiste mit. Elliot! Ja, der Name war ihr bekannt. Der Nachname dafür nicht. Aber die bruchstückhaften Erinnerungsfetzen deuteten an, dass der behördliche Eintrag womöglich doch kein Irrtum war.

» Sagt Ihnen das was?«, fragte die Beamtin.

Sie nickte vage und versuchte, sich an das Gesicht zum Namen zu erinnern. Ein spitzbübisches Lächeln tauchte vor ihr auf, mehr jedoch nicht. Alles war verschwommen.

»Wissen Sie, Eheschließungen im Ausland, den USA, dem Bundesstaat Nevada in Ihrem speziellen Fall, müssen den deutschen Behörden gemeldet werden, damit es zur rechtskräftigen Eintragung kommt. Wenn Sie die Papiere damals also nicht vorgelegt haben, muss das jemand für Sie erledigt haben …«, überlegte die Dame laut.

Scarlett hörte ihr aufmerksam zu. Demnach musste dieser Elliot das getan haben. Aber weshalb? Wollte er sich an ihr bereichern? Sie konnte es sich kaum vorstellen. Immerhin hatte sie nie was von ihm gehört. Wenn sie sich doch nur besser erinnern könnte!

»Es ist doch bestimmt irgendwo vermerkt, wer der zuständige Sachbearbeiter in Berlin zu diesem Vorgang war«, fiel ihr ein. »Könnten Sie mir dessen Namen geben? Vielleicht kann er mir dazu Auskünfte geben. Ach ja, und Elliots Adresse wäre hilfreich. Ich sollte mich wohl mit ihm in Verbindung setzen.«

Die Standesbeamtin kicherte, bekam sich aber schnell wieder unter Kontrolle, als sie Scarletts Miene sah. Denn ihr war gerade gar nicht zum Lachen zu Mute.

3

Wie ferngesteuert hatte Scarlett das Amtsgebäude verlassen und sich schließlich auf der Kettenbrücke wiedergefunden. Nachdenklich lehnte sie über der Brüstung und starrte mit entrücktem Blick auf den Fluss. Der Himmel war mit grauen Wolken behangen und färbte das Wasser dunkel und trüb. Es war fast wie ein Spiegelbild ihrer Erinnerungen. Sie dachte so angestrengt nach, dass sie nicht einmal bemerkte, als ihr etwas in den Oberschenkel stach. Nur allmählich registrierte sie es, trat einen Schritt zurück und erkannte den Piesacker. Es war eines von den unzähligen Schlössern, die am Brückengeländer überall von Liebespärchen angebracht worden waren. Aus Platzmangel stand es etwas hoch, und sie hatte sich mit ihrem Gewicht dagegen gelehnt.

Sie lachte bitter auf. Noch ein Sinnbild für ihre Lage. Sie war gefangen in einer Ehe, von der sie bislang nicht einmal etwas gewusst hatte.

Wieder ging sie die Fakten durch, die sie von der Standesbeamtin erhalten hatte. Diese verrückte Geschichte musste sich in Vegas abgespielt haben.

Um Livs Junggesellinnenabschied zu feiern, hatten sie vier Tage dort verbracht. Sie hatten sich die Stadt angesehen, sich am Pool die Sonne Nevadas auf den Bauch scheinen lassen und jede Menge Blubberwasser getrunken. Später hatten sie in den Casinos ihr Glück auf die Probe gestellt, und natürlich waren die vier gutgelaunten Ladys dabei dem einen oder anderen aufgefallen. Sie hatten nette Gespräche geführt und auch geflirtet. Allen voran Izzy.

Scarlett lächelte. Ihre Freundin hatte sich von einem Texaner ausführlich in die Kunst des Pokerspiels einführen lassen. Er hatte einen Dreitagebart besessen, einen Cowboyhut und Cowboystiefel getragen. Izzy war hingerissen gewesen.

Tammy hatte sich derweil für Roulette interessiert und ebenfalls schnell Anschluss gefunden. Ein scheinbar gut situierter Herr gesellte sich alsbald an ihre Seite, gab ihr Tipps, und als sich dann noch herausstellte, dass er sich in der Kunstszene bewegte, hatte ihre Plauderei kein Ende mehr gefunden.

Liv und Scarlett hatten sich unterdessen mit den ›Einarmigen Banditen‹ abgegeben. Bis Liv mit ihrem Stuhlnachbarn ins Gespräch gekommen war. Der Mann liebte offenbar schrille Klamotten ebenso wie Humor. Er erzählte Witze und brachte die Braut zum Lachen. Da er schwul war, wie sich schnell herausstellte, hatte sie nichts Verwerfliches daran gefunden, etwas Zeit mit ihm zu verbringen. Scarlett hatte es ihr gegönnt, gut unterhalten zu werden, und sich ans Buffet verkrümelt. Ihr Englisch war bei Weitem nicht so perfekt wie das ihrer Freundinnen, was ausgiebige Konversationen für sie zuweilen anstrengend werden ließ. Umso erfreulicher war es gewesen, dass sie auf zwei Deutsche gestoßen war, als sie das letzte Hühnerbein nehmen wollte.

Scarlett schnappte nach Luft. Es waren Elliot und sein Kumpel gewesen! Der Nebel in ihrem Kopf lüftete sich, und die beiden Männer erschienen vor ihrem inneren Auge.

Sie hatte die zwei schon am Vorabend kennengelernt, als die

vier Freundinnen eine der zahlreichen Vorstellungen besucht hatten. Scarlett hatte sich zwischendurch im Foyer einen Drink geholt, da die Stimmung im Saal durchweg heiter gewesen war, was an den Gags lag, die die Comedians auf der Bühne zum Besten gegeben hatten. Nur leider hatte sie die Hälfte nicht verstanden, weshalb sie ihre Laune auf anderem Wege etwas hatte puschen wollen. Daheim trank sie wenig Alkohol, aber das hier war Las Vegas gewesen, und sie hatte sich vorgenommen, hier endlich einmal das Leben in seinen vollen Zügen zu genießen.

Auf dem Rückweg war sie mit dem deutschen Männergespann zusammengestoßen, die über irgendwas diskutiert hatten. Bei einer ausladenden Geste hatte Elliot sie am Arm getroffen, sodass ihr Glas übergeschwappt war. Bei seiner Entschuldigung hatten sie dann festgestellt, dass sie ebenfalls aus Deutschland gekommen waren.

Während Elliots Kumpan ziemlich unscheinbar gewesen war, hatte er selbst sie mit seinem kecken Lächeln sofort in den Bann gezogen. Er hatte etwas längeres Haar besessen, eine sportliche Figur und legere Klamotten getragen. Eigentlich passte das Männergespann gar nicht zueinander, dachte sie auch jetzt noch. Elliots Freund – sie wusste beim besten Willen nicht mehr, wie er hieß – hatte permanent einen neutralen Gesichtsausdruck zur Schau gestellt, der jedoch zu seinem biederen Outfit gepasst hatte. Vielleicht hatte sich Elliot deshalb gefreut, dass sie sich am nächsten Abend am Buffet wiedergetroffen hatten, und gerne mit ihr unterhalten.

Der Alkoholkonsum des Tages hatte Scarlett redselig gemacht, ihr Magen war flau gewesen, und sie hatte dringend etwas zu essen gebraucht. Innerhalb weniger Minuten hatten sie und Elliot um jedes Häppchen am Buffet gewetteifert und dabei eine Menge Spaß gehabt. Sie hatten herumgealbert und schließlich miteinander gegessen. Irgendwann hatte sich der Kumpel zurückgezogen, und Scarlett war mit Elliot an der Bar hängengeblieben. Das war das Letzte, woran sie sich erinnerte.

Das Nächste war Livs Gesicht, als sie sie tags darauf in dem Motel eingesammelt hatte …

Ein Regentropfen traf Scarlett auf der Nasenspitze. Seufzend spannte sie den bunten Regenschirm auf, der sich dem tristen Grau des Umfelds wie ein Leuchtfeuer entgegensetzte. Wenigstens hatte Dennis, in seiner Aufregung, vergessen, ihn mitzunehmen, sodass sie jetzt nicht nass wurde. Man, war der hochgegangen! So hatte sie ihn noch nie erlebt. Ein Teil von ihr verstand sein Verhalten sogar, doch der andere schüttelte traurig mit dem Kopf. Er hatte doch mitbekommen, dass sie selbst aus allen Wolken gefallen war. Er war der Mann, der sie (angeblich) liebte und immer für sie da sein wollte. Wie konnte er derart ausflippen und sie im Stich lassen, wo sie sein Vertrauen und seinen Rückhalt doch gerade so dringend gebraucht hätte? Ob sie ihn jemals wiedersah?

»Willst du das überhaupt?«, stellte Liv die kluge Frage, als sie ihr später davon erzählte.

Sie hatten sich in einem kleinen Café nahe Livs Arbeitsplatz getroffen. Auf ihre Freundinnen konnte Scarlett zum Glück immer zählen.

»Willst du eine ehrliche Antwort? Ich weiß es nicht. Darüber denke ich später nach. Jetzt kümmere ich mich erst mal um meinen Ehemann.«

»Ehemann«, echote Liv und musste unwillkürlich glucksen. »Ich hätte nie gedacht, dass du mal vor mir heiratest.«

Scarlett rümpfte die Nase, doch dann fiel sie in das Gelächter ihrer Freundin mit ein. Überraschenderweise tat es richtig gut.

»Und ich habe nicht einmal eine Ahnung, wer er ist, wo er sich aufhält und was er treibt«, japste sie.

»Na ja, wer er ist, weißt du doch mittlerweile.«

»Wenn du meinst, dass ich seinen Namen kenne und mich halbwegs an sein Gesicht erinnere, dann hast du recht.« Scarlett bekam sich allmählich wieder ein.

»Viel mehr wissen manche Frauen auch nicht von ihren Männern«, meinte Liv, und die beiden brachen erneut in schallendes Gelächter aus.

»Also, ich erinnere mich dunkel, dass er ziemlich heiß war und ein Scherzbold. Er hat dich zum Strahlen gebracht«, sinnierte Liv, als sie sich wieder gefangen hatten.

»Ach echt?« Scarlett horchte auf. Plötzlich hatte sie ein seltsames Gefühl im Magen.

Die Freundin nickte. »Ich weiß noch, dass du richtig begeistert von deiner Begegnung mit ihm erzählt hast.«

»Was? Ich hatte doch nur ein paar Worte mit ihm gewechselt.« Sie dachte an den Zusammenprall während der Comedyvorstellung.

»Es hat auf jeden Fall ausgereicht, um dich den ganzen Abend nach ihm umzusehen.«

Scarlett schüttelte den Kopf. »Das ist doch Quatsch.«

»Findest du? Immerhin hast du ihn am nächsten Tag geheiratet.«

Sie wollte etwas erwidern, doch es blieb bei einem offenstehenden Mund. Auch wenn ihr Livs Ausführungen unglaubwürdig erschienen, war da wohl etwas dran. Denn mit dem letzten Punkt hatte sie zweifelsohne recht.

»Waren wir in Vegas eigentlich im Dauerdelirium?«, überlegte sie prompt.

Liv kicherte. »Nein. Wir haben nur unseren Pegel gehalten.«

»Hm. Vielleicht hätten wir das Sektfrühstück weglassen sollen.«

»Oder der ›Seven and Seven‹ war schlecht.«

»Stimmt! Das war der Drink für jede Tageszeit«, entsann sich Scarlett.

»Also ich finde die Erinnerungen an das verlängerte Wochenende dort trotzdem schön. Wir hatten echt einen Mordsspaß. Besonders du. Ich habe dich selten so locker gesehen.«

Scarlett blies sich eine Strähne aus dem Gesicht. »Und wo hat es mich hingebracht?«

»In den Hafen der Ehe. Ich kann es immer noch nicht glauben!«

»Was denkst du, wie es mir dabei geht?«

»Wart ihr dann in so einer Vierundzwanzig-Stunden-Kapelle? Oder seid ihr durch so einen Drive-In-Schalter gefahren?« Interessiert schaute Liv sie an.

»Woher soll ich das wissen? Ich habe absolut keine Ahnung. Da ist alles schwarz in meinem Kopf.«

»Ein Filmriss.« Die Freundin nickte. »Den hattest du ja schon, als ich dich gefunden habe. Aber ich hatte gehofft, dass dir jetzt, nach so vielen Jahren und im Hinblick auf diese Schockkeule, doch wieder etwas dazu eingefallen ist.«

»Leider nein.« Scarlett schüttelte traurig den Kopf.

»Echt komisch. Ich meine, wo war Elliot, als du aufgewacht bist?«

Sie zuckte mit den Schultern. »Vielleicht hat er sich auch nicht mehr an die Kleinigkeit unserer Trauung erinnert und sich aus dem Staub gemacht, um diesen seltsamen Moment nach einer durchzechten Nacht mit anschließendem One-Night-Stand zu vermeiden.«

Liv gluckste erneut. »Ich fass es nicht. Du hattest eine Hochzeitsnacht und keinen Schimmer davon.«

Scarlett streckte ihr die Zunge raus. »Ja, lach du nur.«

»Aber wenn deine Theorie stimmt, gibt's da einen Haken. Wenn er ebenso wie du einen Blackout hatte, wie konnten dann die deutschen Behörden über die Trauung informiert werden?«

»Eine gute Frage.« Nachdenklich spielte sie mit einer Serviette. »Ich muss mit dem Sachbearbeiter sprechen.«

DAS WETTER in Berlin war nicht besser. Die Hauptstadt zeigte sich keineswegs von ihrer sonnigen Seite, dafür war hier und da bereits die erste Weihnachtsdekoration zu sehen. Einige Läden versprühten geradezu schon die weihnachtliche Vorfreude, indem sie ihre Schaufenster mit künstlichen Tannengirlanden und hübschen bunten Lichterketten bestückt hatten. Sogar ein aufgeblasener Weihnachtsmann winkte ihr, dank einer Böe, die sich durch das Häusermeer zog, im Vorbeifahren zu.

Scarlett konzentrierte sich wieder auf die Straße. Obwohl sie Weihnachten über alle Maßen liebte, hatte sie momentan doch anderes im Kopf. In Kürze müsste sie ihr Ziel erreicht haben und am Berliner Standesamt ankommen. Hoffentlich fand sie einen Parkplatz. Sie hatte Glück und ergatterte einen ganz in der Nähe.

Das Gebäude war nicht sonderlich aufsehenerregend. Statt eines schönen alten Bauwerkes erwartete sie ein Kastenbau. Aber es zählte wohl auch nicht zu den Attraktionen der Stadt.

Drinnen empfing sie sofort dieser spezielle Geruch, der scheinbar irgendwie in allen Ämtern vorherrschte. Sie überlegte, ob es der Duft von tonnenweisen Formularen war, während sie die breiten Treppenstufen erklomm. Doch dagegen sprach, dass das EDV-Zeitalter ja längst Einzug gehalten hatte. Egal.

Sie studierte die Zimmernummern samt Namensschildchen am Gang und wurde ganz an dessen Ende fündig. Maurer.

Fast zaghaft klopfte sie an. Mit einem Mal wurde ihr mulmig.

»Herein«, drang es dumpf an ihr Ohr.

Scarlett nahm sich ein Herz und betrat zielstrebig den Raum. *Nur keine Zurückhaltung zeigen!*, sagte sie sich selbst. Die hatte sie schon am Telefon nicht weitergebracht.

Ein bebrillter Mann blickte ihr vom Schreibtisch aus entgegen. Aktenberge umgaben ihn. Also hatte der Computer in der Behörde den Papierkram doch noch nicht ersetzt. Das überraschte sie nicht. Jedoch der Anblick des Mannes, auf den sie soeben zuging.

Je näher sie ihm kam, umso bekannter erschien er ihr.

Scarlett blinzelte. Waren ihre Nerven derart überspannt oder war der aufflackernde Erinnerungsfunke real? Ausgenommen von Izzy kannte sie eigentlich niemanden in der Bundeshauptstadt.

»Herr Maurer?«, fragte sie zögernd.

»Ja. Wie kann ich Ihnen helfen?« Der Klang seiner Stimme verstärkte Scarletts Gefühl. Sie war diesem Mann schon einmal irgendwo begegnet. Doch die Erleuchtung, wo, blieb aus.

»Mein Name ist Scarlett Wening, und ich bin hier, um eine Eheschließung von Ihnen prüfen zu lassen.«

Bildete sie es sich nur ein, oder blitzte nun in seinen Augen so etwas wie Erkenntnis auf? Jetzt erhob er sich, lächelte und deutete auf einen leeren Stuhl.

»Natürlich. Bitte nehmen Sie Platz.«

War der Besuch im Standesamt Bamberg schon skurril gewesen, stand dieser hier in keinem Falle nach.

Der Mann, Herr Maurer, war keineswegs so alt, wie Scarlett ihn auf Anhieb geschätzt hatte. Aufgrund seiner beigen Strickjacke, dem dunkelblauen Schlips auf dem babyblauen Hemd und der anthrazitfarbenen Jeans – dazu die dickgerahmte Brille und der Bürstenhaarschnitt – hatte sie zuerst geglaubt, einem Mann nahe dem Rentenalter gegenüberzustehen. Doch nun, da sie direkt vor ihm saß, musste sie ihre Einschätzung korrigieren. Sein Gesicht wirkte jung und hatte kaum Falten. Er war höchstwahrscheinlich nicht viel älter als sie selbst. Der Eindruck, ihm bereits begegnet zu sein, wurde geradezu übermächtig. Doch in ihrem Kopf herrschte nach wie vor dichter Nebel. Wie alles, was mit dieser kuriosen Ehe zu tun hatte …

»Scarlett, richtig?«, unterbrach Herr Maurer ihre Gedanken.

Verblüfft blinzelte sie. »Stimmt. Woher wissen Sie das?«

Noch während sie die Frage stellte, beantwortete sie diese sich selbst. Wahrscheinlich war ihr fast schon verzweifelter Anruf bis zu dem Sachbearbeiter vorgedrungen.

Doch er überraschte sie, als er sagte: »Du weißt nicht mehr, wer ich bin?«

»Wie bitte? Ähm, nein. Doch, irgendwie …«, stotterte sie verlegen. Also kam ihre Ahnung nicht von ungefähr. Sie waren sich schon über den Weg gelaufen. Dann blieb ihr Blick an seinem Namensschild hängen, das schief auf dem Schreibtisch stand.

Sie starrte darauf, während ihr Gehirn allmählich die Puzzleteile zusammenfügte.

»Ich bin Sebastian. Wir haben uns vor etwa drei Jahren in Las Vegas getroffen«, erklärte gleichzeitig ihr Gegenüber, und plötzlich fiel es Scarlett wie Schuppen von den Augen.

»Oh ja«, hauchte sie und nickte bedächtig. »Du warst Elliots Freund.«

»Nein, ich bin sein Cousin.«

»Ach wirklich?« In ihrem Kopf ratterte es. Die Erinnerungen waren ziemlich verschwommen. »Aber ihr seid euch so gar nicht ähnlich«, überlegte sie laut.

Sebastian Maurer lehnte sich auf seinem Bürostuhl zurück und lächelte schief. »Die Beschreibung ist durchaus treffend.«

Einen kurzen Moment schwiegen sie beide.

»Weißt du, dass wir – also Elliot und ich – damals geheiratet haben?«, platzte es dann aus ihr heraus.

»Klar. Ich habe die Papiere hier bei uns in Deutschland eingepflegt.«

»Was?« Scarletts Kopf rotierte, als wollte er sich einmal um sich selbst drehen.

»Du solltest damals eigentlich ein amtliches Schreiben für deine Unterlagen dazu erhalten haben«, antwortete Sebastian geschäftsmäßig.

Sie kniff die Augen zusammen und fixierte ihn, während er gemächlich etwas in seinem Computer eingab. Unterdessen wühlte Scarlett erneut in ihrem Gedächtnis. An einen Brief vom Standesamt würde sie sich doch erinnern! Aber dann fiel ihr ein, dass zu jener Zeit ihre Mutter ja noch gelebt hatte. Sie hatte zeitlebens die unschöne Angewohnheit besessen, sämtliche Post ungelesen im Abfall zu entsorgen. ›Es handelt sich sowieso nur um Werbung oder Rechnungen‹, hatte sie immer gesagt. ›Ich habe weder Geld, etwas zu kaufen, noch, um was zu bezahlen.‹ Womit sie grundsätzlich recht gehabt hatte. Dass es nicht ratsam war, Zahlungsaufforderungen zu ignorieren, und die Situation kaum besser machte, davon hatte sie allerdings nichts wissen wollen. Demnach war der Behördenbrief, von dem Sebastian Maurer sprach, höchstwahrscheinlich der Philosophie ihrer Mutter zum Opfer gefallen.

Scarlett schloss für eine Sekunde die Augen und atmete tief durch. Das Ganze war eine einzige Verkettung bizarrer Umstände.

»Aber wieso?«, hörte sie sich fragen und wusste selbst nicht, worauf sie sich bezog.

Sebastian rückte seine Brille zurecht. »Du meinst, warum ich eure Ehe in Deutschland amtlich gemacht habe? Ich bin Standesbeamter. Das ist mein Job. Ich konnte doch diese Tatsache nicht wissentlich unterschlagen. Ich habe einen Eid geleistet!«

»Ach, echt?« Hatte er das? Oder übertrieb er?

Vielleicht. Er ging nicht weiter darauf ein und gab sich stattdessen seinen Erinnerungen hin. »Es war eure Entscheidung. Keine Ahnung, wie viel ihr getrunken hattet. Ich weiß nur, dass ihr euch vom ersten Moment an angeschaut habt, als wäre jeder für den anderen ein Sahnetörtchen, und dass ihr kaum die Hände voneinander lassen konntet. Ihr hättet euch auch so ein Zimmer nehmen können, dafür braucht man keinen Trauschein. Aber …« Er hob ahnungslos die Hände. »Es ist mir heute noch schleierhaft, was da in euren Köpfen vor sich gegangen ist. Jedenfalls habt ihr es durchgezogen.«

»Aha.« Scarletts Schädel brummte. »Aber warum waren wir am nächsten Tag nicht mehr zusammen?«

»Soweit ich weiß, warst du irgendwann plötzlich verschwunden. Elliot hatte den Kater seines Lebens, und offenbar hat keiner von euch beiden Lust verspürt, an dem, was ihr begonnen habt, anzuknüpfen.«

»Das war's? Ende der Geschichte?«

»Unglaublich aber wahr.« Auf Sebastians Gesicht spiegelte sich Unmut wie Unverständnis.

Sie dachte darüber nach. Das alles klang total durchgeknallt und absolut untypisch für sie. Sie war jemand, der sich an Regeln hielt! Manchmal sogar etwas zu sehr, wie ihre Freundinnen ihr zwischendrin immer mal wieder mitteilten. Trotzdem war es wohl so abgelaufen, sagte ihr der Verstand.

»Aber warum hast du es dann in Deutschland amtlich gemacht? Wenn ich das richtig verstanden habe, wäre diese Hochzeit ohne Bedeutung gewesen, wäre sie hier bei uns nicht gemeldet worden.«

»Weil ich nun einmal ein Mensch bin mit Sinn für Recht und Ordnung. Ihr habt es durchgezogen, trotz meiner Einwände, dann müsst ihr auch die Konsequenzen tragen!«, knurrte er und zerrte verbissen an seinem Krawattenknoten.

EINE STRAHLENDE IZZY riss die Wohnungstür auf, kaum dass der Klingelton verklungen war.

»Wen haben wir denn da? Die immer brave Scarlett mit den besten dunklen Geheimnissen, die ich bislang gehört habe!«, trällerte sie und drückte Scarlett an ihre Brust. »Wurde auch Zeit, dass du mich mal besuchen kommst«, tönte sie und zog sie in ihr Appartement.

Es war lichtdurchflutet, überwiegend in Weiß gehalten und mit modernen Möbeln ausstaffiert. Scarlett hatte nichts anderes erwartet. Sie kannte schließlich Izzys Geschmack.

»Das ist eine Schlafcouch. Hier kannst du es dir später gemütlich machen«, sagte ihre Freundin und deutete auf ein breites kantiges weißes Ledersofa.

»Danke dir, dass du mich so kurzfristig aufnimmst.«

»Dafür doch nicht. Ihr seid immer willkommen, das solltest du eigentlich wissen. Magst du einen Latte? Ich wollte mir gerade einen machen.«

»Gern.« Sie stellte ihre Reisetasche ab und trat an das bodenlange Fenster, das Ausblick auf einen begrünten Fuß- und Radweg bot. »Schön hast du's hier.«

»Ja, viel besser, als die Spelunke, in der ich vorher gewohnt habe.«

Scarlett nickte. Ihre Freundin hatte es wirklich zu was gebracht. Dennoch wanderten ihre Gedanken zurück zu Sebastian. Sie konnte immer noch kaum glauben, dass er nicht nur Elliots Cousin, sondern ebenfalls Standesbeamter war. Dazu einer der spießbürgerlichen Sorte. Sie kam sich vor wie in einem schlechten Film.

»Also, jetzt erzähl mal«, rief Izzy, die bisher nur bruchstückhaft Bescheid wusste, aus der kleinen Küche von nebenan. »Ich will alles haarklein wissen! Ich meine, schon klar, stille Wasser sind tief, aber dass ausgerechnet DU so ein Geheimnis mit dir herumträgst, hätte ich nicht im Traum gedacht.« Sie lachte schallend. Die Kaffeemaschine gurgelte, und Glasgeklapper war zu hören, bevor sie weiterplapperte. »Wer ist dein Ehemann? Wo wohnt er? Und noch viel wichtiger, wie sieht er aus? Ist er nett, witzig? Bestimmt. Wer so was durchzieht, muss spontan sein und Sinn für Humor haben. Wobei wir wieder dabei wären, dass ich es unfassbar finde, dass gerade du, Scarlett Wening, einer Schnellhochzeit in Las Vegas zugestimmt hast. Sonst bist du doch mehr der Typ, der alles ausgiebig durchdenkt.« Sie reichte ihr den Latte Macchiato. »Verzeih. Es ist nur, ich platze vor Neugier!«, gestand sie.

»Das merkt man dir kaum an«, meinte Scarlett lächelnd, und die Freundinnen stießen mit der Kaffeekreation an. »Sehr lecker. Du hast bestimmt eine teure Maschine, was?«

Ihre Freundin winkte ab. »Ja, ja. Aber das ist doch jetzt nebensächlich. Erzähl lieber! Ich meine, das ist ja wohl DIE Neuigkeit des Jahres!«

»Wahrscheinlich«, gab sie zu und berichtete von ihren Standesamtbesuchen in Bamberg und soeben in Berlin.

»Wow!« Izzy sank baff aufs Sofa. »Da bin ich platt.« Dann begann sie zu kichern. »Was für eine Story. Ich kenne jemanden vom Film. Ich muss ihm unbedingt davon erzählen. Vielleicht kommt das in die Kinos, dann wirst du damit noch reich.«

Scarletts Mundwinkel hoben sich jedoch nur ansatzweise. »Ich bin schon froh, wenn ich dieses Kuddelmuddel entwirren kann.« Dass ihr Erinnerungsvermögen weiterhin zum Großteil streikte, machte ihr zunehmend zu schaffen.

»Also, wie sieht dein Plan aus?« Izzy stellte ihren Macchiato auf dem Glastisch ab.

»Ich werde jetzt Elliot suchen. Was anderes bleibt mir wohl kaum übrig, wenn ich diese Misere zu einem Ende bringen will.«

»Dann willst du die Scheidung?«

»Hallo? Ich kenne den Mann kaum.« Eigentlich überhaupt nicht. »Natürlich will ich die Scheidung.«

»Hm. Und dann möchtest du Dennis heiraten?«

Statt einer Antwort zuckte sie mit den Schultern.

»Also ehrlich, Scarlett. Dass du da überhaupt noch darüber nachdenkst! Der Kerl hat dich runtergemacht und an Ort und Stelle sitzen lassen.« Ihre Freundin schüttelte missbilligend den Kopf. »Vergiss ihn!«

Eindringlich sah sie Scarlett an. Die erwiderte den Blick, bis sie beide zu kichern begannen. »Das wäre eine Möglichkeit. Hat immerhin schon einmal geklappt. An Elliot habe ich schließlich seit der Hochzeitsnacht keinen Gedanken mehr verschwendet.«

Izzy prustete los. »So gefällst du mir. Humor ist, wenn man trotzdem lacht. Jetzt stöberst du erst mal deinen Göttergatten auf. Und wer weiß? Vielleicht ist er ja nicht mal so übel …« Sie zwinkerte ihr verschwörerisch zu, was Scarlett dazu veranlasste, mit den Augen zu rollen. »Weißt du denn, wo er wohnt?«

»In Berlin.«

»Das ist doch praktisch. Ich meine, wo du schon mal hier bist.« Izzy kicherte.

»Da gibt es leider nur ein klitzekleines Problem.«

»Das da wäre?«

»Er ist nicht in der Stadt. Nachdem mir Sebastian seine Adresse gegeben hat, bin ich sofort hingefahren. Eine nette Nachbarin hat mir erzählt, dass er erst zu den Weihnachtsfeiertagen wiederkommen wird. Er betreibt wohl einen Foodtruck, mit dem er viel auf Achse ist. Momentan weiß sie nicht, wo er damit herumkurvt, aber er hat auf Rügen einen Standplatz am Weihnachtsmarkt oder so.«

»Oh! Aber das ist doch toll. Du liebst das Meer. Dann noch zur Weihnachtszeit! Das stelle ich mir echt schön vor.«

Scarlett nickte. »Ja, wie es aussieht, fahre ich demnächst an die Ostsee.«

4

Ein unbeschreibliches Gefühl von Freiheit und Freude durchflutete Scarlett, als ihr Golf Stralsund hinter sich ließ und die Reifen die Rügenbrücke berührten. Hatte sie eben noch die Werft mit ihren Kränen im Blick gehabt, sah sie wenige Sekunden später links wie rechts das blaue Meer. Dahinter lag sie, die Ostseeinsel Rügen.

Obwohl der Kalender den neunten Dezember schrieb, ließ sie ihr Seitenfenster herunter und schnupperte nach der Meeresluft. Eine Windbö tat ihr den Gefallen und blies prompt einen Stoß kalte Luft ins Wageninnere. Etwas durchgewirbelt und von Gänsehaut überzogen schloss sie das Fenster schnell wieder und fuhr lächelnd weiter. Nach der langen Strecke war es wie ein Wachmacher. Sie streckte sich, so gut es ging, und genoss jeden Augenblick. Wäre sie in einem Film, wäre die Brücke passend zur Jahreszeit womöglich mit Tannenzweigen und Lichterketten geschmückt. Sie stellte sich den Anblick bombastisch vor. Doch die Wirklichkeit war genauso schön.

Der Himmel war wolkenverhangen, trotzdem hatte ein Sonnenstrahl ein Loch hindurchgefunden und setzte das Brückenende in goldgelbes Licht. Fast so, als würde Petrus Rügens Eingangstor absichtlich beleuchten.

Dann war es so weit, und sie rollte auf die Insel. Endlich! Noch einmal erfasste sie das Glücksgefühl. Sie liebte das Meer, und Urlaub auf Rügen zu machen, war seit Langem ihr Traum. Bisher hatte es jedoch nie geklappt. Wie bizarr, dass sie ausgerechnet ihr unbekannter Ehemann hierhertrieb.

Plötzlich wurde ihr Magen flau. Was würde sie hier erwarten? Ein Vagabund und Scherzbold, mit dem man kein vernünftiges Wort reden konnte? Oder würde das Gespräch über die Scheidungsvereinbarung kurz und bündig ausfallen, und Scarlett konnte den Rest ihrer Zeit tatsächlich den Urlaub genießen und die Seele baumeln lassen? Dafür war sie ja so was von reif!

Seit ihrem Berlinbesuch waren drei Wochen vergangen. Drei Wochen, in denen sie versucht hatte, das Debakel in ihrem Leben zu begreifen und zu verarbeiten. Drei Wochen, in denen sie immer wieder mit sich gerungen hatte, ob es wirklich eine gute Idee war, Elliot aufzusuchen. Sie hätte auch einfach einen Anwalt beauftragen können. Aber sie wollte ihn persönlich sehen, vielleicht könnte sie dann die Lücken in ihrem Gedächtnis füllen. Die Erinnerungslücken machten ihr echt zu schaffen! Also hatte sie sich den Besuch auf Rügen in den letzten drei Wochen damit schöngeredet, endlich einmal selbst einen Fuß auf die berühmte Seebrücke in Sellin setzen zu können, anstatt sie nur auf Fotos aus der Ferne zu bewundern.

Sie hatte eine kleine Wohnung mit Meerblick in Alt Reddevitz gebucht und ihre geschäftlichen Angelegenheiten geregelt, um in der Weihnachtszeit kurzfristig Urlaub nehmen zu können. Die Fototermine zum Nikolaustag hatte sie jedoch noch wahrnehmen müssen. In den letzten Tagen hatte sie unzählige Bilder geknipst, auf denen die Kinder verschiedener Kitas mit dem Nikolaus im Bischofsgewand, mit Mütze und Stab zu sehen waren. Danach hatte sie bis zum Jahresende sowieso keine wichtigen Aufträge mehr in ihrem Buch stehen.

Sie fuhr an Bergen vorbei und entdeckte bei Zirkow *Karls Erdbeerhof*. Spontan hielt sie an, um sich einen Kaffee zu gönnen.

Alsbald schlenderte sie staunend durch die Regale, die gefüllt waren mit Deko- und Geschenkartikeln und natürlich mit Weihnachtsschmuck. Aus den Lautsprechern drang leise Weihnachtsmusik. Sie blieb bei einem Tisch mit der bekannten Erdbeermarmelade stehen. Davon würde sie sich ein Glas mitnehmen, für ihr Frühstück in der Ferienwohnung. Etwas weiter hinten bestaunte sie maritime Stücke, die mit Watteschnee in Szene gesetzt worden waren. ›Winter am Meer‹, schoss ihr sofort durch den Kopf und ließ sie lächeln. Dann begab sie sich auf die Suche nach der Tasse Kaffee, wegen der sie gehalten hatte.

Es erwartete sie ein riesiges Buffet, das offenbar je nach Tageszeit Frühstück, Mittag- und Abendessen bot. Man fand so ziemlich alles, was das Herz begehrte. Da es vier Uhr nachmittags war, standen momentan Kuchen und Desserts bereit. Außerdem wurde schon für den abendlichen Hunger aufgetischt. Sie holte sich einen Teller und lud sich spontan ein Schnitzel und Pommes auf. Wenige Minuten später saß sie an einem der zahlreichen Tische und ließ es sich schmecken, während ihr Blick umherwanderte. Es gab so viel zu sehen.

Im kompletten oberen Bereich der Halle waren in ausladenden Glaskästen alte Kaffeekannen aus Porzellan nebeneinander aufgereiht. Sie kniff die Augen zusammen, um das Schild, das sich an der gegenüberliegenden Wand befand, besser lesen zu können. Die Kaffeekannensammlung war ein Weltrekord und 2012 ins *Guinnessbuch der Rekorde* eingetragen worden. Wow! Sie entdeckte sogar eine Kanne, die sie früher selbst zu Hause im Schrank stehen hatte. Ein Hauch von Kindheitserinnerungen überkam sie. Sie schüttelte sie schnell ab und guckte sich lieber die anderen Gäste an. Leute zu beobachten gefiel ihr. Es war immer wieder spannend und interessant zu sehen, wie sie gekleidet waren und sich verhielten.

Ein paar Tische weiter hatte sich eine Familie mit drei Kindern niedergelassen. Links davon saßen junge Eltern mit einem Zwillingswagen. Sie dachte an Liv, die neuerdings mit dem Gedanken, schwanger werden zu wollen, spielte, als plötzlich ein Huhn zwischen den Stühlen auftauchte und im Laufschritt auf sie zu sprintete. Es wurde von einem schätzungsweise Fünfjährigen gejagt, der die Henne offenbar gerne streicheln wollte.

Halb amüsiert, halb ungläubig verfolgte Scarlett das Schauspiel. Wie konnte es sein, dass sich ein lebendes Huhn hier, nicht nur im Laden, sondern sogar im Essensbereich, herumtrieb? Prompt dachte sie an die Hähnchenschenkel, die in der heißen Theke knusprig braun gebraten lagen. Vielleicht war die Henne aus Protest hier?

Sie kicherte in sich hinein und beobachtete, wie das Tier einen gekonnten Haken schlug, um seinen lästigen Verfolger loszuwerden. Es tauchte zwischen den Füßen eines Pärchens unter dessen Tisch ab. Gleich darauf schoss die Frau kreischend in die Höhe. Vermutlich hatte das Federvieh sie am Bein gestreift.

»Aaah!« Mit weit aufgerissenen Augen warf sie die Arme in die Höhe, starrte kurz nach unten, bevor sie sich wild umsah. »Da!«, rief sie dann und deutete mit dem Finger auf einen Punkt, den Scarlett von ihrem Platz aus nicht sehen konnte. Aber sie wusste auch so, was die Frau entdeckt hatte. Eine abenteuerlustige Henne!

Jetzt erhob sich auch der Mann, blickte sich um und brach in schallendes Gelächter aus.

Während die Stimme der Frau ziemlich hoch und schrill

geklungen hatte, war seine Tonart recht angenehm. Sie hatte etwas Wärmendes an sich. Unwillkürlich stimmte Scarlett in sein Lachen ein. Natürlich leiser und zurückhaltender. Sie wollte schließlich nicht als ›Gafferin‹ dastehen, die sich über andere Leute lustig machte. Was sie aber nicht davon abhielt, die beiden verstohlen genauer zu betrachten.

Die Frau war adrett gekleidet und steckte in einem tannengrünen Bouclé-Kostüm. Ihr dunkles Haar hatte sie zu einem Knoten hochgesteckt. Sie schloss ihren tiefroten lippenstiftbehafteten Mund und sank auf ihren Stuhl zurück, während der Mann auf sie einredete und ihr seine Hand beruhigend auf den Arm gelegt hatte.

Ihn konnte Scarlett eigentlich nur von hinten sehen. Im Gegensatz zu seiner Begleiterin war er leger gekleidet und hatte zu Bluejeans einen dicken dunkelgrauen Hoodie an. Überraschenderweise aber hatte auch er sein Haar geknotet. Es war somit länger, als die meisten Männer es trugen. Ein Kribbeln erfasste sie, noch bevor er seinen Kopf drehte, sodass sie ihn im Profil sah. Vollbart, ovales Gesicht, hohe Wangenknochen, gerade Nase, geschwungene Brauen. Schon wandte er sich wieder um, und Scarlett schnappte nach Luft.

Wie versteinert saß sie da und starrte in seine Richtung. War das Elliot?

Wie kam sie überhaupt darauf? Nur weil er ihm ähnlich sah? Zumindest glaubte sie das. Aber wie hoch war die Chance, dass sie damit falschlag? Sie hatte ihn immerhin zuletzt vor Jahren gesehen und seitdem nicht mal mehr an ihn gedacht. Na gut, wollte sie vermutlich auch nicht. Dass sie, Scarlett Wening, einen Filmriss hatte, hatte sie bis in ihre Grundmauern erschüttert. Tat es immer noch – damals wie heute. Von ihrer Mutter kannte sie so was zu Genüge. Wie oft hatte sie ihr deswegen Vorwürfe gemacht und verständnislos mit dem Kopf geschüttelt? Und dann war es ihr selbst passiert. Der Schock darüber und die aufkeimende Angst, womöglich in ihre Fußstapfen zu treten, hatte sie dazu veranlasst, die Erinnerung daran tief zu vergraben. Wenn sie tat, als wäre es nie geschehen, war es, als wäre es nicht wirklich passiert. Mit dieser Strategie war sie gut gefahren, bis jetzt jedenfalls …

Sie schielte noch einmal zu ihm hin, bevor sie den Blick auf ihren Teller richtete, ohne richtig hinzusehen. Er war es nicht. Oder doch?

Krampfhaft durchstöberte sie ihr seit Wochen malträtiertes Hirn. Der Mann sah Elliot vielleicht wegen der Haare ähnlich. Sie hatte ganz vergessen, dass er sie damals nicht nur mit der lockeren Art beeindruckt hatte, sondern ihr hatte auch seine Surferfrisur gefallen. Aber deshalb gleich zu glauben, dass der Mann da drüben tatsächlich er war, war doch albern. Es gab schließlich einige, die so eine Frisur trugen. Und nur weil ›ihr Ehemann‹ vor Jahren so eine besessen hatte, hieß das doch nicht, dass es immer noch so war.

Andererseits war ihr Gefühl, ihn erkannt zu haben, derart stark, dass er es womöglich doch sein könnte. Vielleicht lag es an dem Lachen, das er lauthals zum Besten gegeben hatte …

»Boog«, plärrte das Huhn, und Scarlett glaubte für den Bruchteil einer Sekunde, dass ihr Kopf explodiert war.

Kinderlachen wurde laut. Sie schaute sich irritiert um und musste dabei feststellen, dass das Paar schräg gegenüber verschwunden war.

Klasse! Missmutig stach sie auf ihre Pommes ein. Wenn er es nun doch gewesen war? Dann hätte sie das Ziel ihres Rügenbesuchs gleich in den ersten Stunden erreicht und könnte sich schon jetzt entspannt zurücklehnen und den Urlaub genießen. So aber ging die Suche nun erst los. Sie wusste ja nicht einmal, wo er sich genau aufhielt. Rügen war die größte Insel Deutschlands. Ob sie Elliot überhaupt finden würde?

Sie schnappte sich ihr Tablett, schob es in den Rückgabeständer und eilte hinaus. Womöglich war er es ja doch gewesen, und sie konnte ihn noch irgendwo am Parkplatz abfangen. Doch bis sie dort angelangt war, war von dem Paar weit und breit nichts mehr zu sehen.

～

DIE FERIENWOHNUNG WAR KLEIN und fein. Genau richtig für eine Person. Es gab einen Wohnraum mit Miniaturküchenzeile, einem gemütlichen Sofa – sogar mit Kuscheldecke – sowie einem Tisch und zwei Stühlen vor der Balkontür. Nebenan lag das Schlafzimmer, das einen geräumigen Schrank hatte. Die Räume waren weiß gestrichen und mit maritimer Dekoration versehen. Passend dazu hing ein großes Gemälde mit Leuchtturm über der Couch. Aber das Beste war der Ausblick.

In ihre Strickjacke gehüllt, stand sie am Balkon und schaute aufs Meer hinaus. Da sich die Wohnung in einer Bucht befand, fehlten allerdings die schönen Wellen. Das weitläufige Wasser lag relativ ruhig da. Gegenüber war die andere Seite der Landzunge zu sehen, auf der sie sich befand. Schade, die Perspektive erinnerte mehr an einen großen See. Das war aber der einzige Wermutstropfen für Scarlett. Die Luft war herrlich frisch, und Möwen schrien von irgendwo her.

Sie gönnte sich ein paar Atemzüge, bevor sie sich ans Auspacken machte. Auf dem Herweg war sie noch schnell einkaufen gegangen und hatte sich das Nötigste für die kommenden Tage besorgt. Als sie die Rotweinflasche auf die Anrichte stellte, guckte sie auf die Uhr. Davon würde sie sich später ein Glas gönnen. Das hatte sie sich nach der langen Anreise verdient. Doch vorher stand die Seebrücke in Sellin auf dem Programm.

Anfangs zählte Scarlett noch die Stufen, die hinab zum Strand und zur Brücke führten, doch irgendwann vergaß sie es. Zu schön war die Aussicht, die sich ihr bot. Schon oben am Geländer war sie eine kleine Ewigkeit verweilt und hatte das Bild der Seebrücke in sich aufgesogen. Auch wenn sie sie von Fotos kannte, war es doch mit der Realität nicht vergleichbar. Da es bereits dunkelte, erhob sie sich geradezu strahlend über dem Wasser. Das ganze Gebäude war wunderbar beleuchtet. Der Flair war unbeschreiblich. Da der Wind aufgefrischt hatte, rollten tosend Wellen heran. Das Meer war lebhaft und das Wellenrauschen Musik in Scarletts Ohren. Irgendwann holte sie ihre Kamera hervor und begann selbst zu knipsen, bis sie es nicht mehr aushielt und nach unten eilte, über den breiten Steg, der direkt auf das Brückenhaus zulief, in dem sich ein Restaurant befand.

Scarlett umrundete es linkerseits, dann lag die Brücke vor ihr. Dreihundertvierundneunzig Meter, die direkt in die Ostsee führten. Langsam, fast ehrfürchtig setzte sie einen Fuß vor den anderen. Bei der Plattform, die den Rettungsschwimmturm und eine Snackbar beherbergte, blieb sie stehen, lehnte sich über das Geländer und reckte die Nase gegen den Wind. In ihrer dicken Winterjacke, mit dem breiten Schal und der Strickmütze fror es sie überhaupt nicht. Direkt neben ihr brachen die ersten Wellen. Begeistert schaute sie in die weiße Gischt, die sich vom schwarzen Meerwasser abhob.

Erst als andere Besucher herankamen, ging sie weiter. Am Ende des Wegs befand sich die Tauchgondel, die ihr Tagwerk vollbracht hatte und jetzt ruhte.

Scarlett drehte sich juchzend einmal im Kreis. Wie herrlich es doch hier war. Sie hätte ewig bleiben können.

Ihr Kopf war frei! Alle schwerwiegenden Gedanken, die sie in den vergangenen Wochen belastet hatten, waren wie weggeblasen. Das war sie, die Macht des Meeres und des Windes.

DIE REALITÄT HOLTE sie schneller wieder ein, als ihr lieb war. Nur wenig später rief Izzy an und erinnerte sie mit spannungsgeladener Stimme an ihre Mission.

»Hast du schon was rausgefunden?«, rief sie aufgekratzt und so laut, dass Scarlett automatisch ihr Handy etwas vom Ohr weghalten musste.

Musik plärrte im Hintergrund, sodass sie fragte: »Wo bist du?«

»Ach, nur auf einer Afterparty. Alle Bilder für den neuen Katalog sind im Kasten, jetzt feiern wir ein bisschen. Das Übliche halt.«

Aha, willkommen in der Modewelt, dachte Scarlett und überlegte, ob sie auch mal ›einen auflegen‹ sollte, wenn sie eine Fotostrecke für einen Auftrag fertiggeknipst hatte.

»Aber das ist jetzt egal«, unterbrach die Freundin ihre gedanklichen Abschweifungen. »Ich will wissen, wie es bei dir läuft. Neuigkeiten bitte!«

»Welche denn? Ich bin gerade erst auf Rügen angekommen«, erinnerte Scarlett. Es war sowieso überraschend, dass Izzy sich als Erste bei ihr meldete. Normalerweise war Liv der mütterlichste Typ ihres Quartetts. Izzy war das Küken und verhielt sich im Grunde auch so. Sie lebte ein Leben auf der Überholspur und benahm sich nur ungern brav und spießbürgerlich.

»Dann hast du noch nichts Paparazzimäßiges zu berichten? Och, wie schade«, sagte sie prompt und brachte Scarlett damit unwillkürlich zum Lächeln.

»Neugierig bist du gar nicht, was? Aber ich habe tatsächlich eine kleine Story für dich«, verriet sie ihr und erzählte von dem Kurzaufenthalt auf *Karls Erdbeerhof.* »Ich denke aber nicht, dass es tatsächlich Elliot war. Ich meine, wie groß ist die Wahrscheinlichkeit, dass ich ihm gleich in den ersten fünf Minuten über den Weg laufe?«, endete sie.

»Hm. Genauso hoch wie die Möglichkeit, dass du ihn ewig

suchst«, meinte Izzy salopp und mochte damit vielleicht sogar recht haben. Doch allein die Vorstellung ließ Scarlett aufschnaufen. Nur am Rande nahm sie die Weihnachtsbeleuchtung der wunderschönen Häuser wahr, während sie die Wilhelmstraße entlanglief, um zu ihrem Auto zu kommen.

»Ja, ich fürchte auch, dass es schwieriger werden könnte, als ich mir gedacht habe. Woher soll ich zum Beispiel wissen, wie er heutzutage aussieht? Ich erinnere mich kaum an ihn. Was, wenn ich wiederholt den Falschen anspreche? Vermutlich lande ich dann irgendwann in der Klapsmühle oder im Gefängnis, weil man mich entweder für durchgeknallt hält oder ich fremde Leute belästige.«

Sie hörte ihre Freundin kichern. »Du siehst alles viel zu schwarz. Ich dachte, er besitzt einen Foodtruck. Daran solltest du ihn also zweifelsfrei erkennen.«

»Das stimmt. Allerdings weiß ich immer noch nicht, wo der steht.«

»Da kann dir bestimmt Google helfen. Hast du dir schon mal die Weihnachtsmärkte auf der Insel im Netz rausgesucht? Vielleicht ist da ein Schaustellerverzeichnis vermerkt. Nein, Ausstellerverzeichnis. Oder wie heißt das bei solchen Märkten? Na, eben eine Übersicht aller Stände vor Ort.«

Das war eine fabelhafte Idee, fand Scarlett. Sie musste zugeben, dass sie sich bislang nur halbherzig mit der Sache befasst hatte, aber mit dieser Strategie könnte sie ihm morgen womöglich schon gegenüberstehen.

»Und was sage ich dann zu ihm? Was ist, wenn er sich als ruppiges A-loch entpuppt?«, sprach sie die Gedanken aus, die sie seit Tagen beschäftigten. Bisher war es ihr gelungen, sie in die hinterste Ecke ihres Gehirns zu verbannen, doch jetzt ging das nicht mehr. Der Tag X stand bevor, und ihr war nicht besonders wohl damit.

Izzy wischte ihre Bedenken weg. »Ach was. Das kann ich

mir nicht vorstellen. Du besitzt eine tolle Menschenkenntnis. Du hättest so einen Idioten sicherlich nicht geheiratet. Wobei Dennis jetzt nicht grad der *Burner* ist …«

»Na danke für die aufbauenden Worte!« Man konnte ihrer Freundin einiges nachsagen, aber sicherlich nicht, dass sie ein Blatt vor den Mund nahm.

Izzy lachte. »Gern geschehen. Und obendrein bekommst du auch noch einen Tipp von mir. Sieh Elliot doch als Überraschungsei. Vielleicht bringt er dir Spiel, Spaß und Spannung.«

5

Das Flair des Weihnachtsmarkts in Altefähr war herrlich winterlich. Laut Scarletts Recherchen gab es an diesem Wochenende zwei Märkte auf Rügen. Diesen hier und noch einen in Bergen. Aufgrund der Lage hatte sie sich entschieden, zuerst den weiter entfernt gelegenen Christkindelmarkt zu besuchen und auf dem Rückweg in Bergen zu halten.

Altefähr lag gegenüber von Stralsund, sie konnte die Stadt aus der Entfernung sehen und nahm sich vor, auch dort einmal durch die Straßen zu bummeln. Aber zuerst musste sie erledigen, weshalb sie hergekommen war. Vorher hatte sie für so was keinen Sinn. Um die Seele baumeln zu lassen, war die Anspannung in ihr viel zu groß. Und trotzdem schindete sie Zeit. Das merkte sie selbst. Anstatt durch die Stände zu laufen, um nach einem Foodtruck Ausschau zu halten, blieb sie hier und da stehen. Besah sich die weihnachtlichen Gestecke und Figuren, die in den Zelten zum Verkauf standen, und hörte der Livemusik zu, die ein Sänger mit seiner Gitarre zum Besten gab. Einen Weihnachtsmarkt, auf dem sich die Stände überwiegend in Zelten befanden, hatte sie bisher noch nicht gesehen. Aber es war eine ziemlich kluge Idee, frischte der Wind vom Meer aus doch immer wieder auf.

Da es erst nachmittags war, befanden sich noch nicht so viele Besucher hier. Aber Scarlett war sich sicher, dass sich das bei Einbruch der Dunkelheit ändern würde. Ihren Nachforschungen zufolge waren die Weihnachtsmärkte auf der Insel allesamt immer nur für ein (langes) Wochenende geöffnet, dafür in wechselnden Ortschaften. Wenn die Lichterketten im Dunkel in ihrer wahren Pracht erstrahlten, zog es mit Sicherheit Anwohner wie Touristen zuhauf hierher.

Sie holte sich ein Stück Kuchen plus Kaffee und ließ es sich schmecken, während sie einen Programmaufsteller studierte. Ein fröhlicher Weihnachtsmann, ein Puppentheater und eine Feuershow wurden darauf angekündigt. Letzteres sollte morgen Abend stattfinden. Sie machte sich eine geistige Notiz, als ein Blitzlicht sie irritiert aufblicken ließ.

»Oh, habe ich Sie erschreckt?«, fragte ein Mann mit Kamera in der Hand. »Ich bin Fotograf. Eigentlich bin ich für Familienfotos da. Da vorne ist mein Zelt.« Mit dem Daumen zeigte er über seine Schulter hinweg. »Weil momentan aber nicht viel los ist, knipse ich ein paar Bilder vom Weihnachtsmarkt. Sie wissen schon, für die Webseite und so.«

»Dann muss ich damit rechnen, im Internet zu erscheinen?«

»Nur wenn Sie wollen.« Er lächelte, und die rote Mütze unterstrich das Leuchten in seinem Gesicht. Er war nicht unattraktiv. Seine runde Brille mit dezenter Goldeinfassung stand ihm. Scarlett schätzte ihn Richtung vierzig. Zu einer dunkelblauen Steppjacke trug er eine hellbraune Jeans, dazu Boots und passend zur Mütze hatte er einen roten Schal um den Hals gewickelt. Sehr praktisch, denn der kalte Ostseewind pfiff hin und wieder auch zwischen den Ständen entlang.

»Warum ich?«, fragte sie und konzentrierte sich wieder auf ihren Teller.

»Nun ja, Sie sind eine hübsche Frau, der unser Kuchen sichtlich zu schmecken scheint. Eine bessere Werbung gibt es kaum. Hier, sehen Sie.« Er trat näher an ihren Stehtisch und hielt ihr das Display seines Fotoapparats unter die Nase.

Ihr Bild stach ihr entgegen, wie sie lässig da lehnte und genießerisch die Gabel aus dem Mund zog.

»Fast sinnlich, finden Sie nicht?«, fragte er, und ein seltsames Gefühl erfasste sie.

Dass sie so wirken konnte, war ihr gar nicht bewusst gewesen, und dass der Mann mit ihr zu flirten schien, machte es auch nicht besser. Diesbezüglich war sie etwas eingerostet. Immerhin war sie lange mit Dennis liiert gewesen. Weshalb sie es vorzog, das Thema zu wechseln.

Sie deutete auf die Kamera. »Ein teures Gerät.«

»Stimmt. Sie kennen sich damit aus?«

Sie griff seitlich an sich herab und holte ihren eigenen Apparat hervor, den sie in einem Täschchen mit Tragegurt verpackt über die Schulter baumeln hatte.

»Meine ist vom Konkurrenzunternehmen.«

Mit Kennerblick betrachtete er sie. »Dann sind Sie auch ein Profi? Eine Kollegin? Führt Sie etwas Spezielles her?«

Das war ihr Stichwort. »Also, wenn Sie mich so fragen. Ja, tatsächlich. Ich bin auf der Suche nach jemandem. Wissen Sie zufällig –«

»Hey Ingo, sag mal hast du Doris gesehen? Ich weiß immer noch nicht, wo ich mit meinen Bioabfällen hinsoll.« Wie aus dem Nichts trat plötzlich jemand hinter Scarlett hervor und steuerte unverwandt auf ihren Gesprächspartner zu.

Demnach hieß der nette Fotograf Ingo. Das war das Erste, was ihr durch den Kopf ging. Das Zweite war, dass sie es ziemlich unhöflich fand, einfach in ein Gespräch zu platzen. Drittes raubte ihr dann schier den Atem. Es war der Moment, in dem sie den Fremden nicht nur optisch wahrnahm, sondern Ingo ihn auch noch namentlich ansprach.

»Ich habe keine Ahnung, Elliot, wo sie sich rumtreibt. Hast du schon mal im Tombolazelt nachgeschaut?«

Elliot grummelte etwas, während Scarlett ihn reglos musterte.

Das war er! Elliot, ihr *Ehemann*. Unbehagen, Neugier und ein Gefühl von Ohnmacht vermischten sich in ihr.

Er trug eine grüne Steppjacke und dazu eine schwarz-gelb-grün geringelte Beaniemütze, die sie augenblicklich an die Jamaikaflagge denken ließ. Als er sich bewegte, erkannte sie die schulterlangen blonden Haare, die er wohl zu einem Pferdeschwanz zusammengebunden hatte. Sein Gesicht zierte ein gepflegter Vollbart. Sie fragte sich, ob es derselbe Mann war, den sie gestern im Restaurantbereich von *Karls Erdbeerhof* mit dieser Frau gesehen hatte, konnte es aber beim besten Willen nicht sagen.

Dann trafen sich für eine Sekunde ihre Blicke, und sie starrte in seine blaugrünen Augen. Blitzartig zuckten Bildfetzen vor ihr auf, wie er sie in Vegas' großer Hotelhalle angelacht hatte. Der Zusammenstoß. Damals hatte er Shorts und T-Shirt getragen und lockere Gelassenheit ausgestrahlt.

Nicht so heute. Gerade kniff er mürrisch die Augen zusammen, und Scarlett senkte schnell den Blick.

Hatte er sie ebenfalls wiedererkannt? Dann war jetzt wohl der Augenblick der Wahrheit. Nur, dass sie sich gar nicht darauf vorbereitet fühlte. Was irrwitzig war, war sie doch nur deshalb auf die Insel gekommen. Aber sich so unvermittelt in der Realität gegenüberzustehen, war eben etwas anderes, als es im Kopf durchzuspielen. Plötzlich hatte sie keine Ahnung, was sie sagen sollte.

»Sag mal, ke–«, begann er, und Scarlett wurde mulmig.

Wenn er die Frage aussprach, musste sie ehrlicherweise antworten. Dafür war sie aber alles andere als bereit.

Glücklicherweise wurde er aber sogleich von Ingo unterbrochen.

»Oh, wie unhöflich von mir. Ich habe total vergessen, uns vorzustellen. Ich bin Ingo, Fotograf«, sagte er und deutete grinsend auf seine Kamera, die vor ihm auf dem Tisch lag. »Und das ist Elliot. Er betreibt einen Foodtruck und beehrt uns heuer schon zum zweiten Mal mit seiner Anwesenheit. Was uns sehr freut. Seine Burger sind echt zum Niederknien.«

Er klopfte dem Imbissbetreiber anerkennend auf die Schulter, was Elliot ein schiefes Lächeln entlockte und Scarletts Gefühlsachterbahn erneut in Fahrt brachte. Doch sie riss sich zusammen und nutzte den Moment.

»Klingt lecker. Soll ich ein Foto von euch machen? Fürs Internet und so?«, rief sie regelrecht aufgekratzt und schnappte sich schon Ingos Apparat.

Ihr Übereifer entlockte den beiden Männern stutzige Gesichter. Was durchaus verständlich war. Aber Scarlett war das im Augenblick egal. Hauptsache, sie musste sich nicht vorstellen!

»Nun schaut nicht so! Lächelt mal!«, forderte sie und war froh, sich selbst hinter der Kamera verstecken zu können.

Als sie wenige Minuten später allein über die Buhne 9 schlenderte, musste sie erst einmal tief durchatmen. Das war knapp gewesen, und sie konnte es noch immer nicht richtig glauben, dass sie einfach so davongekommen war, ohne ihren Namen nennen zu müssen. Das Universum hatte ihr eine Galgenfrist gewährt, indem es die gesuchte Doris vorbeigeschickt hatte, gleich nachdem sie die Männer mit einer Abfolge mehrerer Blitzlichter leicht sehuntauglich gemacht hatte. Sie gluckste kurz auf, als sie daran dachte, wie Ingo und Elliot geschwankt hatten, ähnlich Espen im Wind, wurde dann aber jäh wieder ernst.

Vermutlich glaubte Ingo nun, dass sie keinen Schimmer von professioneller Fotografie besaß. Das kratzte schon ein bisschen an ihrem Ego. Aber es war immerhin noch besser, als sich unversehens als Elliots Frau vorstellen zu müssen. Oder?

Sie hatte jedenfalls die Gelegenheit genutzt und sich schnell verzogen, als Doris, eine der Initiatorinnen, aufgetaucht war. Doch was nun?

Sie starrte in die blaugraue Ostsee. Der Himmel verdunkelte sich langsam. Sie warf einen Blick auf ihre Armbanduhr, ohne genau hinzusehen.

Sie hatte Elliot also gefunden. Vielleicht schneller als ihr lieb war, wie sie sich eingestehen musste. Allein sein Anblick hatte sie verwirrt und ihr einen Kloß im Hals beschert. Der Klumpen in ihrem Magen löste sich allmählich wieder auf. Sie schielte zum Ufer hinüber, dorthin wo sie glaubte eine große silberne Blechschale zwischen Bäumen, Häusern und Zelten zu erkennen. Sie tippte stark darauf, dass es sich dabei um Elliots Foodtruck handelte.

Nachdenklich hielt sie ihr Gesicht in den Wind, um zu spüren, dass sie sich in der Wirklichkeit befand. Denn mal ehrlich, diese Geschichte, inmitten derer sie steckte, war höchstens Hollywoodstoff. So was passierte nicht in echt! Und doch fühlte sich alles ziemlich real an.

Eine Windbö trieb sie voran, weiterzugehen. Wasser schwappte an der Betonmauer empor und ließ die vertäuten Boote schaukeln.

Erneut überlegte Scarlett, warum sie so unbeholfen reagiert hatte. Sie war hier, um mit Elliot zu reden. Nichtsdestotrotz wollte sie den Zeitpunkt selbst bestimmen. Das überfallartige Zusammentreffen hatte sie schlichtweg aus dem Takt gebracht.

Besonders der Moment, als sie damit rechnen musste, dass er sie erkannt hatte.

Aber hatte er das wirklich?

Falls ja, dann jedoch nur als flüchtige Bekanntschaft, vermutete Scarlett stark. Denn wer vergaß schon den eigenen Ehepartner? Nun, sie selbst immerhin! An dieser traurigen Erkenntnis biss die Maus keinen Faden ab. Sollte es sie also freuen, dass sie damit wenigstens nicht allein war und es Elliot ebenso erging?

Andererseits machte es die Sache nicht einfacher. Wie er wohl reagieren würde, wenn sie sich ihm als One-Night-Stand-Ehefrau vorstellte? Ob er ihr überhaupt glaubte?

Wie immer, wenn sie über Probleme grübelte, nagte sie an ihrer Unterlippe. Vielleicht wäre es am besten, wieder nach Hause zu fahren und die Angelegenheit doch einem Anwalt zu überlassen.

Sie hatte sich eben schon aufgeführt, als hätte sie nicht alle Tassen im Schrank. Diesen Eindruck wollte – oder besser gesagt – *sollte* sie nicht noch verstärken.

Was war denn schon dabei, vor dem Gesetz verheiratet zu sein? Es war ein Behördeneintrag, nicht mehr und nicht weniger. Von Dennis hatte sie seit ihrem Besuch am Standesamt nichts mehr gehört. Es bestanden also keinerlei Hochzeitsabsichten mehr, und das würde sich auch in Zukunft nicht mehr ändern. Sie war einfach nicht für die Ehe geschaffen, ebenso wie es ihre Mutter nicht gewesen war …

Ja, vielleicht war das die beste Lösung. Doch vorher wollte sie wenigstens noch einmal einen Blick auf *ihren Ehemann* werfen.

Die Neugier trieb sie zu der riesigen silbernen Blechbüchse.

Schon aus einigen Metern Entfernung konnte sie sie genauer in Augenschein nehmen. Es handelte sich um einen Foodtruck mit Fahrgastzelle. Von Weitem sah er aus wie ein XL-Wohnmobil im American Style. Lang und wuchtig, aber mit klar lackierten Aluminiumplanken und einer roten Leuchtreklame auf dem Dach, die es in Großbuchstaben als ›Diner‹ kennzeichnete. Die Verkaufsklappe war geöffnet und gewährte Einblick in das Herzstück des Trailers. Hinter sauber geputzten Glasscheiben befand sich die Kücheneinrichtung. Von ihrem Standort aus konnte Scarlett aber nicht alles im Detail erkennen, besonders da immer wieder hungrige Kunden davorstanden.

Doch Elliot mit seiner Jamaika-Mütze war unübersehbar. Mit routinierten Handgriffen hantierte er vor und zurück, griff hinter sich und tänzelte mit einem schelmischen Grinsen durch den Arbeitsbereich, bis er seinen Kunden schließlich größere oder kleinere Burger, Pommesschälchen und Getränke über die Theke reichte.

Das Essen sah selbst von hier aus ziemlich lecker aus. Ab und zu trug der Wind eine köstlich duftende Brise zu ihr herüber. Ihr Magen reagierte prompt und knurrte, doch Scarlett ignorierte ihn. Sie konnte sich nicht überwinden hinzugehen. Stattdessen beobachtete sie das Treiben. Leute kamen und gingen. Es wurden zunehmend mehr, die Hochbetriebszeit begann.

Da Elliot offenbar alleine seinen Foodtruck betrieb, hatte er kaum Zeit zum Verschnaufen. Es war also sowieso unmöglich, mit ihm ein Gespräch zu führen.

Ein enttäuschtes Seufzen drang an Scarletts Ohr. Sie blickte sich um. Aber da war niemand. War es demnach von ihr selbst gekommen?

Was ist? Du wolltest es auf sich beruhen lassen. Also, worauf wartest du? Geh endlich zum Auto und verschwinde von hier. Wenn du noch länger hier verharrst, wirst du zum Eiszapfen, redete ihre innere Stimme auf sie ein.

Unwillkürlich bewegte sie ihre steifen Finger. Trotz der Wollhandschuhe waren sie kalt und klamm. Sie musste sich wirklich dringend bewegen. Wie lange stand sie überhaupt schon da?

Ohne nachzudenken, drehte sie sich um und lief am Strand entlang. Der Sand war relativ fest und gut begehbar. Linkerseits rollten seichte Wellen heran, rechterseits wurde der Küstenstreifen von kahlem Buschdickicht flankiert. Nur in der Ferne sah sie ein paar wenige weitere Spaziergänger.

Scarlett fühlte sich innerlich zerrissen. Plötzlich fand sie ihren Plan, unverrichteter Dinge aufzugeben, alles andere als bravourös. Sie war nicht der Typ, der einfach davonrannte. Wovor auch immer. Seit jeher hatte sie das Gefühl gehabt, sich allem und jedem stellen zu müssen. Einer musste sich schließlich mit den Tücken des Lebens befassen, ihre Mutter hatte das ja nie getan. Warum sollte sie nun also damit anfangen?

Die Stimme der Vernunft nickte. *Irgendwann wirst du dich deinem Eheproblem stellen müssen, und was du heute kannst besorgen, das verschiebe nicht auf morgen,* philosophierte sie.

Scarlett rümpfte die Nase. Sie hatte ein Eheproblem? Das war ja lächerlich, und trotzdem stimmte es.

GUT DURCHGELÜFTET und zwei Grogs später trat sie beherzt an den Foodtruck heran. Es war inzwischen fast acht Uhr abends, und der Weihnachtsmarkt schloss allmählich seine Pforten. Elliot bediente soeben den vermutlich letzten Kunden.

Die Beaniemütze hatte er mittlerweile abgenommen. Ein dünner Schweißfilm war an seinem Haaransatz zu erkennen, wenn man genau hinsah, und seine Wangen waren gerötet. Einige Strähnen hatten sich aus dem Pferdeschwanz gelöst, was ihm etwas Wildes verlieh. Zumindest wenn man die Imbisstheke vor ihm ausblendete.

Scarlett gelang das ohne Probleme. Seitdem sie ihm von Angesicht zu Angesicht gegenübergestanden hatte, erinnerte sie sich zunehmend an ihre Begegnung in Vegas. Okay, es waren überwiegend Ausschnitte aus ihrem Zusammentreffen, bevor sie besagten Filmriss erlitten hatte, aber hin und wieder drangen auch Schnappschüsse aus jener unheilvollen (?) Nacht aus ihrem Unterbewusstsein an die Oberfläche.

So wie jetzt. Während Elliot konzentriert seine Arbeit verrichtete, öffnete er leicht die Lippen und leckte sich flüchtig mit der Zunge darüber. Eine alltägliche Geste, die kaum auffiel, nur wenn man ganz genau hinschaute, und vermutlich der Hitze im Wagen geschuldet war. Die Öfen und Herdplatten strahlten bestimmt hohe Temperaturen aus. Wenn man noch die permanente Bewegungsabfolge dazurechnete, glaubte Scarlett ohne Weiteres, dass einem bei dem Job trotz der kalten Ostseeluft in dem Trailer warm wurde.

Doch diese kleine Gebärde reichte für sie aus, um urplötzlich seine Lippen auf ihren zu fühlen. Weich und verheißungsvoll. Wie vom Donner gerührt stand sie da, starrte auf seinen Mund und bekam gar nicht mit, dass er sich bewegte.

»Hallo? Haaalo?«, drang es erst eine kleine Ewigkeit später zu ihr durch.

Ach herrje! Er sprach mit ihr, und sie glotzte nur blöd. Verdattert blinzelte sie.

Mit hochgezogenen Brauen schaute er sie an, während er sich nach vorne gebeugt hatte, die Hände fest auf die Arbeitsplatte gestemmt, sodass die Muskeln an seinen Unterarmen hervortraten, weil er die Ärmel seines Kapuzensweatshirts hochgestreift hatte.

»Ähm, ja, hallo. Bekomme ich noch was?«, fragte sie und stolperte fast beim letzten Schritt an die Theke.

»Ich kann nur noch einen Chickenburger mit Chrispykruste anbieten.«

»Perfekt. Ist noch Käse da?«

Er warf einen flüchtigen Blick zur Seite. »Für einen Cheeseburger? Kein Problem.«

»Super.«

»Du bist doch die Kleine, die uns vorhin ›geblitzdingst‹ hat?«, fragte er, während er sich daranmachte, ihre Bestellung herzurichten.

Er nannte sie ›Kleine‹? Scarletts Mundwinkel zuckten. »Geblitzdingst?«

»Genau. *Men in Black* sagt dir doch bestimmt was. Ich kam mir genauso vor.« Als er kurz aufschaute, sah sie ihn grinsen.

»Ach echt? Dann sollte ich vielleicht den Beruf wechseln. Geheimagentin wollte ich schon immer werden.«

»Bist du das etwa nicht? Also, das ›Blitzdingsen‹ hast du perfekt drauf. Ich meine, Ingo hat mir gesagt, dass du Fotografin bist. Aber ich dachte, das ist nur Tarnung, denn eine Fotostrecke würde ich mit dir nicht machen wollen. Nichts für ungut«, meinte er und reichte ihr den Burger. »Magst du auch noch Pommes? Ein Rest ist noch da.«

»Okay«, antwortete sie einsilbig. Ihre angekratzte Berufsehre machte ihr wieder zu schaffen.

Er gab ihr eine Snackschale mit goldbraunen Kartoffelstückchen, die sie auf das kleine Sideboard vor der Glasscheibe stellte.

»Ketchup findest du da drüben.« Er deutete auf die andere Seite. »Du kannst gern zum Essen hierbleiben, wenn es dich nicht stört, dass ich aufräume«, bot er an.

Sie nickte mit vollem Mund. Der Burger schmeckte klasse. Ingo hatte nicht übertrieben. Kauend schaute sie ihm zu, wie er diverse Zutaten im Kühlschrank verstaute und anschließend die Arbeitsfläche säuberte.

Bisher hatte er keinerlei Anstalten gemacht, die darauf schließen ließen, dass er sie wiedererkannt hatte. Na ja, Las Vegas lag auch schon gut drei Jahre zurück. Trotzdem war sie ein wenig enttäuscht.

Er begann den Innenraum zu polieren, reckte und streckte sich. Scarlett kam nicht umhin, seinen wohlgeformten Körper wahrzunehmen. Unter der perfekt sitzenden Jeans war ein knackiger Po zu erahnen.

Erneut zuckte ein Erinnerungsfetzen durch ihre Gehirnwindungen, wie sich ihre Hände darin vergruben, allerdings in die blanke nackte Haut.

Prompt verschluckte sie sich und musste husten.

Elliot drehte sich um. »Alles gut bei dir?«

Sie röchelte, und Tränen traten bereits in ihre Augen. Trotzdem nickte sie. »Geht gleich wieder.« Sie klopfte sich auf den Brustkorb, bis der ›kleine Anfall‹ endlich vorüber war.

»Hier. Trink mal was«, meinte Elliot plötzlich neben ihr und hielt ihr eine Coke entgegen.

Erschrocken zuckte sie zusammen. Sie hatte gar nicht mitbekommen, dass er den Trailer verlassen hatte. Während sie nach der kleinen Flasche griff, rutschte ihr die Mütze vom Kopf und fiel zu Boden. Sie musste sich gelockert haben, als es sie durchgeschüttelt hatte.

Noch bevor sie sich bücken konnte, hob Elliot sie auf. Er wollte sie ihr geben, aber ehe sie sie zu fassen bekam, zog er die Hand zurück und guckte sie unverwandt an. Seine Stirn wölbte sich nachdenklich.

»Scarlett?«, fragte er schließlich verblüfft.

6

Für einen Augenblick schien die Zeit stillzustehen. Dann hob und senkte sie die Schultern wie in Zeitlupe.

»Ja«, hörte sie sich selbst sagen.

»Hey, das ist ja ein Zufall!« Elliot riss erfreut die Augen auf und umarmte sie überschwänglich.

Die Welt drehte sich wieder in der üblichen Geschwindigkeit, vielleicht auch etwas schneller.

Scarlett fühlte sich vollkommen überrumpelt, anhand der stürmischen Begrüßung. Sie wusste nicht, was sie erwartet hatte. Das jedenfalls nicht und sie war auch nicht darauf vorbereitet, was der Körperkontakt in ihr auslöste.

Ein Schauer durchfuhr sie, wurde aber jäh von einem Kribbeln von Kopf bis Fuß abgelöst. Sein Bart kitzelte an ihrer Wange, und ihre Lippen wurden für den Bruchteil einer Sekunde pelzig. Ihr Herz schlug ihr bis zum Hals, und in ihrem Unterleib fühlte sie ein süßes Ziehen. Ein Hauch von Essensgeruch drang ihr in die Nase, wurde aber von Duschgelduft mit Lemongras übertüncht, als sie sich langsam von ihm löste und ihren Kopf an seinem Hals vorbeischob.

»Mensch, das ist ja irre. Dass wir uns hier wiedertreffen! Wie lange ist das her? Vier Jahre?« Er hatte sie auf Armeslänge von sich geschoben, seine Hände jedoch auf ihren Schultern liegen lassen. Worüber sie ehrlich froh war, schwankte sie doch aufgrund ihres Gefühlschaos ein wenig.

Immerhin fand sie ihre Sprache wieder. »Etwa drei.«

»Stimmt. Davor war ja der Lockdown. Bin ich froh, dass die Zeiten vorbei sind. Wobei … Ohne die Pandemie hätte ich meinen Traum vom eigenen Foodtruck wohl nie wahrgemacht«, erklärte er und schaute stolz über sie hinweg auf seinen Imbisswagen, während Scarlett versuchte, ihre Puddingknie unter Kontrolle zu bringen.

Als sie glaubte, wieder fest auf beiden Füßen zu stehen, drehte sie sich um.

»Ein richtig schöner Truck. Voll American Style, dazu noch das Diner-Schild. Das fällt jedem ins Auge, und lecker ist dein Essen auch.«

»Danke schön.« Er grinste vom einen Ohr zum anderen. »Und was ist mit dir? Was führt dich her? Machst du Urlaub?«

»Das auch …« Sie suchte nach den richtigen Worten, da hob Elliot winkend die Hand.

Etwas irritiert wandte sie sich zur Seite.

Jemand kam auf sie zu. Der Gangart nach weiblich. Dann trat sie in den Lichtkegel der Straßenlampe, und sie erkannte jene Frau, die sie gestern am Erdbeerhof beobachtet hatte.

Noch ehe Scarlett den Grund ihres Aufenthalts auf Rügen nennen konnte, war sie schon in Hörweite und rief: »Hey Elliot, bist du fertig? Ich habe einen Tisch für uns reserviert.«

»Lona! Klar. Ich muss nur noch alles dichtmachen«, erwiderte er. »Sorry, Scarlett. Ich hab einen Termin. Aber es war toll, dich mal wiederzusehen. Schade, dass wir nicht die Zeit hatten, in Erinnerungen zu schwelgen.« Er wippte spitzbübisch mit den Brauen, oder vielmehr anzüglich.

Sofort wurde ihr heiß. Worauf wollte er anspielen?

Auf diese spezielle Nacht natürlich, krähte ihr Unterbewusstsein.

Und worauf genau? So wie er guckte, mit Sicherheit auf nichts Jugendfreies.

Verdammt! Es war doch zum Haareraufen, dass sie so gut wie alles vergessen hatte. Obwohl sich ihr Körper daran zu erinnern schien. Ein wohliger Schauer durchzuckte sie, was sie restlos aus dem Konzept brachte.

Während sie noch ihren inneren Disput führt, war die Dame im schicken Wollmantel und den gefütterten schwarzen Stiefeln schon da und begrüßte Elliot mit Küsschen links, Küsschen rechts.

Auch wenn Scarlett das nur am Rande wahrnahm, stieg doch ein Hauch von Aversion in ihr hoch. Besonders da es Elliot zu gefallen schien. Als ihr das bewusst wurde, schüttelte sie innerlich über sich selbst den Kopf. Was ging sie das an?

So oder so, sie fühlte sich plötzlich fehl am Platz. Also verabschiedete sie sich schnell und lief davon.

»ICH HABE mich nicht mal richtig verabschieden können, weil er bereits damit beschäftigt war, nur ja so schnell es geht, seinen Wagen zu verriegeln, um sich mit der Trulla einen schönen Abend zu machen«, blaffte Scarlett am nächsten Vormittag in ihr Handy.

Am anderen Ende der Leitung war ein seltsamer Laut zu vernehmen.

»Bitte verzeih mir, aber das klingt ein bisschen nach Eifersucht«, meinte Liv, hörbar um Fassung bemüht.

»Was?! Du bist doch verrückt. Ich kenn den Kerl doch kaum. Hab ihn ewig nicht gesehen und gestern gerade mal ein paar Sätze mit ihm gesprochen.«

»Stimmt. Du warst zu sehr damit beschäftigt, deinem Burger zu frönen und ihn dabei näher in Augenschein zu nehmen.«

»Pha! Warum erzähle ich dir überhaupt irgendwas? Du verwendest doch jedes Wort gegen mich.«

»Ist es nicht genau so gewesen?«, hielt ihre Freundin unbeirrt dagegen.

»Na ja, vielleicht ein klitzekleines bisschen.«

»Und? Ist er noch so heiß wie in deinen verschwommenen Erinnerungen?«

Scarletts Brauen bildeten, halb verärgert, halb nachdenklich, einen Strich.

»Könnte sein«, gestand sie schließlich widerwillig und dachte an den knackigen Po, der sich unter der Jeans deutlich abgezeichnet hatte.

»Tja, irgendetwas muss er ja an sich haben, dass du ihn in Lichtgeschwindigkeit geheiratet hast.«

»Also, wegen eines sexy Körpers bestimmt nicht. So oberflächlich bin ich keineswegs.«

»Hm. Eigentlich nicht. Aber wie gut kann man jemanden in zwei Tagen kennenlernen?«

»Auch wieder wahr.« Mehr Zeit war in Vegas definitiv nicht vergangen …

»Zurück zum Thema. Er hat sich also an dich erinnert, sogar an deinen Namen. Weiß er dann, dass ihr euch einen Trauschein teilt?« Liv kicherte unterschwellig.

»Keine Ahnung. So weit ist unser Gespräch ja nicht gekommen.«

»Dann solltest du das baldmöglichst nachholen. Deshalb hast du ihn doch überhaupt gesucht.«

»Danke für den Hinweis. Als ob ich das nicht selbst wüsste.«

»Tja, dann wünsche ich dir mal viel Glück oder so. Ich muss jetzt auflegen. Du packst das schon.«

Ja vielleicht, vielleicht auch nicht.

SCARLETT VERBRACHTE DEN TAG DAMIT, sich Bergen anzuschauen. Ihr erstes Ziel war das Wahrzeichen der Stadt, der Ernst-Moritz-Arndt-Turm. Er stand am Waldrand, und der Weg vom Parkplatz dorthin war nicht allzu weit. Schon bald konnte sie das Denkmal aus Backsteinen erkennen. Es erinnerte an einen Wasserturm und stammte aus dem Ende des neunzehnten Jahrhunderts.

Sie kaufte sich ein Ticket und erklomm die unzähligen Stufen nach oben. Wie lange sie die herrliche Aussicht, geschützt durch die Glaskuppel, genoss, konnte sie nur schwer sagen. Da sich der Turm nahezu mittig von Rügen befand, gab es in alle Richtungen viel zu sehen. Irgendwann jedoch hing sie ihren Gedanken nach und übte im Stillen eine kleine Ansprache, die sie vor Elliot am Abend halten wollte. Liv hatte recht. Kneifen galt nicht. Außerdem würde es die Sachlage null Komma null ändern.

Also wollte sie kurz vor Schließung des Weihnachtsmarkts noch einmal zu ihm gehen. Sie konnte nur hoffen, dass seine Freundin, nicht wieder dazwischenfunken würde. Und um diesmal zum Ziel zu kommen, spielte sie das Gespräch gleich mehrmals im Kopf durch. Sie musste bestens vorbereitet sein und sich nicht wie ein Teenager fühlen, der nicht wusste, was er sagen sollte. Aus dem Alter war sie lange raus. Trotzdem war die Situation derart skurril, dass ihr genau das passiert war. Noch einmal würde das nicht geschehen, beschloss sie und hüpfte voller Tatendrang die Wendeltreppe des Aussichtsturms hinab.

Nachdem sie noch zur Waldbühne spaziert war und schließlich einige Gassen der Stadt erkundet hatte, stärkte sie sich etwas später auf dem Bergener Christkindelmarkt. Weihnachtsmusik, dazu die hübschen Buden und goldenen Lichter ringsum, versetzten sie in Weihnachtsstimmung. An einem Stand, der maritime Dekoartikel mit winterlichen Details verkaufte, erwarb sie für Izzy eine Schale, die mit Kugeln, Seesternen und einer kleinen Lichterkette befüllt war. Die würde hervorragend in die modern gestylte Wohnung ihrer Freundin passen und ihr bestimmt gefallen! Gleich daneben entdeckte sie Christbaumkugeln in verschiedenen Blautönen, die silbrige Aufdrucke in Form eines Ankers, eines Steuerrads, eines Sterns und einmal schlicht der Schriftzug ›Frohe Weihnachten‹ zierten. Sie kaufte sie für Tammy. Da die Mutter ihrer Freundin vor Jahren nach Usedom gezogen war, würde sie der Baumschmuck vielleicht ein wenig an die Familie erinnern. Fehlte nur noch ein Geschenk für Liv. Scarlett fiel ein, dass sie gestern am Markt in Altefähr eine süße Teekanne gesehen hatte. Weiß, oben und unten dunkelblau geringelt und in der Mitte hatte ein rot aufgemalter Anker geprangt. Sie wäre perfekt für Liv, die ziemlich oft Tee trank. Da ihr Mann Jan seine Wurzeln in England hatte, war das vermutlich unausweichlich.

Erfreut über ihren Einfall, trug sie die erstandene ›Beute‹ zu ihrem Auto und machte sich auf den Weg.

DER MARKT in Altefähr war gut besucht. Da Scarlett jedoch die Stände schon gestern ausreichend inspiziert hatte, lief sie nur zielstrebig hindurch und sicherte sich die Teekanne. Glücklicherweise war sie noch zu haben.

Dann schlenderte sie zum Meeresufer, machte aber einen kleinen Schlenker, um einen Blick auf Elliots Foodtruck zu werfen. Da es relativ früh am Abend war, rechnete sie damit, dass dort ebenso wie gestern großer Ansturm herrschen würde. Überrascht stellte sie fest, dass dem nicht so war. Nur ein einziger Gast stand davor, der sich soeben zum Gehen abwandte. Ohne nachzudenken, änderte Scarlett die Richtung und lief schnurstracks auf Elliot zu.

Als er sie kommen sah, winkte er ihr zu. »Hey, da sehen wir uns Jahre nicht und jetzt gleich zweimal hintereinander. Gib's zu, dir hat der Burger gestern so gut geschmeckt, dass du die ganze

Nacht davon geträumt hast und nun dringend Nachschub möchtest.«

»Also, an Selbstüberzeugung mangelt es dir nicht, oder?«

Er zuckte mit den Achseln. »Warum sollte es? Mein Essen ist nun mal vorzüglich.«

»Klar.« Es stimmte schon. Der Chrispychickenburger war einer der Besten, den sie jemals gegessen hatte. Trotzdem wollte sie ihn nicht noch mehr befeuern. Mit seiner Hymne auf sich selbst tat er das schon zur Genüge, und Scarlett war nicht sicher, ob ihr dieser Wesenszug gefiel.

Während sie darüber nachsann, riss er die Augen auf. »Oh nein! Jetzt hab ich's. Du bist nicht hinter den Burgern her, sondern hinter mir. Du hast mich wiedergesehen und nicht mehr vergessen können, richtig?«

Verarschte er sie?! Scarlett schluckte. Das war doch eindeutig eine Anspielung auf ihre Vorgeschichte. Aber dann redete er weiter und brachte ihre Vermutung ins Wanken.

»Mach dir nichts draus, das geht vielen weiblichen Wesen so. Ich bin eben ein gutaussehendes Geschöpf.« Er zwinkerte ihr glucksend zu.

»Ich hab keine Ahnung, was ich dazu sagen soll«, antwortete sie ehrlich und betrachtete ihn. Dieses selbstverliebte Exemplar von Mann hatte sie geheiratet?! Na ja, zu ihrer Entschuldigung konnte sie immerhin vorbringen, dass es in einem Zustand geistiger Umnachtung geschehen war. Was das jedoch über sie beide aussagte, war ihr schleierhaft.

Andererseits war es geradezu eine Steilvorlage, um ihr Anliegen endlich vorzubringen. Welche kleine Rede hatte sie nochmal eingeübt?

Ihr Kopf war wie leergefegt.

»Tja, wenn du es nicht weißt …«, meinte er und lachte kurz auf, aber sie ignorierte es.

»Ob du's glaubst oder nicht, ein bisschen ist es tatsächlich so«, antwortete sie und kam nicht umhin zu bemerken, wie sein Lächeln abkühlte. Gehörte er etwa zu diesen Kerlen, die gern Sprüche rissen, und wenn es ernst wurde, kniffen? So oder so, seine Reaktion gab ihr einen Hauch von Zufriedenheit und den nötigen Antrieb weiterzureden. »Oder hast du Las Vegas vergessen?«

Er sah ihr fest in die Augen. »Um ehrlich zu sein, habe ich lange nicht daran gedacht. Aber das Wiedersehen mit dir weckt durchaus Erinnerungen.«

Wenn sie das von sich nur ebenso behaupten könnte. Sie hörte sich selbst leise seufzen.

Es schien dennoch laut genug zu sein, dass Elliot es ebenfalls vernahm.

»Bist du jetzt enttäuscht?«, fragte er keck.

Auf der Suche nach der passenden Antwort runzelte sie die Stirn. Dieses Gespräch zu führen, war gar nicht so einfach, wenn man sich an die Geschehnisse kaum erinnerte. Hinzu kam Elliots einnehmende Persönlichkeit. Er strahlte eine Mischung aus dem netten Kerl von nebenan, Surferboy und Don Juan gleichzeitig aus. Das machte sie irgendwie irre.

Plötzlich wurden Stimmen laut und Scarlett von hungrigen Kunden umringt. Als hätten sie sich gemeinsam verabredet, jetzt essen zu wollen.

Scarlett musste einsehen, dass ihr Gespräch beendet war. Zumindest vorerst.

Da sie von der bestellfreudigen Meute regelrecht verdrängt wurde, brauchte sie sich nicht mal zu verabschieden. Es versetzte ihr einen kleinen Stich, dass Elliot kaum mitbekam, als sie ging.

AUCH SCARLETTS MAGEN KNURRTE. Sie genehmigte sich eine Bratwurst, Glühwein und zum Nachtisch eine Bubble-Waffel. Vielleicht war es ein kleiner Protest gegen Elliots Burgerbude, und womöglich mochte das kindisch sein, aber sie fühlte sich dennoch etwas besser. Was jedoch vermutlich mehr am jetzt vollen Magen lag als an ihrer innerlichen Revolte.

Sie fragte sich selbst, was genau ihr Problem war. Wahrscheinlich, dass sich jede Unterhaltung mit Elliot wie ein Blindflug anfühlte. Warum fiel es ihr nur so schwer, zum Punkt zu kommen? Es war doch eigentlich ganz einfach. Sie musste ihm lediglich auf den Kopf zu sagen, dass sie die Scheidung wollte. Und doch kam es ihr vor, als müsste sie eben mal schnell den Mount Everest besteigen. Sie war nun mal nicht der Typ, der mit der Tür ins Haus fiel. Ein paar Anstandsfloskeln zum ›Aufwärmen‹ mussten sein, um sich an das eigentliche Thema heranzutasten.

Ihr Blick fiel auf zwei Hunde, die etwa einen Meter entfernt angeleint mit ihren Herrchen und Frauchen soeben aneinander vorbeispazierten und stehen geblieben waren, um sich zu beschnuppern. Bildlich gesprochen verhielt es sich mit Elliots und ihrem Zusammentreffen genauso. Das war doch normal und gut so. Außerdem hatte sie ja noch einige Tage Zeit. Da sie nicht gewusst hatte, wie lange die Suche nach ihm auf Rügen dauern würde, hatte sie sich vorgenommen, erst kurz vor den Feiertagen zurückzufahren. Wozu also die Eile?

Etwas beruhigt schaute sie den Hunden nach, die ihrer Wege gingen, und bemerkte dabei, dass viele Besucher des Weihnachtsmarkts plötzlich in die gleiche Richtung strömten.

Neugierig geworden, was der Anlass war, schloss sie sich ihnen an, und dann fiel es ihr ein. In wenigen Minuten würde die angekündigte Feuershow beginnen.

Um den Schausteller hatte sich bereits ein Halbkreis gebildet. Scarlett positionierte sich an dessen Ende, dort wo die wenigsten Leute standen. Aber sie war überzeugt, dass sich der Feuer-Mann während seiner Darbietung hin- und herdrehen würde. Sie würde mit Sicherheit genug zu sehen bekommen.

Mystische Klänge ertönten, der Mann trat in die Mitte.

Er war ganz in Schwarz gekleidet. Schwarze Hose, schwarzes Hemd und eine schwarzschimmernde Anzugweste. Passend dazu trug er ein schwarzes Tuch am Kopf. In seinem Outfit erinnerte er sie ein bisschen an einen Piraten, nur die Augenklappe fehlte.

Mit geschickten Handgriffen entzündete er zwei Feuerstäbe. Ein leises Raunen war zu hören, dann wurde es still, und die Vorstellung begann. Die Stäbe wirbelten durch die Luft und waren so gut wie unsichtbar, während Feuerstrahlen durch den frühabendlichen Nachthimmel zuckten. Staunend schauten alle Umstehenden zu. Nachdem das erste Lied verklungen war, erhob sich tosender Applaus. Der Feuerkünstler verneigte sich flüchtig und begann mit seiner Darbietung zum Takt des nächsten Songs. Wie verzaubert stand Scarlett da und genoss die Vorstellung. Der Blick in die züngelnden Flammen, dazu die Musik, ließ sie alles um sich herum vergessen.

Umso mehr erschrak sie, als urplötzlich jemand von hinten seine Arme unter ihre schob und sie umfasste. Sie hatte die Hände in den Jackentaschen vergraben, um sie bequem vor der Kälte schützen zu können. In dieser Konstellation hatte sie nun jedoch Mühe, sie herauszuziehen. Zappelnd wandte sie den Kopf zur Seite, um zu sehen, wer sie da überfiel. Sie kannte hier doch keinen Menschen. Es handelte sich bestimmt um eine Verwechslung. So eine vertraute Geste kam in der Regel doch nur bei Pärchen vor. Aber sie konnte nur Haut und Barthaar erkennen.

»Psst. Keine Panik. Ich bin's«, hörte sie da Elliots Stimme leise an ihrem Ohr sagen.

»Hm?«, quiekte sie. Damit hatte sie ja nun überhaupt nicht gerechnet. Sie überlegte, ob sie erleichtert sein sollte, dass er es war, statt irgendein Fremder, der sie lediglich verwechselt hatte. So kam es immerhin zu keinen Peinlichkeiten. Aber … Elliot? Wie kam er überhaupt auf so was?

7

»Was tust du da?« Sie musste ihn einfach fragen.

»Mir die Show anschauen, aus einem möglichst guten Blickwinkel.«

»Ähm …«

»Ich hab mich zu dir vorgedrängelt. Das ist die einzige Möglichkeit, den Unmut der Umstehenden zu vermeiden«, flüsterte er und zog sie etwas näher an sich heran.

»Aha«, stammelte sie blöde. Einen Moment starrte sie den Feuerball vor sich an. »Musst du nicht arbeiten?«, meinte sie schließlich.

»Jetzt ist eh nix los. Sind doch aller hier versammelt.« Entspannt legte er sein Kinn auf ihre Schulter.

Das mochte wohl stimmen. Sie lehnte sich zurück und genoss das vertraute Gefühl. Bis der Schlussakkord des Liedes fiel. Es war, als erwachte ihr Verstand bei dem letzten Klang. Was um Himmels willen trieben sie da? Und wie konnte sie Elliots Umarmung derart genießen? Sie kannte ihn kaum, und daran, was vor langer Zeit zwischen ihnen gewesen war, konnte sie sich nur schwerlich entsinnen! Trotz alledem hatte sie sich schon sehr lange nicht mehr so wohlgefühlt.

»Was hast du denn? Hat dich ein Floh gebissen?«, raunte er ihr zu.

»Ja, wenn es das nur wäre.« Hätte sie die Wahl gehabt, hätte sie den Floh gewählt. Damit hätte sie umgehen können. Doch diese Situation überforderte sie. Ihr System spielte verrückt. Ihr Verstand war nicht in der Lage, ihre Gefühle einzuordnen. Was sollte sie nur machen?

Elliot nahm ihr vorerst die Entscheidung ab. Die Show ging weiter, jetzt zu einem Schmusesong. Er wiegte sie beide leicht im Takt dazu.

Scarlett fing die Blicke einiger Teenager auf, die gegenüber am anderen Ende des Halbkreises standen und zu ihnen herüberschauten. Manche grinsten, manche Mädels guckten verdrossen. So oder so, sie hatten eindeutig eine Meinung zu ihr und Elliot. Da war sie sicher. Für die Umstehenden mussten sie wie ein verliebtes Paar wirken.

Ein erneuter Gefühlsansturm durchflutete sie, der der Feuershow nur in Wenigem nachstand. Er bestand aus einer Mischung wie Zuneigung und Besitzerstolz. War das möglich? In ihrem Gehirn blitzte ein Schnappschuss auf, wie sie an Elliot gekuschelt in weißen Motellaken eingehüllt dalag. Er hatte den Arm um sie gelegt und streichelte liebevoll die Haut ihres nackten Arms …

Scarlett schnappte nach Luft. »Sag mal, denkst du manchmal noch an Vegas?«

Es dauerte einen Moment, bis er antwortete. Sie dachte schon, er hätte sie nicht gehört.

»Also, in diesem Augenblick tue ich nichts anderes, um ehrlich zu sein«, raunte er ihr da zu, und sein Bart streichelte dabei ihre Wange. Es war für Scarlett unmöglich, den heiseren Unterton nicht wahrzunehmen, mit dem er sprach. Er dachte wohl gerade ebenfalls an dieses ominöse Motelzimmer. Zu gern hätte sie ihn gefragt, wie sie dort gelandet waren. Doch bevor sie sich dazu durchringen konnte, drückte er ihr einen sanften Kuss auf den Hals.

Ihr Herz setzte für einen Schlag aus und machte dann überhastet zwei kurze hintereinander, als seine Lippen ein Stück zurückwanderten und die empfindliche Stelle hinter ihrem Ohrläppchen fanden. Ein Prickeln brach sich blitzartig Bahn und huschte durch ihren Körper, um schließlich in ihrem Unterleib zu verweilen. Noch ehe sie wusste, wie ihr geschah, stand sie umgewandt da und erhaschte einen flüchtigen Blick in seine funkelnden Augen. Dann trafen sich ihre Münder.

Zuerst war der Kuss noch sanft, wurde aber schnell gieriger, und Scarlett musste zugeben, dass sie daran nicht unschuldig war. Sie konnte nicht genug davon bekommen. Elliot erging es offenbar ebenso. Es war, als kostete man einen erstklassigen Cocktail. Zuerst nippte man nur, und dann wollte man nichts lieber, als ihn in einem Zug leeren, um den unglaublich guten Geschmack nicht missen zu müssen.

Vielleicht hätten sie einander verschlungen, wäre nicht ein donnernder Trommelschlag aus der Stereoanlage erklungen. Er schwang über sie hinweg, über den Hafen hinaus, bis hinunter zum Meer und wurde vom lautstarken Applaus der Zuschauer abgelöst, die dem Feuermann ihre Begeisterung zollten.

Die Show war vorbei, ebenso wie dieser fulminante Kuss. Abrupt ließen Scarlett und Elliot voneinander ab.

Scarlett schwankte und fühlte sich ein bisschen wie in Trance, während sie versuchte, das Geschehene zu kapieren. Wie hatte es überhaupt so weit kommen können? War der Impuls von ihr ausgegangen? Hatte sie sich zu ihm umgedreht oder hatte Elliot sie geschickt herumgelenkt? Sie konnte es beim besten Willen nicht sagen. Aber noch mehr beschäftigte sie die Frage, wann sie zuletzt ein Kuss derart von den Füßen gerissen hatte. Noch nie, war die korrekte Antwort.

Blinzelnd sah sie sich um, doch Elliot war verschwunden. Die Menge um sie herum löste sich ebenfalls auf.

Sie fuhr sich mit den Fingern über ihre leicht geschundenen Lippen. Elliots Bartstoppeln hatten dafür gesorgt, dass sie ihn immer noch spürte. Mehr noch, sie waren der Beweis, dass das gerade wirklich passiert war.

POLTERN und Gekreische rissen Scarlett aus dem Schlaf. Müde warf sie einen Blick auf den Nachttisch. Der Wecker zeigte halb acht Uhr morgens an. Nebenan waren nun Stimmen zu vernehmen. Die einer Frau und Kindergeschrei. Scarlett rieb sich die Augen und dachte daran, dass sie der Mutter mit ihrem fünfjährigen Sohn gestern auf der Treppe im Hausflur begegnet war. Sie schienen nett zu sein.

Der kleine Junge beruhigte sich allmählich, bis nur noch Gemurmel zu hören war, das schließlich jedoch auch verklang.

Scarlett drehte sich auf die Seite und zog die Decke bis zur Nase hoch. Im Bett war es so schön warm und kuschlig. Sie fühlte sich geborgen und beschloss liegen zu bleiben. Immerhin hatte sie Urlaub. Wann hatte sie zu Hause schon die Gelegenheit dazu? Mit ihrem Fotoatelier war sie permanent eingespannt. Als Selbstständige musste sie zusehen, dass die Kasse gefüllt war und sie ihren Zahlungsverpflichtungen nachkommen konnte. In der heutigen Zeit war die Nachfrage nach professionellen Aufnahmen nicht mehr so hoch, besaß doch jeder ein Smartphone mit Kamera. Weshalb Scarlett sich auch keine Mitarbeiter leisten konnte. Sie war also Mädchen für alles und grundsätzlich zufrieden damit. Selbst wenn das bedeutete, am Sonntag die Buchhaltung zu bewerkstelligen, statt auszuschlafen.

Bei den ermüdenden Gedanken daran driftete sie erneut in

den Schlaf. Als sie die Augen das nächste Mal aufriss, waberten ihr gänzlich andere Dinge durchs Hirn.

Nicht zum ersten Mal in dieser Nacht hatte sie von Elliot geträumt. Mal waren sie hier auf Rügen, und die Ostseewellen umspülten ihre Füße, mal befanden sie sich unter der glühenden Sonne Nevadas. Doch egal was sie träumte, das Zusammensein mit ihm glich immer einem russischen Roulette. Ob er sie berührte, lachte oder in seinem Foodtruck hantierte, Scarlett wusste nie, was auf sie zukam oder was er im Schilde führte. Manche Szenen, die ihr durch den Kopf spukten, hatten derart echt gewirkt, dass sie sich fragte, ob sie sie vielleicht tatsächlich erlebt hatte. Hinzu kam das sichere Wissen um den Kuss gestern. Sie zweifelte nicht daran, dass er der Auslöser für ihren inneren Aufruhr und die unruhige Nacht war.

Vielleicht wäre es doch besser gewesen, gestern noch das Gespräch zu suchen, dachte sie und wälzte sich in den Federn herum. Aber als sie zum Foodtruck gekommen war, war dort der Teufel los gewesen. Elliot hatte rotiert, und sie hatte selbst aus der Entfernung erkennen können, wie er mit verbissenem Blick sichtlich bemüht gewesen war, seiner Kundschaft schnellstmöglich gerecht zu werden. Seine Pause während der Feuershow hatte sich gerächt, und Scarlett hatte überlegt, ob er nicht nur die kurze Auszeit, sondern auch den Kuss letztlich bereute. Das hatte sie schließlich dazu gebracht, sich selbst die gleiche Frage zu stellen. Da sie jedoch unfähig gewesen war, sich eine Antwort darauf zu geben, und keinerlei Elan verspürt hatte, dümmlich dazustehen und zu warten, dass die Essensausgabe schloss, war sie zurück in ihre Ferienwohnung gefahren. Es war sicherlich klüger, sich erst zu sammeln, bevor sie mit ihm sprach, hatte sie sich selbst gesagt.

Heute Morgen, bei Tageslicht betrachtet, bedauerte sie ihre Entscheidung. Sie war über Nacht nicht schlauer geworden. Und der Kuss am Vorabend machte die Sache nicht besser. Ganz im Gegenteil. Er hatte das Gefühlschaos in ihr nur verstärkt.

Die Wucht, mit der ihr Körper auf ihn reagiert hatte, verwirrte sie nach wie vor über alle Maßen. Immerhin hatte sie jahrelang keinen Gedanken an Elliot verschwendet. Ihn geradezu komplett aus ihrer Erinnerung entfernt. Trotzdem hatte sich die Berührung so vertraut und natürlich angefühlt, als hätten sie eine lange gemeinsame Vergangenheit.

Zum x-ten Mal brütete sie über der Frage, was in sie gefahren war – oder in Elliot? Ob es ihm ähnlich erging? Es war ja nicht so, als wäre es nur ein Küsschen unter Freunden gewesen. Wobei sie nicht einmal das waren. Sie waren flüchtige Bekannte – höchstens! Wenn da, ja wenn da der Trauschein nicht wäre …

Es nützte nichts, sie drehte sich im Kreis. Also schwang sie die Beine aus dem Bett und stieg unter die Dusche.

Als kaltes Wasser über ihren Körper floss, zuckte sie zusammen. Dann wurde es endlich warm. Na ja, Wechselduschen sollten schließlich gesund sein. Ihr Denkvermögen brachte es immerhin in Gang. Schlagartig wurde ihr klar, dass Elliot diese Anziehungskraft schon damals auf sie ausgeübt hatte. Sie war geradezu an seinen Lippen gehangen, wenn er etwas erzählt hatte, und dann war da noch dieses Funkeln in seinen Augen gewesen, das sich verstärkt hatte, wenn er einen Scherz gemacht hatte. Irgendwo auf dem Las Vegas Strip hatten sie getanzt und verblüfft festgestellt, wie perfekt ihre Körper harmonierten. Plötzlich waberten Scarlett Sambarhythmen durch den Kopf.

Es kam ihr vor wie die Erinnerung an einen Kinofilm, und doch wusste sie, dass es sich dabei nicht um eine Hollywoodschnulze handelte. Sie hatte es wirklich erlebt.

Abrupt stellte sie das Wasser ab und trat kopfschüttelnd aus der Dusche. Kalte Luft umfing sie, und zahlreiche Tröpfchen aus ihrem nassen Haar besprenkelten die Badezimmerfliesen.

Unwillkürlich musste sie an einen gebadeten Hund denken, der sich schüttelte, und musste lachen.

Nachdem sie in ihren hellblauen Grobstrickpulli mit Rollkragen und eine dunkelblaue Jeans geschlüpft war, trat sie mit einer Tasse dampfendem Kaffee in der Hand auf den Balkon. Herrlich! Es ging doch nichts über einen Schluck des schwarzen Gebräus, und dazu der Ausblick aufs Meer. Die vorherrschende Kälte störte sie nicht. Das Gras, das zum Ufer hin wuchs, war mit einer dünnen Frostschicht überzogen und bildete einen tollen Kontrast zum dunklen Wasser. Der Himmel war mit Wolken verhangen. Grauweiß und schwer schauten sie aus. Fasziniert sah Scarlett zu, wie sie dennoch in rasantem Tempo vorüberzogen, dicht gefolgt von den nächsten. Die Ostsee wirkte heute etwas aufgewühlt. Immer wieder überschlugen sich die Wellen weiter draußen, im tieferen Gewässer über. Scarlett kam nicht umhin, eine gewisse Parallele zu ihrem Innenleben zu erkennen.

Es gab zwar weiterhin fehlende Puzzleteile in ihrem Erinnerungsvermögen, aber ihr war klar, dass Elliot nicht der Traumprinz von der Leinwand war. Nüchtern betrachtet war er ein flatterhafter Typ, der mit seinem Foodtruck ein Vagabundenleben zu führen schien. Zweifelsohne war er gutaussehend. Er besaß einen durchtrainierten Körper, und der Surferlook stand ihm. Das in Kombination mit seiner lockeren Art und dem kecken Glitzern in den Augen ließ nicht nur ihr Herz höherschlagen. Scarlett war sich sicher, dass er keine Probleme hatte, sofort mit Frauen Bekanntschaft zu machen, egal wo er mit seinem Truck hielt. Er fiel eben nicht nur optisch auf, er versprühte auch einen Hauch von Abenteuer. Es war die perfekte Kombination, die viele Frauen anzog. Ebenso wie Teens. Unvermittelt dachte sie an die Girly-Schar, die ihr am Vorabend neidvolle Blicke zugeworfen hatte, als Elliot während der Feuershow die Arme um sie gelegt hatte. Wenn sie so darüber nachdachte, hielten sich die Mädchen häufig in der Nähe seines Foodtrucks auf. Der Grund dafür waren garantiert nicht nur die leckeren Burger.

Sie trank einen Schluck Kaffee und starrte gedankenversunken aufs Meer hinaus.

Elliot war ganz offenbar daran gewöhnt, dass er Frauen jeglicher Altersklasse allein mit einem Augenzwinkern um den Finger wickeln konnte. Das war vermutlich auch der Grund, warum er sie gestern geküsst hatte. Einfach so. Für ihn war das wahrscheinlich sogar ›normal‹. Ein Flirt, über den er sich – anders als sie – überhaupt keine Gedanken machte. Obendrein war sie eine seiner alten Flammen. Mehr war sie für ihn nicht.

Scarlett fröstelte, und das nicht nur wegen der Bö, die sie soeben streifte. Der Wind hatte gedreht, und mit ihm setzte ihr Verstand wieder ein.

Auf einmal kam sie sich dämlich vor, weil ein klitzekleiner Teil von ihr hatte glauben wollen, dass dieser Kuss womöglich etwas zu bedeuten hatte. Aufgrund ihrer Vorgeschichte vielleicht? Der Träumerin in ihr hatte das unterschwellige Gefühl gefallen, dass sie etwas Besonderes für ihn war. Das war sie noch nie für jemanden gewesen. Nicht einmal für Dennis. Er hatte zwar sein Leben mit ihr verbringen wollen, war aber sofort in der Versenkung verschwunden, als sich ihnen eine Hürde in den Weg gestellt hatte. Da war es mit der großen Liebe wohl nicht weit her, oder? Zugegeben, natürlich war ein vergessener Trauschein ungewöhnlich, aber bedeutete ein Eheversprechen – das er ihr hatte geben wollen – nicht auch, immer füreinander da zu sein und sich gegenseitig den Rücken zu stärken? Er hatte doch mitbekommen, dass sie selbst völlig überrascht gewesen war …

Andererseits, wer war sie, um moralisch auf solch einem hohen Ross zu sitzen?

Sie selbst hatte diesen kleinen ›Umstand‹ vergessen! Vielleicht hatte Dennis also sogar recht, einem Menschen, der so flaps eine Ehe einging, nicht zu vertrauen.

Der letzte Schluck ihres inzwischen eiskalten Kaffees lag ihr schwer im Magen. Es war schon kurios, dass ausgerechnet sie, die immer bemüht war, alles richtig zu machen, sich mit derartigen Verwicklungen auseinandersetzen musste und obendrein jetzt noch gehofft hatte, bei einem Sonnyboy wie Elliot einen bleibenden Eindruck hinterlassen zu haben. Er hatte seit Vegas keinen Gedanken mehr an sie verschwendet. Sonst hätte er sich doch irgendwann in all den Jahren einmal gemeldet.

Wie dumm war sie eigentlich? Es war genau umgekehrt. Sie war von ihm beeindruckt, von seiner lässigen Art und seinem attraktiven Körperbau. Ebenso wie damals. Wiederholte sich die Geschichte etwa?

Haltsuchend krallten sich ihre Hände um das Balkongeländer. Nebenan wurde die Tür aufgerissen, und sie zuckte erschrocken zusammen.

»Mir ist laaangweilig!«, quäkte der kleine Junge ihrer Nachbarin. »Du hast versprochen, dass ich gaaanz viel im Sand spielen darf.«

»Ich weiß, Henry, aber hier bei uns ist leider kein Strand«, hörte sie die Mutter sagen.

»Ja und? Dann fahren wir eben wohin, wo welcher ist.«

Der kleine Mann stürmte auf die Brüstung zu, stellte sich auf Zehenspitzen und reckte den Kopf in die Höhe, um darüber lugen zu können.

»Och, da sind nicht mal Boote zu sehen«, stellte er enttäuscht fest, schaute sich jedoch weiter um. Sein Blick fiel dabei auf Scarlett. »Siehst du welche?«, fragte er sie.

Sie lächelte ihn an. »Nein, ich kann nirgendwo ein Schiff entdecken.«

»Manno.«

»Am Hafen liegen bestimmt welche vertäut«, überlegte sie.

»Echt?«

»Ich denke schon. Da gibt es sogar ein U-Boot zu besichtigen, hab ich irgendwo gelesen.«

»Wow!« Henrys Augen leuchteten auf. »Mami? Fahren wir zum Hafen? Ich will unbedingt zum U-Boot. Biiitttte!«

»Was? Wie kommst du denn darauf?« Die Nachbarin kam näher und bemerkte Scarlett. »Oh, hallo.«

»Hi«, grüßte sie zurück. »Ich fürchte, ich habe Henry gerade davon erzählt.«

»Ein U-Boot, hast du gehört, Mami? Ein Uuuu-Boot! Vielleicht gibt's ja auch ein Piratenschiff?« Hoffnungsvoll schaute Henry von seiner Mutter zu Scarlett.

»Das weiß ich nicht«, gab sie zu.

Der Kleine ließ die Info kurz sacken, bevor er sich wieder dem Wichtigen zuwandte. »Also fahren wir hin?«

Er zerrte an der Strickjacke seiner Mutter. Scarlett schätzte sie nur ein paar Jahre älter, als sie selbst war. Sie ging ihr ungefähr bis zur Nase, hatte langes glattes Haar, das zu einem Pferdeschwanz zusammengebunden war und lilarot schimmerte. Ihre Gesichtszüge wirkten freundlich, aber auch etwas erschöpft.

»Henry, du weißt doch, dass wir momentan kein Auto haben, weil Papa beruflich unterwegs ist«, erklärte sie ihrem Sprössling.

»Ach Man.« Er verschränkte die Arme vor der Brust und stampfte mit den Füßen in den Boden, wie nur Kinder es konnten.

Unwillkürlich musste Scarlett lachen.

»Und was machen wir dann den ganzen Tag?«, fragte er.

»Wir können zu der Pferdekoppel laufen«, schlug die Nachbarin vor.

»Nö. Da waren wir gestern schon. Ich will das U-Boot sehen.«

Die Mutter seufzte, und Scarlett überkam ein schlechtes Gewissen.

»Also, wenn ich einen Vorschlag machen darf, wir könnten

vielleicht zusammen hinfahren. Ich bin mobil«, meinte sie spontan.

»Au ja!«, grölte Henry sofort.

Die Nachbarin sah auf. »Meinen Sie das im Ernst?«

»Klar. Warum nicht? Ich wollte mir sowieso Sassnitz anschauen, zum Leuchtturm laufen und mir im Hafen ein Fischbrötchen gönnen. Sie können gerne mitkommen.«

»Wir möchten Ihnen aber nicht zur Last fallen.«

»Das ist wirklich kein Problem. Ich bin allein unterwegs, das wird bestimmt lustig.«

»Ich zieh meine Schuhe an!«, jubelte Henry und schoss davon.

»Tja, ich denke, wir haben einen Deal. Ich bin übrigens Scarlett.«

»Nicole.« Die Frauen schüttelten einander die Hände.

HENRY UND NICOLE waren die perfekte Ablenkung, um Scarlett vom Grübeln abzuhalten. Passend zur Mittagszeit schlenderten sie am Hafen entlang. In der Hand hatte jeder von ihnen ein Brötchen mit fangfrischem Fisch, den sie von einem der Kutter gekauft hatten, die ihre Ausbeute des morgens noch an Ort und Stelle zubereiteten. Möwen kreisten über ihnen, und Weihnachtsmusik drang aus manchem ›Imbiss-Kahn‹. Es nieselte, doch davon ließen sich die drei nicht abhalten. Zielstrebig liefen sie den Pier zum Leuchtturm entlang.

»Wusstet ihr, dass es die längste Mole Europas sein soll?«, erzählte Scarlett, die bei ihren Recherchen am Handy zu den Sehenswürdigkeiten Rügens über die Info gestolpert war.

»Was ist eine Mole?«, fragte Henry aufmerksam.

»Na ja, genau genommen ist das der gesamte Weg, auf dem wir gerade laufen, denke ich. Hier an der Außenseite der Hafenmauer siehst du, dass er nicht nur mit Beton sondern auch Gestein aufgeschüttet wurde«, erklärte Nicole ihrem Sohn.

Henry schnappte staunend nach Luft. »So große Steine haben die hier ins Wasser geworfen?«

Nicole und Scarlett lachten. Aus Kinderaugen betrachtet war es wirklich unglaublich. Die riesigen Steinbrocken wirkten wuchtig und tonnenschwer. Mühelos hielten sie der Wasserkraft stand, wie sie soeben eindrucksvoll bewiesen. Die heute stürmische Ostsee schob stattliche Wellen in Richtung Ufer. Geräuschvoll brachen sie am steinernen Damm. Gischt spritzte meterhoch empor. Die salzig feuchte Luft war fast greifbar. Es war ein gewaltiges Naturschauspiel, und Scarlett konnte sich kaum sattsehen. Diese unbeschreibliche Kraft und Vitalität zugleich drangen bis in ihr tiefstes Innerstes. Es war pure Energie, die sie umgab und ihr wieder einmal klarmachte, wie klein und unbedeutend der einzelne Mensch doch war.

Als sie am grün-weißen Leuchtturm angelangten, bekamen sie noch dazu die Stärke des Windes zu spüren. Am äußersten Punkt hatte Scarlett das Gefühl, als würde nicht mehr viel fehlen, bis sie abhob und einfach davonflog. Die Vorstellung gefiel ihr.

Nicole hatte Henry auf den Arm genommen, und gemeinsam genossen sie den Ausblick und trotzten der Naturgewalt.

»Das ist das schönste Weihnachtsgeschenk, das ich bisher bekommen habe«, hauchte Nicole und drückte ihren Sohn glückselig an sich.

Sicherlich vermisste sie ihren Mann in diesem Moment. Sie hatte Scarlett erzählt, dass er für drei Tage in Dänemark auf Geschäftsreise war und die junge Familie die Gelegenheit genutzt hatte, um einen Urlaub auf Rügen damit zu verbinden. Deshalb war sie aktuell ohne fahrbaren Untersatz.

Der Wind zerrte an ihren Jacken und riss Henrys Kapuze vom Kopf. Empört krallte er seine Hände in die senfgelbe Mütze, die er darunter trug.

»Gehen wir jetzt endlich zum U-Boot?«, bettelte er.

Das taten sie, und nachdem sie sich in dem windgeschützten ›Bunker‹ nicht nur ausgiebig umgesehen, sondern auch etwas aufgewärmt hatten, schlug Scarlett einen Besuch am Weihnachtsmarkt vor. Ihr war eingefallen, dass heute dort das Puppentheater eine Vorstellung geben wollte.

Henry war sofort dabei, doch seine Mutter zögerte.

»Das ist wirklich lieb von dir, Scarlett. Aber wenn du schon dort warst, ist es für dich doch bestimmt langweilig, nochmal hinzufahren«, warf sie ein.

Um Haaresbreite hätte Scarlett laut losgelacht. Allein der Gedanke, erneut auf Elliot zu treffen, war für sie Aufregung genug.

»Da mach dir mal keine Sorgen, ich hätte es nicht erwähnt, wenn ich keine Lust dazu hätte«, beruhigte sie die neue Freundin.

Dass ihr Antrieb weniger mit Lust als mit Notwendigkeit zu tun hatte, sagte sie nicht. Doch sie musste diese Last, die sie seit den letzten Wochen mit sich herumschleppte, endlich loswerden. Das leidige Thema namens *Elliot* musste ein für alle Mal vom Tisch. Sie wollte sich entspannen und den Urlaub genießen, aber das ging schlecht, wenn sich ihre Gedanken immer wieder um ihn drehten. Der heutige Ausflug war der beste Beweis. Trotz der unglaublich schönen Eindrücke war sein Bild wiederholt vor ihrem inneren Auge aufgeblitzt. Das musste aufhören!

8

Die Vorstellung hatte schon begonnen, als sie eintrudelten, und Nicole hatte Mühe, ihrem Sprössling zu folgen, der sich geradewegs durch die Menge drängelte, um das Puppentheater genau in Augenschein nehmen zu können. Scarlett hingegen interessierte die Inszenierung weniger. Etwas verstohlen entfernte sie sich von der Menge und spazierte hinunter zum Hafen. Als Elliots Foodtruck in ihr Blickfeld rückte, schielte sie hinüber.

Wie üblich hatte er Kundschaft. Ein Pulk Teens, ausnahmslos weiblich, stand im Kreis versammelt und ließ ihn kaum aus den Augen. Immer wieder riefen sie ihm etwas zu, kicherten und tuschelten. Scarlett wusste nicht, was sie davon halten sollte. Einerseits dachte sie daran, wie schön dieses Alter doch gewesen war. Sich selbst zu finden und in den Tag zu leben, ohne an morgen zu denken. Das Leben war eine einzige Party. Sie flirteten mit ihm, das war eindeutig, und wenn er ihnen einen kessen Spruch zurückwarf oder ihnen zuzwinkerte, bekamen einige der Mädels Schnappatmung.

Andererseits fragte sie sich, warum Elliot mitspielte. Er war einiges älter als die Girls. Stand er etwa auf so junges Gemüse?

Die Vorstellung bereitete ihr Unbehagen. Oder war das alles nur ein Spiel für ihn?

Nun ja, er spielte offenbar gern. Auch wenn sie ihn nicht näher kannte, war sie sich dessen sicher. Schließlich hatte sie ihn in Las Vegas getroffen, wo er sowohl im *Mediterranean* als auch im *Bellagio* abgesahnt hatte. Sie erinnerte sich plötzlich, dass er ihr von seinen erfolgreichen Casinobesuchen erzählt hatte. Er stand auf Blackjack ebenso wie auf Craps und hatte sie überredet, als seine Glücksfee zu fungieren. Also hatte sie neben ihm gestanden und zugeschaut. Er hatte gewonnen und sie zum Dank vor allen Augen geküsst, dass es sie regelrecht umgeworfen hatte. Für den Bruchteil einer Sekunde hatte sie das Gefühl, als würde sie es in diesem Moment erleben. Sie roch und schmeckte ihn und spürte seinen warmen Körper. Ein wohliges Prickeln durchfuhr sie, dann war der Augenblick vorüber. Eisiger Wind packte sie von hinten, und etwas Kaltes traf auf ihre Nase. Verwirrt schaute sie nach oben.

Feine Flocken wirbelten vom Himmel herab. Sie konnte es kaum fassen. Es schneite! Zwar war sie um diese Jahreszeit noch nie auf Rügen gewesen oder sonst wo an der Ostsee, aber sie wusste, dass Schnee in dieser Region ziemlich selten war.

Ob ihr das Universum damit etwas sagen wollte? Es war ja auch äußerst sonderbar, dass man sich nicht mehr an seinen Ehemann erinnerte …

Sie schüttelte den Kopf. Was dachte sie denn da? Das Universum? Was für ein ausgemachter Blödsinn! Seit ihrem Besuch am Bamberger Standesamt war sie völlig aus der Spur. Das war nicht nur ungewohnt, sie fühlte sich unzulänglich und verletzlich. Und das gefiel ihr gar nicht.

Nachdenklich schaute sie in den Lichtkegel der Straßenlaterne. Der goldgelbe Schein hob sich vom dunklen Nachthimmel ab, um ihn herum tanzten die kleinen Flöckchen. Das Schauspiel übte eine beruhigende Wirkung auf sie aus. Das Wellenrauschen tat sein Übriges.

Erst einige »Ahs« und »Ohs« von Vorbeilaufenden brachten sie wieder ins Jetzt zurück. Ebenso wie Scarlett, bemerkten nun auch andere, dass es tatsächlich schneite. Es waren die Leute, die dem Puppentheater zugeschaut hatten. Gleich darauf rannte Henry auf sie zu.

»Scarlett! Das war sooo lustig!«, grölte er mit ausgebreiteten Armen.

Sie musste sich beeilen, ihn aufzufangen, bevor er ungebremst in die Ostsee brauste. Doch es gelang ihr nur halbwegs. Sie bekam ihn nur an der linken Schulter zu fassen, was zur Folge hatte, dass er herumwirbelte und einknickte. Mit der rechten Hand schrammte er am Betonboden entlang und begann nur einen Augenblick später zu weinen.

»Aua!!!« Dicke Tränen rannen ihm übers Gesicht.

Nicole spurtete heran, während er sich heulend auf den Hosenboden fallen ließ und ihnen seinen Arm entgegenhielt.

Die Frauen beugten sich zu ihm hinunter.

Eine blaurote Blase schimmerte unübersehbar an seinem Zeigefinger, direkt daneben quoll ein bisschen Blut aus einer Schürfwunde.

»Ach herrje!« Nicole hob ihren Sohn hoch. Im Licht war die seltsame Wunde besser erkennbar.

Scarlett war schockiert. »Aber das kann doch nicht eben erst entstanden sein.«

Sie fühlte sich verantwortlich.

»Nein, nur die Kratzer sind neu.« Nicole deutete auf die dünne Blutspur. »Die Blase hat er sich heute Morgen schon zugezogen.«

Henry beruhigte sich allmählich.

»Der Bagger hat meinen Finger in seine Schaufel eingeklemmt«, erklärte er, was immer das heißen sollte.

Dann kam Scarlett das Geschrei, das sie geweckt hatte, in den Sinn. Offenbar hatte er seinen Spielzeug-Fuhrpark mitgebracht. »Das hat bestimmt wehgetan.«

Henry nickte inbrünstig. »Der wollte einfach nicht loslassen.«

»Ja, es hat etwas gedauert, bis ich ihn befreien konnte. Irgendwas ist abgebrochen, und zwei Metallstreben hatten sich verhakt.« Nicole zog ein frisches Taschentuch hervor und begann den kleinen Finger abzutupfen.

Der Junge zuckte zusammen und heulte erneut auf.

»Das sieht nicht gut aus«, stellte Scarlett fest. »Man kann regelrecht zugucken, wie die Blase größer wird.«

»Kommt mir auch so vor«, gab Nicole zu.

Henry versuchte, sich dem Griff seiner Mutter zu entwinden, und zog die Hand zurück.

»Vielleicht sollte sich das mal ein Arzt ansehen «, empfahl Scarlett.

»Das denke ich auch. Aber jetzt? Um diese Zeit?« Nicole warf einen Blick auf ihre Armbanduhr.

»Fahrt nach Bergen ins Krankenhaus.«

»Wahrscheinlich hast du recht.«

Scarlett zog ihren Autoschlüssel aus der Jackentasche und reichte ihn ihr.

»Du fährst nicht mit?«, fragte die neue Freundin.

Sie schüttelte vage den Kopf.

Es war kurz vor acht. Der Weihnachtsmarkt würde gleich schließen. Zum letzten Mal an diesem Ort. Wenn sie jetzt wegfuhr, würde sie Elliot erneut auf der Insel suchen müssen. Wo er als Nächstes Halt machen wollte, wusste sie nicht.

»Nein, ich hab noch was zu erledigen.« Unwillkürlich schielte sie in Richtung Foodtruck. Die Beleuchtung des Diner-Schilds auf dem Dach war bereits erloschen. Sie musste es endlich durchziehen und ernsthaft mit ihm reden, auch wenn ihr bei dem Gedanken schon wieder flau im Magen wurde.

Nicole folgte ihrem Blick, und sie fand sich bemüßigt, eine Erklärung abzugeben.

»Ich muss noch mit dem Foodtruckbesitzer etwas besprechen.«

»Aha.« Über das Gesicht der Nachbarin huschte ein Grinsen. Gleich darauf verschwand es aber, und sie nahm zögernd den Schlüssel. »Na, dann … Danke. Mir deinen Wagen zu leihen, ist wirklich großzügig von dir.«

»Dafür doch nicht und jetzt geht.« … *bevor der Finger explodiert,* dachte Scarlett, behielt das aber für sich. »Außerdem weiß ich ja, wo du wohnst«, rief sie ihr stattdessen lachend hinterher, und die Nachbarin winkte im Gehen.

Erst nachdem sie in der Menge verschwunden waren, wurde Scarlett schlagartig klar, dass sie nun ohne fahrbaren Untersatz dastand. Wie sie selbst in ihre Wohnung zurückkommen sollte, war die große Frage.

Wie in Zeitlupe klappte der Diner-Schriftzug zur Seite. Einen Moment lang fragte sich Scarlett, ob sie sich das nur einbildete. Doch dem war nicht so. Der Foodtruck wurde fahrbereit gemacht.

Wenn sie sich nicht beeilte, wäre Elliot weg. Also verschob sie die Überlegung, wie sie nachher auf die andere Seite der Insel kommen sollte, auf später.

Das Gute daran war, dass sie keine Gelegenheit mehr hatte, darüber nachzugrübeln, was sie Elliot sagen sollte. Die schlechte Nachricht war, ihr Gehirn war wieder mal leer.

Sei's drum, sagte sie sich und setzte sich in Bewegung.

Er war gerade dabei, den Müllbeutel aus dem Eimer zu ziehen, der für die Gäste neben seinem Truck postiert worden war. Während er mit einer Hand nach der Tüte griff, winkte er mit der anderen den Teeniegirls nach, die sich sichtlich nur schweren Herzens von ihm verabschiedeten.

»Tschüss! Wäre möglich, dass wir uns nächstes Wochenende ja wiedersehen«, rief ihm eine von ihnen zu. Was zur Folge hatte, dass ihre Freundin sie lachend anschubste.

»Vielleicht«, antwortete er, und Scarlett hätte schwören können, dass er keck mit den Brauen wippte oder ihnen zumindest zuzwinkerte, auch wenn sie sein Gesicht nicht sah. Das hörte sie am Klang seiner Stimme.

Die Schar bog kichernd um die Ecke.

Mit einem Ruck holte Elliot den Sack aus der Vorrichtung, vollführte dabei einen Schritt rückwärts und drehte sich halb zur anderen Seite, von der aus Scarlett auf ihn zukam.

»Sieh mal an. Du schon wieder? Sag mal, stalkst du mich?« Seine Stimme war nicht ganz so nett, wie sie noch eben den Mädchen gegenüber geklungen hatte. Die Furche in seiner Stirn unterstrich den Eindruck zudem.

Ein flüchtiger Kälteschauer durchfuhr sie. Mit einer derartigen Begrüßung hatte sie nicht gerechnet.

»Ich? – Nein. – Wieso?«, stotterte sie und ärgerte sich dabei über sich selbst.

»Weiß nicht. Du bist den dritten Tag in Folge da. Die Raubtierfütterung ist vorbei. Wie du siehst, habe ich geschlossen. So wie alle anderen auch. Also kannst du kaum wegen deines knurrenden Magens kommen.« Abwartend sah er sie an, und sie fragte sich, wie jemand einerseits so charismatisch sein konnte und dann geradezu kalt und abweisend.

Da er aber keinerlei Anzeichen machte, seine Haltung zu ändern, und somit eindeutig eine Antwort von ihr erwartete, überging sie das mulmige Gefühl, das unweigerlich in ihr aufgekommen war. Sie straffte die Schultern und sagte sich, dass sie vermutlich sogar froh darüber sein sollte. Schließlich war sie hier, um endlich über Fakten zu sprechen.

»Ähm, na ja. Du hast recht«, räumte sie ein. Zu langsam, denn während sie noch nach der richtigen Formulierung suchte, übernahm er schon wieder das Wort.

»Du stalkst mich also tatsächlich?«, fragte er, halb verblüfft, halb belustigt.

»Was? Nein. Das ist doch Quatsch.«

»Also, ich bin mir da nicht sicher. Du hast es doch soeben zugegeben.«

»Das hab ich nicht!« Ein Adrenalinschub durchströmte sie. »Ich stelle keinen Leuten nach!«

»Und was ist es dann, was du hier machst?«

»Ich … ich versuche mit dir in Kontakt zu treten.« Was war das denn für eine blöde Ausdrucksweise? Sie konnte kaum glauben, dass sie das gesagt hatte. Aber Elliot machte sie zunehmend nervös.

»Ha.« Er lachte laut auf. »So kann man es auch formulieren. Letztlich kommt es aber doch aufs Gleiche raus. Findest du nicht?«

»Wie meinst du das?« Blinzelnd sah sie ihn an. Irgendwann in den wenigen Sätzen, die sie gewechselt hatten, musste sie den Faden verloren haben.

»Ich spreche davon, dass ich mich bedrängt fühle, wenn du ständig bei mir auftauchst.«

»Du fühlst dich … was?« Jetzt war sie fast sprachlos. Doch das konnte sie nicht auf sich sitzen lassen. Dann fiel ihr der passende Konter ein. »Bedrängt? Aber von deinem Fanclub kannst du offenbar nicht genug bekommen. Oder wie soll ich das verstehen?« Grimmig dachte sie an die adrette Dunkelhaarige und die kichernden Teenies. Unvermittelt schaute sie an sich herab. War sie derart unansehnlich, dass er so abschätzig mit ihr sprach?

»Wie bitte?«

»Na die Mädchen, die dich anhimmeln. Nicht zu vergessen die Frauen, die dich umschwärmen. Damit scheinst du keine Probleme zu haben.« Wutschnaubend stemmte sie die Hände in die Hüften.

Elliot schnalzte mit der Zunge. »Das klingt mir sehr nach Eifersucht. Glaubst du etwa, du hast irgendwelche Rechte, nur weil wir uns gestern geküsst haben? Das war doch nur eine Spontanität, vielleicht der alten Zeiten wegen. Du warst so anschmiegsam …«

Sie schnappte nach Luft. »ICH war anschmiegsam?«

»Ja klar. Wer hat sich denn am mich gekuschelt wie ein schnurrendes Kätzchen?«

»Pha! Und wer hat sich von hinten herangeschlichen und sich ungefragt untergehakt?«

Für einen Moment herrschte Schweigen. Sie standen sich gegenüber wie zwei Krieger, bereit, ins Duell zu ziehen.

Elliots Worte hallten in Scarlett nach. Was sie gehört hatte, gab ihr zu denken. Hatte sie wirklich Anstalten gemacht, die er als Aufforderung hätte interpretieren können? Ihr fiel ein, dass sie nicht einmal wusste, wer eigentlich wen geküsst hatte. War womöglich sogar sie es gewesen, die diesen unsäglichen Kuss heraufbeschworen hatte?

Es war der unpassendste Moment überhaupt, und trotzdem spürte sie die Intensität besagten Kusses noch einmal genau in diesem Augenblick. Das verwirrte und verärgerte sie zugleich.

»Es war ein Fehler. Ich wusste es sofort«, meinte Elliot mitten hinein, in ihr Gedankenchaos.

»Allerdings.« Es hatte ihre Welt nur noch mehr ins Wanken gebracht und Erinnerungsfetzen zutage gefördert, die sie nun lieber auf ewig hätte vergessen wollen. Trotzdem versetzte es ihr einen Stich, dass er den Kuss offenbar bereute.

»Schön. Dann sind wir uns ja einig. Wenn du mich jetzt bitte entschuldigen würdest …?« Er band einen Knoten in die Mülltüte, warf sie sich über die Schulter und stolzierte an ihr vorbei.

Sie schaute ihm nach. Warum brachte dieser Kerl sie nur derart aus dem Gleichgewicht? Selbst jetzt, da sie doch wütend auf ihn war, kam sie nicht umhin, seinen wohlgeformten Po zu betrachten. Es musste an ihren Hormonen liegen. Dieser Mann machte sie verrückt, in mehrfacher Hinsicht!

Sie riss sich die Mütze vom Kopf und strich fahrig durch ihre blonden Locken. Einige Schneeflocken schmolzen auf ihrer Hand, und der kalte Wind tat richtig gut. Beides half ihr, sich wieder auf das Wesentliche zu konzentrieren.

Elliot glaubte doch allen Ernstes, sie wäre eifersüchtig. Was bildete er sich denn ein? Nie und nimmer! Ein Zischen entwich ihrer Kehle. Doch da war mehr, was in ihr arbeitete. Er hatte noch was anderes gesagt. Etwas Wichtiges. Nur was? Sie wühlte in ihren Hirnwindungen, und dann fiel es ihr wieder ein. Er hatte sie nach ihren Rechten gefragt, und die hatte sie ja tatsächlich.

Ihre Füße setzten sich wie von allein in Bewegung. Im Laufschritt rannte sie ihm nach und holte ihn ein, als er dabei war, einen Müllcontainer zu öffnen.

»Weißt du eigentlich, dass wir in Las Vegas geheiratet haben?«, konfrontierte sie ihn mit dem eigentlichen Grund ihres Erscheinens. So, nun war es endlich ausgesprochen.

Er warf einen Blick über die Schulter und ließ den Beutel in den Container fallen.

»Natürlich«, antwortete er vollkommen entspannt.

Scarlett hätte nicht sagen können, was sie erwartet hatte. Aber ganz bestimmt nicht diese Reaktion. Wie vor den Kopf gestoßen starrte sie ihn an. Er hatte es gewusst?!

Abermals lief er an ihr vorüber, diesmal geradewegs auf seinen Foodtruck zu.

»Du bist dir dessen bewusst?« Im Eilschritt schloss sie zu ihm auf.

»Ja und?« Er redete, als ginge es in dem Gespräch um etwas Nichtssagendes. Als hätte er beiläufig jemandem Auskunft über die Uhrzeit gegeben. Scarlett verstand die Welt nicht mehr!

»Mehr hast du dazu nicht zu sagen?«

»Es war ein cooles Erlebnis. Eine irre Nacht. Du warst so aufgedreht und für jeden Spaß zu haben. Anders als jetzt.« Er klappte das Drahtgestell, in dem der Müllbeutel verankert gewesen war, zusammen und verstaute es in einem Fach unterhalb des Verkaufstresens seines Trucks.

»Wie anders?«

Elliot schloss die Klappe und richtete sich seufzend wieder auf.

»Ich will dir ja nicht zu nahe treten. Aber auf mich wirkst du schon ein wenig verklemmt.«

Ihre Blicke trafen sich, und in ihrem Hals bildete sich ein Knoten. Auf dieses Kompliment hätte sie verzichten können. Wer wollte schon gern als ›verklemmt‹ wahrgenommen werden? Und trotzdem war ihr klar, dass sie womöglich so wirkte. Aber wer hätte es ihr verübeln können? Diese Angelegenheit ins Reine zu bringen und Klartext zu reden, überforderte sie eben ein bisschen. Zumal ihr ›Ehemann‹ ein Frauenschwarm war, sodass sie sich immer wieder fragte, wie er sich damals ausgerechnet für sie hatte begeistern können. War sie während ihres Aufenthalts in den Staaten wirklich zu einem anderen Menschen mutiert, so wie er es angedeutet hatte? Sie hatte die Tage damals genutzt, um einmal im Leben aus ihren regelgetreuen Mustern auszubrechen. Doch niemand konnte sich eben mal schnell um einhundertachtzig Grad drehen … Andererseits war sie auch jetzt nicht sie selbst. Nur dass diesmal seine Gegenwart dafür sorgte, dass sie an sich zu zweifeln begann, als ob sie nicht schön oder gut genug wäre.

Da sie das alles jedoch keinen Schritt weiterbrachte, verscheuchte sie die unschönen Erkenntnisse so schnell, wie sie gekommen waren. Stattdessen schaltete sie in den Profimodus, den sie verwendete, wenn sie die Kita-Kinder fotografieren sollte.

Elliot verriegelte unterdessen die Verkaufsklappe, bevor er um den Trailer lief, um ihn von der anderen Seite aus zu betreten.

Scarlett schlug ihre geduldigste Stimme an und folgte ihm auf dem Fuß. »Elliot, ich bin immer noch die gleiche Frau. Dieser Trauschein scheint dich offenbar nicht zu stören, mich aber schon. Deshalb bin ich überhaupt nach Rügen gekommen. Um mit dir darüber zu sprechen.«

Dass sie ihm dafür allerdings hinterherlaufen musste wie ein Hündchen, hob ihre Laune nicht gerade.

Obendrein gab er ein abschätziges Geräusch von sich. »Das fällt dir nach so vielen Jahren ein?«

Okay, damit hatte er sie. Zögernd erklomm sie die zwei Stufen, die in Elliots Allerheiligstes führten. Sollte sie ihm beichten, dass sie das bislang komplett aus ihrer Erinnerung verdrängt hatte? Doch allein der Gedanke schnürte ihr die Kehle zu. Wäre er etwas netter gewesen, hätte sie es vielleicht getan. Aber so abweisend, wie er sich verhielt, war das absolut keine Option.

Glücklicherweise hörte er ihr kurzzeitiges Röcheln nicht, weil er zu sehr damit beschäftigt war, mit geübten Griffen das Inventar seiner Truckküche reisefertig zu machen.

Erst jetzt fiel ihr die Einrichtung auf. Denn der Trailer bestand nicht nur aus dem Imbissbereich, der von außen einsehbar war. Weiter hinten gab es eine Mini-Eckbank mit roten Lederbezügen im American Diner Style, dazu einen kleinen Tisch. Gegenüber befand sich eine schmale Schrankwand inklusive Flachbildfernseher. Der gesamte Innenbereich wirkte deutlich großzügiger, als man von draußen vermutete.

»Wow! Sieht toll aus. Du hast hier drin ja richtig Platz. Der

Imbisswagen war bestimmt nicht billig«, meinte sie und musterte eingehend die Ausstattung.

Doch Elliot knurrte nur etwas Unverständliches und schaltete das Licht aus.

Was für ein ungehobelter Klotz! Da sagte sie was Nettes, und er schob sie zum Dank einfach zur Tür hinaus.

EIN HAUCH von Vanille kroch in Elliots Nase, als er sie geradezu aus dem Wagen drängte. Es musste das Shampoo sein, mit dem sie ihre Haare wusch. Er hatte es bereits während des gestrigen Kusses gerochen. Womöglich war es sogar dieser Duft gewesen, der ihn dazu verleitet hatte. Er löste eine gewisse Behaglichkeit in ihm aus, die er nur sehr selten verspürte. Gleichzeitig verdammte er diese Reaktion. Sie brachte nichts als Ärger, wie die Situation bewies.

Was um alles in der Welt wollte Scarlett nur von ihm? Sie hatten sich Jahre nicht gesehen, und jetzt tauchte sie alle Nase lang bei ihm auf.

Nicht, dass sie ihn tatsächlich bedrängte, so wie er es ihr gegenüber dargestellt hatte. Warum er das gesagt hatte, wusste er selbst nicht.

Es war ein Abwehrmanöver gewesen. Vermutlich lag es daran, dass keine andere Frau je so auf ihn gewirkt hatte wie sie. Das hatte er schon damals in Las Vegas gemerkt. Zuerst war sie nur eine zufällige Begegnung und willkommene Abwechslung zu der Gesellschaft seines faden und leicht sonderbaren Cousins gewesen. Doch bereits nach kurzer Zeit, hatte er das Gefühl, als würden sie sich schon ewig kennen. Sie hatten gelacht und stundenlang erzählt. Etwas an ihrem Wesen hatte sein tiefstes Inneres berührt. Das hatte ihn verblüfft, denn sonst war er mehr der oberflächliche Typ. Auch wenn er das um keinen Preis zugeben würde. Aber zu einem heißen Flirt mit einer hübschen Frau sagte er niemals Nein. Warum auch? Er war jung, frei und genoss endlich das Leben. Und Scarlett war durchaus einen zweiten und dritten Blick wert. Sie besaß eine tolle Figur mit den passenden Rundungen an den richtigen Stellen. Ihr langes blondgewelltes Haar wirkte geradezu verführerisch, wenn sie den Kopf bewegte. Nicht zu vergessen die süße Stupsnase und dieses Glitzern in ihren Augen, das ihn geradezu magisch anzog. Genau genommen war es sogar das Prägnanteste an ihr. Er hatte es sofort bemerkt, noch vor allem anderen. Vielleicht hätte er da schon stutzig werden sollen, denn so was fiel ihm meist erst deutlich später auf.

Doch das hatte es nicht. Stattdessen war sie wie eine Droge für ihn gewesen, von der er, von der ersten Sekunde an, nicht hatte genug bekommen können. Umso aufgekratzter war er, als sie nur Stunden später zusammen um die Häuser von Las Vegas gezogen waren. Sie hatten gefeiert, als gäbe es kein Morgen, und irgendwann in tiefster Nacht waren sie dann an dieser Hochzeitskapelle vorbeigekommen, in der Schnelltrauungen durch den *King* persönlich angepriesen worden waren. Scarlett hatte gelacht und ihm verraten, dass sie seit Kindheit an ein Elvis-Fan war und ihre Mutter nach wie vor beneidete, weil die ihn während seiner US-Armee-Stationierung in Grafenwöhr, was wohl in erreichbarer Entfernung von ihrer Heimatstadt Bamberg lag, angeblich sogar live gesehen hatte.

Er war bei jedem von Scarletts Worten an ihren Lippen gehangen, und dann hatte er ihr einen Antrag gemacht. Weiß der Himmel, was ihn damals geritten hatte. Es war spontan und völlig irrational gewesen, aber in jener Nacht hatte ihn die Vorstellung überwältigt, Scarlett für immer an seiner Seite zu haben. Mit ihr zusammen würde es nie langweilig werden, und gemeinsam könnten sie alles erreichen, hatte er gedacht und es ihr auch genauso gesagt, als sie zögerte. Schließlich hatte sie euphorisch zugestimmt und die Idee, von Elvis vermählt zu werden, war das Sahnehäubchen gewesen.

Er hatte ihr einen Schleier besorgt und sie sich mit dem Kauf von Dessous in Bonbonrosa revanchiert. Danach waren sie in einem Motel gelandet und hatten festgestellt, dass sie auch körperlich hervorragend harmonierten.

Oh Mann, wenn er nur daran dachte, rumorte es in seiner Lendengegend. Es war der beste Sex, die heißeste Nacht gewesen, die er je erlebt hatte!

Und nun stand sie vor ihm. Der Drang, sie an sich zu ziehen und die kleine Stelle hinter ihrem Ohr zu liebkosen, von deren Empfindlichkeit er wusste, war direkt übermächtig. Aber er kämpfte dagegen an, drückte sie sogar etwas ruppiger als beabsichtigt zur Seite und warf die Tür ins Schloss.

»Also, wenn du hoffentlich losgeworden bist, was du sagen wolltest, dann kannst du deine neugierige Nase jetzt bitte in anderer Leute Angelegenheiten stecken«, sagte er harsch, sperrte ab und wollte zur Fahrerkabine marschieren. Doch sie stellte sich ihm in den Weg.

»So leid es mir tut, aber wir sind noch nicht fertig.« Ihr Ton war honigsüß, ebenso wie das Lächeln, das sie mit einem Mal zur Schau trug. Zu süß! Das war ihm sofort bewusst.

Unwillkürlich spannte er die Schultern an. »Was gibt's denn noch?«

»Wir müssen dringend über die Scheidung reden.«

Es dauerte einen Moment, bis der Inhalt ihrer Worte bei ihm ankam. Dann gluckste er los.

»Über die was? Die Scheidung?«, japste er zwischen beiden Fragen.

Ihre Augen verengten sich zu Schlitzen. »Ich weiß nicht, was daran so komisch sein soll.«

»Na, dass du dich von mir scheiden lassen willst«, meinte er gackernd. Doch ihre Körpersprache machte ihm schließlich klar, dass diese Forderung nicht als Scherz gemeint war. Also riss er sich zusammen. »Scarlett, Liebling. Wir haben in Las Vegas geheiratet. Die deutschen Behörden wissen doch gar nichts davon. Also, sofern du nicht vorhast nach Amerika auszuwandern … Wen juckt's?«

»Mich! Und zwar gewaltig. Und dich sollte es das ebenfalls. Denn unsere *Ehe* ist auch hierzulande vermerkt.«

»Was? Das ist doch Quatsch.« Wie kam sie nur darauf, einen derartigen Unfug zu erzählen? Er war sich ganz sicher, dass dazu eine Meldung auf Eigeninitiative hin erfolgen müsste. Weshalb er die ganze Angelegenheit auch als Spaßhandlung abgehakt hatte.

»Schön wär's«, brummte sie.

»Scarlett. Es war doch nur ein Gag«, erklärte er ihr und wiederholte damit, was er sich selbst in den ersten Wochen danach immer wieder gesagt hatte. Denn die Wahrheit wäre idiotisch schmerzhaft gewesen … »Es war lustig, und der Elvis-Imitator, der uns getraut hat, war wahrscheinlich nicht mal ganz nüchtern gewesen. Also, ich bin knülle, und nachdem wir das nun auch geklärt haben, werde ich jetzt losfahren.«

Er wollte in die Kabine klettern, doch offenbar war sie damit keineswegs zufrieden.

»Du willst mich einfach so stehen lassen?« Verärgert stemmte sie die Hände in die Hüften. Einige Schneeflocken wirbelten um sie herum und unterstrichen den Eindruck noch.

Man! Wenn sie sauer war, war sie fast noch hinreißender.

»Warum nicht? Ich bin der Letzte, der noch da ist. Die anderen sind alle schon gegangen, und ich werde mich nun ebenfalls in mein Domizil verziehen.«

Sie schaute sich um, und plötzlich veränderte sich ihre Miene. Sie wirkte überrascht und eine Spur unsicher. Konnte das sein?

»Oh!«, hauchte sie, und er bemerkte, dass sie ihre Mütze mit den Händen knetete.

»Stimmt was nicht?«

»Ähm, na ja … Ich habe kein Auto«, murmelte sie. Er verstand sie kaum, weil sie erneut die inzwischen verlassene Gegend betrachtete. Aber vermutlich hatte er sie missverstanden, denn ohne fahrbaren Untersatz war man um diese Uhrzeit hier aufgeschmissen. Der letzte Bus Richtung Bergen, war schon vor einer Stunde gefahren.

9

Er überlegte, ob er der Höflichkeit halber noch einmal nachfragen sollte, entschied sich aber dagegen und schob lieber seinen Hintern auf den Fahrersitz.

Warum sollte er ihr gegenüber den Gentleman spielen? Sie war damals einfach abgehauen! Ohne einen Abschiedsgruß war sie aus dem Motelzimmer verschwunden, und er hatte nie mehr etwas von ihr gehört.

Auch wenn ihre kurze gemeinsame Zeit noch so verrückt gewesen war, so was gehörte sich nicht. Nicht nach so einer gigantischen Hochzeitsnacht! Er merkte, dass sein männliches Ego diesbezüglich immer noch angekratzt war, dabei hatte er gedacht, dass das längst Schnee von gestern wäre. Doch ihr plötzliches Erscheinen und das wiederholte Zusammentreffen riefen ihm die alten Erinnerungen unweigerlich wieder ins Gedächtnis. Wenn er nicht aufpasste, würde sie ihn erneut um den Finger wickeln, und das konnte er auf keinen Fall zulassen. Diese Frau war Gift für ihn!

Wie sonst war sein Verhalten zu erklären? In ihrer Gegenwart schien sein Verstand regelmäßig den Dienst zu verweigern. Denn er hatte sich anfangs tatsächlich gefreut, sie wiederzusehen. Das war doch kaum zu glauben! Dazu der Kuss gestern! Er war ihm unter die Haut gegangen, und sie hatte sich in seine Gedanken geschlichen. Vielleicht war das der Auslöser gewesen, dass allmählich der alte Groll wieder zurückgekehrt war, der ihn daran erinnerte, dass er ihr besser aus dem Weg gehen sollte, um seine sieben Sinne zu behalten!

Verkniffen startete er den Motor, und ein sonores Brummen durchdrang die Stille der Umgebung. Diesmal erhob Scarlett keinerlei Einwände. Ihm war das nur recht. Damals hatte es keine Abschiedszeremonie gegeben, warum sollte es heute anders sein? Also zog er die Tür zu und setzte seinen Truck etwas zurück, um besser aus der ›Parklücke‹ zu kommen. Dann fuhr er an.

Scarlett stand immer noch reglos da. Die großen Reifen seines Trailers umdrehten sich ein-, zweimal. Er beobachtete sie über den Außenspiegel. Sie rührte sich nicht vom Fleck und schien auf einen imaginären Punkt zu stieren. Er trat auf die Bremse und stieß die Beifahrertür auf.

»Herrgott nochmal. Dann steig eben ein!«, brüllte er hinaus.

Scarlett hatte das Gefühl festgewachsen zu sein. Auch wenn sie ihre Füße bewegen wollte, es ging nicht.

Dabei war sie wirklich erleichtert über Elliots Angebot, sie mitzunehmen. Doch ihre innere Stimme zischelte ihr zu, dass es womöglich keine gute Idee war, mit ihm auf derart engem Raum auf Tuchfühlung zu gehen. Aber hatte sie eine Wahl?

Sie stand einsam und verlassen im Dunkeln. Niemand war mehr zu sehen, nur das Tosen der Wellen kämpfte geräuschmäßig gegen das Brummen des Truckmotors an. Es wurde zunehmend stürmisch, dazu wirbelten Eisflocken umher.

»Was ist jetzt?«, hörte sie Elliot ungeduldig rufen.

Sie musste sich entscheiden.

Wieso hatte sie nur Nicole ihr Auto überlassen?

Weil sie ein netter und hilfsbereiter Mensch war! Doch das nützte ihr momentan auch nicht viel.

»Es wird kalt, verdammt noch mal. Wenn du nicht bei drei neben mir sitzt, fahre ich!«, donnerte ihr Retter in der Not.

Sie holte tief Luft und zwang sich, sich in Bewegung zu setzen. Der erste Schritt war getan. Doch ging er in die richtige Richtung? Was ihr Mobilitätsproblem anging, vermutlich schon. Persönlicher Natur war sie jedoch skeptisch. Doch in der Not fraß der Teufel Fliegen, war es nicht so?

Der Wind schob sie zusätzlich von hinten an. Elliot drückte ungeduldig das Gaspedal im Leerlauf durch, sodass der Motor aufheulte. Er meinte es ernst. Er würde ohne sie losfahren.

Sie hüpfte auf den Beifahrersitz und schloss die Tür.

»Das hat ja gedauert«, brummte er und steuerte das große Vehikel souverän in Richtung Hauptstraße.

Obwohl sie höchstens fünf Minuten schweigend dahingefahren waren, fühlte es sich deutlich länger an. Nach der nächtlichen Kälte draußen wurde es hier drin allmählich geradezu kuschelig. Die Heizung blies auf voller Stärke, und der Sitz war bequem wie geräumig. Trotzdem fiel es Scarlett schwer, sich entspannt zurückzulehnen. Elliot füllte mit seiner Präsenz das Fahrerhaus aus. Immer wieder schielte sie zu ihm hinüber. Er war wirklich gutaussehend, stellte sie wiederholt fest, und trug eine Gelassenheit mit sich herum, die sich wohl viele wünschten. Auch wenn sein Gesichtsausdruck in diesem Moment irgendwie versteinert wirkte. Sie sagte sich, dass das am Wetter lag, das zunehmend winterlicher wurde. Tausende kleiner Flocken rasten im Lichtkegel der Scheinwerfer vor dem dunklen Nachthimmel auf sie zu. Wenn man lange genug hineinschaute, wirkte es fast wie ein Sog. Bestimmt war Elliot also nur konzentriert. Oder hatte seine Haltung doch etwas mit ihr zu tun?

Na ja, wenn plötzlich eine Ehefrau vom Himmel fiel, konnte das wahrscheinlich selbst den relaxtesten Mann aus der Bahn werfen. Ob er ernsthaft nichts davon gewusst hatte, dass sie auch vor dem deutschen Gesetz verheiratet waren?

Sie wollte ihn gerade danach fragen, doch er kam ihr zuvor.

»Wo wohnst du überhaupt?« Immerhin klang er etwas freundlicher als zuletzt.

»Ähm, Alt Reddevitz. Übrigens danke fürs Mitnehmen. Das hättest du nicht tun müssen.«

»Schon klar, aber ich hätte dich auch nicht einfach stehen lassen können. Oder? Wenn dir etwas passiert wäre …« Er ließ den Satz offen.

Eine drückende Schwere lag plötzlich in der Luft. Daran hatte Scarlett bisher keinen Gedanken verschwendet. Eine Ostsee- und Urlaubsinsel wie Rügen verband sie mental nicht mit Verbrechen. Wobei das natürlich nichts aussagte. Es gab bestimmt auch Rügenkrimis, die allerdings der Unterhaltung dienten. Wie es wohl in der Realität aussah?

»… dann wärst du mich zumindest los und könntest ungestört weiterleben wie bisher. Anstatt dich mit Anwälten herumzuschlagen und mit Scheidungspapieren beschäftigen zu müssen«, meinte sie in einem Anfall von Galgenhumor, den sie an den Tag legte, wenn sie nicht recht weiterwusste.

Elliot wandte den Kopf und schaute ihr geradewegs in die Augen. »Fängst du schon wieder damit an? Ich habe dir doch erklärt, dass das Humbug ist.«

»Wir sind verheiratet!«

»Nein. Ja. Aber doch nur in den Staaten.«

»Träum weiter!« Sie konnte es nicht fassen, wie salopp er damit umging.

»Dann erklär mir mal, wie die Behörden davon erfahren haben sollen.«

Die Antwort schoss durch ihren Hinterkopf, doch sie war wieder weg, bevor sie sie Elliot geben konnte. Dass er sie so anstarrte, als wäre sie ein unwillkommenes Insekt, lähmte ihre Zunge, also rang sie nur mit den Händen.

»Eben. Du weißt es auch nicht.«

»Trotzdem ist es so!«, brachte sie endlich heraus.

»Das kann nicht sein. Ich weiß das aus sicherer Quelle. Mein Cousin ist nämlich rein zufällig Standesbeamter, und der hat es mir erklärt. Eine automatische Meldung erfolgt nicht. Theoretisch kannst du also sowohl in Amerika als auch in Deutschland einen Ehemann haben.«

»Ha! Das ist es!«, rief Scarlett aus. So laut, dass Elliot unwillkürlich zusammenzuckte.

»Himmel! Geht's auch etwas leiser? Ich höre recht gut. Jedenfalls hatte ich das bis jetzt.« Übellaunig fuhr er sich mit der Hand über sein rechtes Ohr.

Was für eine Mimose. Aber sie entschuldigte sich dennoch.

Er nickte gnädig.

»Also, was ist was? Könntest du mich bitte aufklären?«, kam er dann zum Thema zurück, und Scarlett rutschte sofort aufgeregt auf ihrem Sitz herum.

»Dein Cousin. Sebastian. Richtig?«

»Ja-a.« Er schenkte ihr einen skeptischen Seitenblick.

»Er war es.«

»Was?«

»Na, wovon reden wir denn hier? Du gehörst nicht gerade zu der Schnelldenkersorte, oder?« Schnaufend schüttelte sie den Kopf.

~

Es fehlte nur noch ein klitzekleines bisschen, und Elliot würde der Kragen platzen! Da nahm er sie schon mit – obwohl er gar nicht wollte! –, und so bedankte sie sich bei ihm? Indem sie ihn beleidigte?

»Sag mal, was ist eigentlich dein Problem?«, fragte er gereizt.

Ihre Brauen schossen nach oben. »Dass wir verheiratet sind. Ich dachte, ich hätte das deutlich gemacht.«

Sie gab ihm das Gefühl, als wäre er ein Typ aus der Gosse. »Also, ich kenne einige Frauen, die darüber sogar ganz glücklich wären.«

»Davon bin ich überzeugt.«

»Wie soll ich das nun wieder verstehen?« Nur zu gern hätte er sie eingehender betrachtet, aber er musste sich auf die Straße konzentrieren.

»Ach … nichts.« Sie zuckte lapidar mit den Schultern.

Elliot unterdrückte ein Knurren, das sich in seiner Kehle auszudehnen drohte. Er kannte das weibliche Geschlecht gut genug, um zu wissen, dass dieses ›Nix‹ alles andere als das zu bedeuten hatte. Doch auf diese Diskussion würde er sich garantiert nicht einlassen.

»Ich bin dir keinerlei Rechenschaft schuldig.«

»Hab ich auch nicht gesagt«, erwiderte sie knapp und begann am Reißverschluss ihrer Jacke herumzuzupfen. Sie kämpfte etwas umständlich mit dem Sicherheitsgurt, zerrte an den Ärmeln und bog den Rücken durch, bis sie es endlich geschafft hatte, das Ding auszuziehen. Dabei reckte sie unweigerlich ihren Busen nach vorn. Ob er wollte oder nicht, er konnte es nicht übersehen, und prompt flackerten wieder Erinnerungsfetzen vor seinem inneren Auge auf. Die Nacht in Las Vegas ließ ihm einfach keine Ruhe. Es schien wie ein Fluch zu sein …

Jetzt hob sie auch noch die Hüften an, drehte sich in seine Richtung und kam ihm damit gefährlich nahe. Gerade als ihm der Kiefer herabklappte, wedelte sie glücklicherweise mit ihrer Daunenjacke neben seinem Kopf herum, sodass sie es nicht mitbekam.

»Oh, du hast ja gar keinen Rücksitz«, hörte er sie murmeln, bevor sie die Hand samt Parka sinken ließ. Leider hielt sie die ihm zugewandte Position weiterhin aufrecht, aber wenigstens hatte er seine Gesichtsmuskeln unterdessen wieder im Griff. »Was ist das? Sieht aus wie eine Falttür«, stellte sie fest und besah sich die Konstruktion eingehend.

»So was in der Art. Damit man während der Fahrt vom ›Imbisswagen‹ getrennt ist. Dadurch riecht es hier vorn auch nicht so stark nach den Essensgerüchen«, antwortete er krächzend und ärgerte sich darüber, weshalb er sich Luft machte und lospolterte: »Kannst du deinen Hintern bitte wieder dahin pflanzen, wo er hingehört?!«

Sie hielt in der Bewegung inne und starrte ihn an.

»Weshalb bist du eigentlich so ruppig zu mir? Hast du vielleicht zu hohen Blutdruck von dem vielen Junkfood?« Endlich setzte sie sich wieder ordentlich hin und stopfte das Ungetüm von Jacke in den Fußraum.

Sein Kiefer mahlte. »Meiner Gesundheit geht es bestens. Was ist mit dir? Bist du immer so bissig oder bekomme ich von dir eine Sonderbehandlung?«

Es dauerte eine Sekunde, bis sie antwortete. »Was denkst du? Du bist mein Ehemann. Da gehört sich das doch so, oder?«

Für einen Moment herrschte eisiges Schweigen, dann brachen sie gleichzeitig in Gelächter aus.

Die Spannungen zwischen ihnen schienen mit einem Mal wie weggewischt. Ja, sie war auch damals schon um keine Antwort verlegen gewesen, was er unheimlich erfrischend gefunden hatte. Um nicht zu sagen, anziehend. Denn die meisten Frauen redeten ihm nach dem Mund. Zumindest glaubte er das. Sie flirteten und machten ihm schöne Augen. Sie standen auf seinen Surferlook, die schulterlangen blonden Haare und seine Muskeln. Dabei war er keineswegs eitel. Er gab sich so, wie er war, und sah so aus, weil es ihm gefiel. Er trieb eben gerne Sport, und die Frisur hatte sich so ergeben, weil er weder Lust noch Zeit hatte, ständig zum Frisör zu rennen, was bei einer Kurzhaarfrisur zwangsläufig nötig war.

Scarlett hingegen war vom ersten Augenblick an anders gewesen, das hatte er sofort gemerkt. Sie sagte, was sie dachte, und spielte ihre weiblichen Reize nicht bewusst aus. Obwohl sie die zweifelsohne hatte, und doch war es fast so, als bemerkte sie gar nicht, dass sie sie besaß. Sie war einfach natürlich. Und witzig. Und intelligent. Mit ihr zu reden war für ihn eine Herausforderung, die Spaß machte.

All das fiel ihm plötzlich wieder ein, und ein warmes Gefühl breitete sich in ihm aus.

»Das heißt, du kommst von hier aus also auch nach hinten?«, fragte sie und vollführte eine Kopfbewegung in Richtung Falttür.

Automatisch lächelte er sie an. »So sieht's aus.«

»Praktisch.«

Allerdings. Er könnte beispielsweise jetzt sofort rechts ranfahren, sie in die Arme ziehen, küssen und mit ihr nach hinten torkeln. *Oh, là, là!* In seiner Lendengegend begann es zu pochen.

Er schüttelte den Kopf und blinzelte angestrengt, um die Bilder zu vertreiben. Mit den Händen hielt er sich am Lenkrad fest. Zum Glück waren sie allein auf der Straße, und der leichte Schneefall war auch versiegt.

»Alles in Ordnung?«, meinte Scarlett, der das nicht entging.

»Bestens.« Wieder lächelte er, diesmal jedoch ein bisschen bemüht.

Was war nur los mit ihm?! Derartiges passierte ihm doch sonst auch nie. Er musste dringend an etwas anderes denken.

»Du wohnst also in …« Er hatte es vergessen.

»Alt Reddevitz.«

»Hm-hm, und wo liegt das?«

»Hinter Sellin noch ein Stück weiter.«

»Oh.«

»Du musst mich aber nicht hinfahren«, beeilte sie sich hinzuzufügen. »Du kannst mich in Bergen am Krankenhaus absetzen.«

Verwirrt musterte er sie kurz. »Geht's dir nicht gut?«

»Nein. Der Sohn meiner Nachbarin wird dort verarztet. Deshalb hat sie auch meinen Wagen.«

»Verstehe«, antwortete er, obwohl er das nicht wirklich tat.

Sie bogen um eine Kurve, und ein entgegenkommendes Fahrzeug blendete ihn. Er brauchte einen Moment, um die Adresse im Navi einzugeben. Vor wenigen Minuten noch hatte er nichts lieber gewollt, als sie so schnell wie möglich wieder loszuwerden. Es hatte ihn ja schon Überwindung gekostet, sie überhaupt mitzunehmen. Aber er war schließlich kein Unmensch, der sie allein in dunkler Nacht einfach stehen ließ.

Nun bedauerte er komischerweise, dass sie schon bald aussteigen würde. Plötzlich hätte er gern mehr Zeit mit ihr verbracht.

Die innere Zerrissenheit machte ihn etwas unwirsch. Er drehte am Radioknopf und stellte die bislang kaum hörbare Musik lauter. Ein nostalgischer Wintersong erfüllte die Fahrgastzelle.

Scarletts Miene erhellte sich. Als sie sich in Las Vegas das Ja-Wort gegeben hatten, hatte sie einen ähnlich glückseligen Gesichtsausdruck gehabt …

Was ihn wieder an ihr Gespräch erinnerte, bevor sie ihn mit ihren Reizen abgelenkt hatte. Er räusperte sich.

»Also nochmal von vorn. Du hast vorhin von meinem Cousin, Sebastian, gesprochen«, durchschnitt Elliots Stimme die letzten Klänge des Songs *Baby It's Cold Outside*. Scarlett liebte dieses Lied. Es rührte etwas in ihr an, eine Mischung aus Romantik und Wohlgefühl. Dazu war es so passend für diesen Moment, in dem sie durch die breite Windschutzscheibe die Kälte der Nacht geradezu erahnen konnte. Die Bäume bogen sich im Wind hin und her, und die nasse Straße spiegelte sich im Scheinwerferlicht. Eingekuschelt auf dem Sitz hatte sie alles in sich aufgenommen und für den Moment pure Zufriedenheit verspürt. Nur widerwillig löste sie sich nun aus ihrem Kokon.

»Richtig. Er war derjenige, der unsere Eheschließung den deutschen Behörden gemeldet hat«, erklärte sie seufzend. Was für ein leidiges Thema!

»Du meinst, dass er uns das eingebrockt hat?!« Seine Stimme überschlug sich fast. »Wenn das stimmt, mach ich ihn einen Kopf kürzer. Dieser Trottel!«

»Er war in Las Vegas dabei, und er arbeitet am Standesamt.« Sie zuckte mit den Schultern. Seine Wut war verständlich, änderte aber nichts an der Sachlage.

Elliot schnalzte mit der Zunge. »Ich verstehe nur nicht, warum er so was hätte machen sollen. Er war es doch, der mir nach deinem Verschwinden erklärt hat, dass unsere ›Tat‹ im Grunde folgenlos bleibt.«

»Hm. Du kennst ihn besser als ich.«

»Na ja. So richtig eigentlich auch nicht.«

»Er ist doch mit dir verwandt, und du warst sogar mit ihm im Urlaub.« Interessiert betrachtete sie ihn und dachte gleichzeitig an den biederen Beamten. Die beiden Männer könnten nicht unterschiedlicher sein, das war ihr damals schon aufgefallen.

»Aber doch nur, weil meine Mutter mich mehr oder weniger dazu gezwungen hat. Das habe ich dir doch während unseres Essens in der Skyfall Lounge erzählt.«

Ach ja? Hatte er das? Scarlett durchkramte ihre grauen Zellen. Gerade als sie aufgeben wollte, erschien ein Shrimps-

Cocktail vor ihrem inneren Auge und dazu Elliots Bild, wie er sie damit gefüttert hatte …

»Na ja, ›Essen‹ ist wohl zu viel gesagt. Es war mehr ein Imbiss.« Die Art, wie er sprach, ließ keinen Zweifel, dass er dieselbe Szene vor Augen hatte.

Ein Ansturm der Gefühle überkam sie. Es war lediglich ein Schnappschuss, mit dem ihr Gedächtnis aufwarten konnte, Elliots hingegen schien völlig intakt zu sein. Und so, wie er in sich hineingrinste, musste die Szene deutlich mehr hergegeben haben, als er verriet. Ob sie ihm gestehen sollte, dass sie sich an kaum etwas mehr erinnerte, was in besagter Nacht passiert war?

Sie rang mit sich.

Plötzlich gluckste er und zwinkerte ihr verschwörerisch zu.

Was um Himmels willen hatten sie in dieser Nacht nur getrieben?! Unwissend zu sein, war echt die Hölle! Aber so, wie er guckte, würde sie sich obendrein nicht auch noch der Lächerlichkeit preisgeben und ihm ihren Filmriss beichten. Nein, lieber würde sie aus dem fahrenden Wagen springen.

Doch das musste sie gar nicht. Denn unerwartet hielt Elliot an.

»Da wären wir«, meinte er und deutete auf das Gebäude rechts von ihr, als er ihren verwirrten Gesichtsausdruck registrierte.

»Oh. Wir sind schon da?« Sie hatte es nicht ansatzweise mitbekommen. Elliots Gegenwart schien diese Wirkung des Öfteren auf sie auszuüben, dachte sie verdrossen und schnallte sich ab.

» Siehst du deinen Wagen irgendwo?«, fragte er.

Sie griff nach ihrer Jacke und ließ den Blick dabei über die geparkten Autos ringsum schweifen. Ihres entdeckte sie nirgends.

»Nein. Ist ja auch ziemlich dunkel. Ich werde mal in der Notaufnahme nach Nicole und Henry fragen«, meinte sie.

Elliot nickte, und sie öffnete die Tür.

»Tja dann, danke fürs Mitnehmen.«

»Keine Ursache.« Seine Augen funkelten im Schein der Kabinenbeleuchtung. Für den Bruchteil einer Sekunde wollte sie sich zu ihm hinüberbeugen und ihm einen Kuss auf die Wange drücken. Aber unter Betrachtung ihres besonderen und ungeklärten Verhältnisses zueinander war das bestimmt keine gute Idee.

Sie war schon halb ausgestiegen, als sie sich nochmals umdrehte. »Wo erreiche ich dich? Wir müssen schließlich noch den Papierkram erledigen.«

»Das werden wir erst noch sehen.« Er sog scharf Luft ein, und seine Miene verdüsterte sich, aber er diktierte ihr seine Handynummer.

Scarlett speicherte sie in ihrem Smartphone ab und lief davon. Sie war schon kurz vor dem Haupteingang des Krankenhauses, als ihr siedend heiß einfiel, dass sie nicht einmal Nicoles Nachnamen wusste.

10

Elliot schaute ihr hinterher. Da ging sie davon. Seine Ehefrau?! Unvermittelt schüttelte er den Kopf. Das durfte doch nicht wahr sein! Da hatte er sich die letzten Jahre eingeredet, dass diese sonderbare verrückte Nacht eine Art Sonderbonus des Lebens gewesen war. Etwas, das nur einem unter einer Milliarde passierte, Kategorie: wie ›vom Tellerwäscher zum Millionär‹. Nur in seinem Fall ein Intermezzo ohne Folgen und nun landete er auf dem harten Boden der Tatsachen.

Wenn es wirklich stimmte, was Scarlett sagte … Eine Energiewoge durchströmte plötzlich seinen Körper.

Er riss das Handy aus der Halterung und scrollte in den Kontakten herum, bis er den fand, den er suchte.

Schon der erste Klingelton reizte ihn, der zweite noch mehr.

Endlich hob sein Cousin ab. »Ja?«

»Elliot hier. Sebastian, sag mir, dass das ein Scherz ist«, blaffte er augenblicklich los.

»Elliot. Von dir habe ich ja schon lange nichts gehört. Wie geht es dir?«

»Hör mit diesen Floskeln auf. Danach steht mir momentan echt nicht der Sinn.«

»Oh.« War das ein leises Kichern, das er da vernahm? »Womit kann ich dir denn dann behilflich sein?«

»Sag, dass ich nicht mit Scarlett verheiratet bin«, forderte er.

»Dann hast du sie also getroffen?«

»Allerdings. Sie ist wie aus dem Nichts hier aufgetaucht und will … Moment mal. Woher weißt du das denn?«

»Sie hat mich vor einiger Zeit im Büro besucht«, sagte Sebastian in derselben ruhigen, monotonen Weise wie immer.

»Sie war bei dir?« Elliot riss die Augen auf, nur um sie gleich darauf mit seiner flachen Hand zu bedecken.

»Ja. Und?«

»Und? Du kommst nicht darauf, mich darüber zu informieren?«

»Ach nein. Ich wollte dir die Überraschung nicht verderben. Ich weiß doch, wie sehr du ihr Verschwinden bedauert hast.«

»Ich habe … was?! Das träumst du doch nur.«

»Vielleicht, vielleicht auch nicht.«

Elliot knurrte, weil er wusste, dass er ihnen beiden etwas vormachte. Er hatte sehr wohl damit zu kämpfen gehabt. Auch wenn es nur ein paar Stunden mit Scarlett gewesen waren, für ihn war es viel mehr. Aber das war lange vorbei.

Er wollte nicht daran erinnert werden und würde es niemandem gegenüber mehr zugeben. Es war schon schlimm genug, dass Sebastian davon wusste. Er hatte es zwangsläufig mitbekommen. Ausgerechnet er! Der Langweiler, der ewige Single, der lieber mit seinen Büchern oder dem Computer seine Zeit verbrachte als mit Kumpels oder gar einem weiblichen Wesen. Warum gerade so ein Kerl den Beruf eines Standesbeamten gewählt hatte, war Elliot sowieso unbegreiflich. Paare zu trauen, sollte doch etwas Schönes sein, einen glücklich machen. Wenn er an seinen Cousin dachte, kam ihm nur schnöde Eintönigkeit in den Sinn. Zyniker würden vermutlich behaupten, dass der Umgang, den Sebastian mit dem Brautpaar pflegte, bereits ein Ausblick auf all das war, was den beiden frisch Vermählten noch bevorstand. Aber was wusste Elliot schon davon.

»Jetzt hör mir mal gut zu. Ich habe Scarlett keine Sekunde vermisst. Dass das klar ist!«, schnaubte er.

»Wenn du meinst …«

»Sehr wohl. Und nun zu dir! Ist es richtig, dass du diese unheilige Eheschließung in Deutschland gemeldet hast?« Im Grunde glaubte er es immer noch nicht.

»Klar. Wieso, stimmt etwas nicht damit?«, fragte sein Cousin nun allen Ernstes.

Elliot geriet immer mehr in Rage.

»Sag mal, hast du sie noch alle?! Warum hast du das gemacht?! Du warst es doch, der mir gesagt hat, dass dieser kleine Ausrutscher keine Auswirkungen haben wird.« Er konnte es nicht fassen.

»Richtig, wenn es bei uns niemand meldet.«

»Hallo?!« Frustriert warf Elliot die Hände in die Höhe. Er verstand die Welt nicht mehr. Der Umgang mit Sebastian hatte sich seit jeher schwierig gestaltet. Verwandtschaft hin oder her, sie tickten total unterschiedlich. Aber bislang hatten sie trotzdem miteinander kommunizieren können, doch jetzt war es, als sprächen sie komplett fremde Sprachen. »Und damit das nicht passiert, hast du das übernommen? Was hast du dir nur dabei gedacht?«

»Als Staatsbediensteter der Bundesrepublik Deutschland war das doch meine Pflicht. Zumal ich im Standesamt beschäftigt bin. Es muss schließlich alles seine Ordnung haben.«

»Logisch.« Es war nur ein Keuchen, aber wenn Elliot darüber nachdachte, war es tatsächlich so. Es war eine für Sebastian typische Handlung. Er hätte es eigentlich wissen müssen. »Deine verstaubten Ansichten schlagen wirklich dem Fass den Boden aus! Wenn man dich in der Verwandtschaft hat, braucht man echt keine Feinde mehr«, brüllte er wütend, auf seinen Cousin und sich selbst.

Sebastian blieb gelassen. »Na, nun bekomm dich mal wieder ein.«

»Ha, sagt der Paragraphenreiter, der aus lauter Pflichtbewusstsein einfach mal so mein Leben verkompliziert.«

»Elliot, jegliches Verhalten hat früher oder später seine Konsequenzen«, dozierte Sebastian abgeklärt.

»Ja und meine sehen so aus, dass ich jetzt einem Anwalt mein sauer verdientes Geld in den Rachen schmeißen darf. Was nicht nötig wäre, wenn ein gewisser Beamter nicht so übereifrig gewesen wäre.«

»Hm. Ich dachte, dass du dich freuen würdest, Scarlett wiederzusehen.«

»Das tut doch gar nichts zur Sache«, erwiderte Elliot unwirsch und versuchte, nicht an den Geschmack ihrer Lippen zu denken und daran, wie sie sich angefühlt hatte, als sie sich geküsst hatten.

»Na ja, sie ist schon eine Klassefrau. Auch wenn das damals eine absolute Kurzschlusshandlung von dir war, du hättest deine Wahl nicht besser treffen können. Der Herzschmerz an den Tagen darauf hat ja auch für sich gesprochen, und –«

»Nun mach aber mal nen Punkt!«, stoppte Elliot das Gesülze. Als ob ER Liebeskummer gehabt hätte! Das war doch lachhaft. »Ich hatte einen ausgewachsenen Kater! Das war alles.«

»Wenn das so ist, dann schnapp sie dir, Tiger«, antwortete sein Cousin und gluckste. Oder hatte Elliot sich das nur eingebildet? Das war schließlich überhaupt nicht Sebastians Art. Aber der Ausspruch ebenfalls nicht. Seit wann war er zum gefühlsduseligen Kuppler geworden? Möglicherweise färbte sein Job, Brautpaare zu vermählen, doch ab?

~

»Ich möchte doch nur wissen, ob Henry noch behandelt wird oder schon gegangen ist«, bettelte Scarlett, aber die Pflegerin am Empfang beachtete sie nicht mehr. Gedankenversunken sichtete sie Papiere, bevor sie emsig auf die Computertasten vor ihr eintippte.

Es war zwecklos. Aus Datenschutzgründen durfte man ihr keine Auskünfte erteilen. Dabei wollte sie gar nicht in die Privatsphäre von Henry oder Nicole eindringen, sondern lediglich erfahren, ob ihre Nachbarin noch hier war, um sie mitzunehmen. Aber das interessierte nicht. Abgesehen davon wüsste sie nicht einmal den Nachnamen des Patienten, was eine Angabe dazu obendrein erschwere, hatte man ihr gesagt.

Scarlett knirschte mit den Zähnen und lockerte nur mühsam ihren festen Griff vom Schaltertisch. Was nun? Ein Taxi war wohl die einzige Lösung. Hatte sie genug Bargeld dabei? Wie viel die Fahrt wohl kostete?

Als ihr Handy klingelte, dauerte es einen Augenblick, bis sie kapierte, dass es ihres war, was ihr umgehend einen abmahnenden Blick der Pflegerin einbrachte.

Missmutig angelte sie nach ihrem Telefon. Bis sie es zu fassen bekam, änderte sich ihre Einstellung jedoch. Hoffnung stieg in ihr auf. Vielleicht war es Nicole, die sich erkundigen wollte, wo sie abblieb. Immerhin wohnten sie Tür an Tür, und der neuen Freundin musste aufgefallen sein, dass sie noch nicht zurück war.

»Hallo?«, trällerte sie, beseelt von dem Gedanken, und verließ eilig die Notaufnahme, ohne auf das Display zu achten.

»Hi.«

Ruckartig blieb Scarlett stehen, gerade so, dass sie das Türblatt beim Zufallen nicht im Rücken traf. Sie geriet dennoch aus dem Gleichgewicht.

»Dennis?«

»Ja. Hi. Ich bin's.«

Seine Stimme zu hören jagte ihr einen Schauer durch Mark und Bein. Vielleicht war es aber auch nur der raue Wind, der sie nun ungeschützt mit voller Wucht traf. Eiseskälte umfing sie, und ihr stockender Atem bildete unregelmäßige Wölkchen vor ihrem Gesicht.

»Es tut mir leid, dass ich mich so lange nicht gemeldet habe«, sagte er zerknirscht. »Ich wollte es schon früher machen, aber ich musste die Neuigkeiten erst verdauen.«

»Über sechs Wochen lang?« Sie wusste nicht genau, wann ihr letzter Kontakt gewesen war, aber so ungefähr sollte es hinkommen.

»Ich weiß … Es hat etwas gedauert. Ich musste mich erst mit der neuen Situation arrangieren, bevor ich mit dir reden konnte.«

»Aha und jetzt hast du das?« Sie umklammerte ihr Mobilphone, sodass vermutlich ihre Knöchel weiß hervortraten. Er musste sich arrangieren?! Was sollte *sie* denn bitte schön da sagen?

»Ja. Ich habe die Fakten sortiert, und mir ist nun klar, dass du mich nicht absichtlich hintergehen würdest.«

»Allerdings. Das hätte ich niemals getan. Du warst doch dabei, als die Bombe geplatzt ist. Du hast gesehen, wie ich aus allen Wolken gefallen bin.«

»Scarlett. Es tut mir ehrlich leid, dass ich nicht für dich da war.«

»Das habe ich gar nicht erwartet. Aber ich habe nicht damit gerechnet, dass du mich fallen lässt wie eine heiße Kartoffel.« Sie lehnte sich gegen eine alte Eiche, die neben dem Fußweg stand, damit sie etwas abgeschirmt war, und starrte auf ihre Füße.

»So war das nicht.«

»Ach nein? In der einen Minute willst du mich heiraten, und in der nächsten bist du auf keinem Weg mehr erreichbar.« Sie fühlte sich immer noch getroffen und leer.

»Scarlett. Ich kann mich dafür nur entschuldigen. Für mich

war die Neuigkeit eben auch ein harter Brocken. Aber ich hätte mich nicht einigeln sollen. Da hast du vollkommen recht«, sagte er in jenem sanften Tonfall, mit dem er sie immer hatte bezirzen können.

Auch diesmal verfehlte er seine Wirkung nicht. Etwas regte sich in ihr.

Izzy hätte ihn garantiert zum Teufel gejagt. Aber Scarlett war nicht Izzy.

»Ich würde mich freuen, wenn wir einfach da weitermachen könnten, wo wir aufgehört haben«, schlug er nun vor.

Noch vor Kurzem wäre sie ihm glücklich in die Arme gefallen. Mit nichts als dem Wunsch, diese Episode zu vergessen und sich ein gemeinsames Leben aufzubauen.

Doch etwas hatte sich verändert. Dennis' Verhalten hatte ihr zu denken gegeben, die Wochen als ›Single‹ hatten ihr Selbstbewusstsein neu gestärkt, und Elliot zu treffen, hatte ihre Gefühlswelt völlig auf den Kopf gestellt.

Er hatte etwas an sich, das sie geradezu magisch anzog, und gleichzeitig holte er ihre dreiste Seite in ihr hervor. Dabei war sie kein gemeiner Mensch. Sie konnte sich immer noch nicht erklären, weshalb sie ihn vorhin im Truck quasi als dumm bezeichnet hatte.

»Darüber muss ich erst nachdenken«, hörte sie sich zu Dennis sagen. Ob sie wirklich einfach weitermachen konnte, als wäre nichts geschehen, wusste sie ehrlich nicht.

Sie stieß sich vom Baumstamm ab und ging ein paar Schritte.

»Verstehe. Dann rufe ich dich morgen wieder an.«

»Ist das eine Frage oder eine ›Drohung‹?« Scarletts Mundwinkel zuckten.

»Wie bitte?« Dennis schnaufte. Sie runzelte die Stirn. Ihren Sinn für Humor hatte er ja noch nie besonders gut verstanden.

»Schon gut. Wir bleiben in Verbindung. Schönen Abend

noch«, sagte sie und beendete das Gespräch. Vorerst hatte sie genug gehört.

Sie stopfte das Handy in die Jackentasche und reckte ihre Nase in die Nachtluft. Klitzekleine Kristalle prallten gegen ihr Gesicht. Der Wintergott hatte offenbar sein Vorhaben, es auf Rügen schneien zu lassen, noch nicht gänzlich ad acta gelegt.

Ihr war es nur recht. Vielleicht half ihr die Eiseskälte, einen klaren Kopf zu bekommen. Warum hatte sie Dennis gesagt, sie wolle in Verbindung bleiben? In Wahrheit weckte der Gedanke ein beklemmendes Gefühl in ihr. Sie hatte keine Ahnung, wie sie sich ihm gegenüber verhalten sollte.

Weil du ein erwachsener vernünftiger Mensch bist, antwortete ihre innere Stimme. *Du warst oder bist mit ihm verlobt. Auch wenn das in der heutigen Zeit ein veraltetes Wort ist und vermutlich nichts mehr zählt, so fordert doch der Anstand einen vernünftigen Umgang.*

Ja, so war sie eben. Trotz ihrer turbulenten Kindheit war sie wohlerzogen und besaß ausgeprägte Wertvorstellungen. Einen Teil hatten wahrscheinlich die Schnulzenfilme aus den Sechziger- und Siebzigerjahren dazu beigetragen, in die sie sich regelmäßig während ihrer vorpubertären Phase geflüchtet hatte.

Vermutlich war auch genau das der Grund, warum ihr der Filmriss in Vegas so zu schaffen machte. Zusammen mit Elliot hatte sie scheinbar alle Schutzhüllen fallen lassen und diverse Anstandsregeln über Bord geworfen. Sie hatte ihren üblichen ›kühlen Kopf‹ verloren, anderenfalls wäre diese Hochzeit nie geschehen.

Was aber noch schlimmer war, er übte auch in der Gegenwart jene Wirkung auf sie aus!

Weshalb sollte sie ihm gegenüber sonst derart bissig werden und gleichzeitig dieses übermütige Prickeln verspüren?

Versunken setzte Scarlett blind einen Fuß vor den anderen, bis sie ein »Hey!«, gepaart mit einer Lichthupe aufmerksam werden ließ.

Sie schaute sich um, sah jedoch nichts, weil sie geblendet wurde. Mit der Hand schirmte sie ihre Augen ab.

Elliots Kopf ragte aus dem Seitenfenster seines Foodtrucks. »Was ist los? Brauchst du doch noch mal eine Mitfahrgelegenheit?«

Ihr Herz machte einen Hüpfer.

»Das wäre klasse!« Sie stürmte auf den Trailer zu und saß in Sekundenschnelle neben ihm.

Mit einem verschmitzten Grinsen betrachtete er sie. »Hat wohl doch nicht geklappt, deine Freundin zu finden. Das ist ein bisschen wie ein Déjà-vu, oder?«

»Was meinst du?«

»In Vegas war deine Mädelstruppe auch nicht mehr auffindbar.« Ihre Stirn wölbte sich, und Elliot lachte. »Na ja, wir haben genau genommen auch nur wenig Zeit damit verbracht, sie zu suchen.«

Scarlett nickte. Zwar wusste sie nichts mehr davon, aber es passte wohl zu besagter Nacht.

»Also, dann auf nach Alt Reddevitz?«

»Danke.« Reflexartig legte sie ihre Hand auf seine, die den Schaltknüppel umgriffen hatte.

Ihre Blicke trafen sich, und er hielt ihren fest. Seine Körperwärme strömte wohlig ihren Arm hinauf, und plötzlich lag ein Knistern in der Luft. Seine Lippen näherten sich ihren, und seine Augen funkelten. Neben seinem rechten Mundwinkel war ein keckes Grübchen zu erkennen, dann fiel ihm eine Haarsträhne frech ins Gesicht, was ihm etwas Unberechenbares verlieh. Scarlett wurde mulmig und zog ruckartig ihre Hand zurück. Die Berührung zu unterbrechen, kostete sie Mühe, und trotzdem war es richtig. Der Mann war gefährlich. Wenn sie sich zu sehr auf ihn einließ, würde ihr Herz die Rechnung zahlen. Das wurde ihr in diesem Moment klar. Ebenso der Grund, was sie vor drei Jahren veranlasst hatte, Hals über Kopf etwas mit ihm anzufangen.

Der Moment war vorüber, und Elliot lenkte den Trailer zurück auf die Straße. Bei Dunkelheit hatte Scarlett Bergen bislang noch nicht gesehen. Mit der Weihnachtsbeleuchtung hatte die Stadt einen zauberhaften Touch angenommen, der ihr aufgewühltes Innenleben etwas beruhigte.

Wann war ihr Leben nur derart kompliziert geworden? Ihre Denke schien sich plötzlich nur noch um die Männer darin zu drehen. Das war sie weder gewöhnt, noch wollte sie sich damit anfreunden. Ungnädig boxte sie ihre Jacke in den Fußraum.

»Was hat sie dir denn getan?«, wollte Elliot unvermittelt wissen.

»Hm?« Sie schaute auf den zerknautschten Daunenparka. »Der? Nix. Er bekommt nur alles ab.«

»Aha und wen möchtest du dann eigentlich verdreschen?«

»Dennis.« Es war nur ein leises Murmeln, mehr zu sich selbst, aber Elliot hatte es gehört.

»Wer ist das?«

»Mein Verlobter.«

Elliot trat stärker als nötig auf die Bremse, um an der Kreuzung abzubiegen. »Du bist verlobt?«

Er starrte sie an. Für einen Augenblick herrschte absolute Stille, nur unterbrochen durch das sich wiederholende monotone Geräusch der Blinkanlage. Es wirkte irgendwie hypnotisch, zumindest auf Scarlett, weshalb sie sich diesmal nicht aus der Ruhe bringen ließ.

»So bin ich über unsere Ehe gestolpert«, erklärte sie lax und rückte in eine bequemere Sitzposition.

ELLIOT ÖFFNETE DEN MUND, konzentrierte sich dann aber schweigend auf den Verkehr und fuhr weiter.

Auf die Idee, Scarlett könnte liiert sein, war er überhaupt nicht gekommen. Aber warum sollte sie das nicht sein? Sie war eine hübsche Frau mit Durchsetzungsvermögen, wie sie ihm in den letzten Tagen bewiesen hatte. Auch wenn sie zuerst etwas Anlauf gebraucht hatte, um ihn mit dem Scheidungswunsch zu konfrontieren, so hatte sie es doch in einem persönlichen Gespräch getan. Sie hätte ihm auch einfach ihren Anwalt aufhetzen können. Die Umstände ihrer Eheschließung waren immerhin seltsam genug, ebenso wie ihre Trennung kaum zwölf Stunden später. Was ihn allerdings zum x-ten Mal zu der Frage brachte, wieso sie damals sang- und klanglos verschwunden war. Nun, jetzt könnte er sie ihr stellen. Sie saß schließlich neben ihm. Aber irgendetwas hielt ihn zurück, und ihm schwante, dass er die Antwort vielleicht gar nicht wissen wollte. Es war wahrscheinlich besser, sich auf sichereres Terrain zu begeben.

»Was hat dir dein Typ denn getan, dass du sauer auf ihn bist?«

Scarlett grummelte etwas, was ihn vermuten ließ, dass sie es ihm nicht sagen würde, doch sie überraschte ihn.

»Als er von unserer Ehe erfahren hat, hat er mich sitzenlassen.«

Augenblicklich machte sich ein Hauch von Schadenfreude in Elliot breit. Ihm lag schon auf der Zunge, dass es ihr nur recht geschah, so was am eigenen Leib zu erfahren. Doch er hielt sich gerade noch zurück. Was auch gut war, denn als er zu ihr hinüberschaute, nestelte sie mit undurchdringlicher Miene am Saum ihres Winterpullis herum. Sie wirkte geknickt und verletzlich. In ihm regte sich urplötzlich der Impuls, diesem Dennis eins auf die Nase zu geben. Was für ein Trottel ließ eine Frau wie Scarlett einfach so fallen?

»Der Mann weiß offenbar nicht, was er an dir hat.«

Sie schaute auf. »Ach, aber du schon?«

Für den Bruchteil einer Sekunde verlor er sich in ihren aufgerissenen Augen. Er hätte sich nicht aus dem Staub gemacht …

»Vielleicht? Ach, keine Ahnung.« Was plapperte er denn für einen Stuss? Eigentlich war er nie um eine Antwort verlegen. Aber in Scarletts Anwesenheit schien sich sein Gehirn ja gerne mal in Matschepampe zu verwandeln. Das bestätigte ihm auch das Navi. Er war automatisch in Richtung seiner Unterkunft abgebogen, die in Sassnitz lag. Wenn er keine Möglichkeit zum Wenden fand, würde er nun einen Riesenumweg fahren müssen.

Scarlett merkte nichts davon.

»Er hat mich angerufen und will weitermachen.« Ihre Stimme schwankte. Das Telefonat hatte sie ganz offenbar aus dem Gleichgewicht gebracht.

Elliot horchte auf. »Dann hat er es sich anders überlegt?«

»Scheinbar.«

»Und? Wie stehst du dazu?«

Scarlett zuckte mit den Achseln, und Elliot fragte sich, was ihm lieber wäre. Dass sie einen Freund hatte oder nicht?

Wie war es nur dazu gekommen, dass sie ausgerechnet mit Elliot über Dennis sprach?

Obendrein stellte er ihr die gleiche Frage, die sie selbst seit dem Telefonat beschäftigte. Jetzt fühlte sie sich genötigt zu antworten. Dabei hatte Scarlett die Vorstellung, noch ein bisschen Zeit mit Elliot zu verbringen, zu Anfang als willkommene Ablenkung gesehen, um eben genau darüber nicht nachdenken zu müssen. Deshalb war sie sofort in seinen Wagen gehüpft. Natürlich auch, weil es die beste Möglichkeit war, in ihr Apartment zu kommen. Aber in erster Linie eben, weil ihr der Schlagabtausch mit ihm gefiel. Obwohl es hin und her ging, fühlte sie sich damit entspannter als üblich. Die Wortgefechte waren wie ein Ventil, das sie so sonst nicht hatte.

Aufs Neue schielte sie zu ihm hinüber. Warum waren ihre Gefühle, was Elliot betraf, nur so extrem unterschiedlich? Mal wollte sie ihn küssen und ihm gleich darauf am liebsten an die Gurgel gehen. Unterm Strich aber fühlte sie sich einfach wohl mit ihm. Weshalb sie ihm vielleicht auch von Dennis erzählt hatte …

»Es ist kompliziert.« Sie schnaufte auf, als sie merkte, dass sie es laut gesagt hatte. »Aber ich bin ja an der Ostsee. Das Meer hat mir schon immer beim Denken geholfen«, fügte sie eilig hinzu, in dem Bemühen, das Thema zu wechseln.

Für sich selbst gelang es ihr – jedenfalls halbwegs. Sofort hatte sie das Bild der Wellen, die sich an der Küste brachen, vor Augen und war in der glücklichen Lage, das Naturschauspiel momentan sogar live erleben zu können. Sie musste nur an den Strand fahren. Des Weiteren wurde ihr aber auch bewusst, dass sie froh war, hunderte von Kilometern von Dennis entfernt zu sein. Ein Spontanbesuch seinerseits war somit ausgeschlossen und Scarlett dafür echt dankbar. Würde er plötzlich auf ihrer Türschwelle stehen, hätte sie nicht damit umzugehen gewusst.

Elliot riss sie aus ihren Gedanken.

»Weißt du was, damit kann ich sofort dienen«, meinte er und gab Gas.

11

Sie fuhren durch Sassnitz. Interessiert schaute Scarlett aus dem Fenster. Sie kannte die Stadt aus der Fernsehfilmreihe *Praxis mit Meerblick* und suchte nach Schauplätzen, die sie wiedererkannte. Doch es war zu dunkel, und Elliot fuhr in angemessenem Tempo die Straßen entlang – zu schnell, um etwas zu identifizieren. Dafür hätte sie mehr Zeit gebraucht. Einzig den großen Platz mit dem hohen Hotel konnte sie festmachen. Sie würde in den nächsten Tagen alles näher inspizieren, das hatte sie sich sowieso vorgenommen. Trotzdem fand Scarlett es schön, die Hafenstadt auch einmal bei Nacht zu sehen. Natürlich war sie passend zur Jahreszeit weihnachtlich geschmückt, was ihr einen zusätzlichen Reiz verlieh. Sie genoss den Anblick der festlich herausgeputzten Häuser und lächelte, als ihr im Vorbeifahren ein aufblasbarer Weihnachtsmann zuzuwinken schien, weil er vom Wind umhergeschaukelt wurde.

Dann verließen sie die Hafenstadt und kamen kurz darauf in ein Waldgebiet.

»Sag mal, wohin sind wir eigentlich unterwegs? Die Strecke kommt mir deutlich länger vor als heute Mittag«, fragte Scarlett verwundert.

»Ich will dir was zeigen.«

»Jetzt? Um diese Uhrzeit?«

»Du wolltest das Meer sehen.«

»Ja. Aber hätten wir dazu nicht zum Hafen fahren müssen?«

»Ich kenne einen besseren Ort.« Er zwinkerte ihr zu und bog gleich darauf in einen Forstweg ab.

Außer Bäumen und Dickicht war hier nichts zu sehen, doch sie fuhren weiter, immer tiefer in den Wald.

»Also, ich kann mich irren, aber das sieht mir kaum so aus, als würde da gleich der Strand kommen«, mutmaßte Scarlett.

»Das ist wahr.«

»Aber du meintest doch …«

»Wart's ab.«

Sie rutschte auf ihrem Sitz herum. Plötzlich fiel ihr die Autofahrt mit Dennis ein, als er sie für den Heiratsantrag auf diese Wiese ›entführt‹ hatte. Da hatte sie auch nicht gewusst, wohin es ging. Sie dachte an den Fauxpas, als sie ihn mit dem Thriller aufgezogen hatte.

»Gib's zu. Du willst deine Ehefrau auf elegante Weise loswerden und mich hier irgendwo verbuddeln oder von den Klippen stürzen.«

Elliot lachte. »Du hast ja eine sprühende Fantasie. Aber pass bloß auf, wenn du mich reizt, könnte ich dir wirklich gefährlich werden.«

Er schenkte ihr nur einen flüchtigen Seitenblick, weil die Fahrbahn seine Aufmerksamkeit brauchte. Es reichte jedoch aus, um die Worte zu unterstreichen.

Scarlett lief ein Schauer über den Rücken, aber nicht aus Angst. Auf einmal lag eine sexuelle Energie in der Luft, die sie bis in die Zehenspitzen spürte. Fast war sie gewillt, ihn tatsächlich zu triezen, nur um zu sehen, was dann passierte.

»Übrigens möchte ich dich echt zu den Klippen führen. Zur Ernst-Moritz-Arndt-Aussicht. Der Ausblick dort ist klasse. Einer der schönsten, die es gibt. Ich hoffe, du gehst freiwillig mit, ansonsten muss ich dich leider hinschleppen. Ob du willst oder nicht.«

Sie gluckste. Es war beinahe die gleiche Situation und doch derart unterschiedlich im Verlauf. Sie dachte an Dennis, der sie bei ihrer Bemerkung angestiert hatte, als wäre sie übergeschnappt, und dann schaute sie Elliot an, der völlig cool weiterfuhr, mit neckischem Blick und diesem ganz speziellen Timbre in der Stimme, das ihre Fantasie noch beflügelte. Inzwischen allerdings nicht mehr im jugendfreien Bereich.

»Klingt, als hätte ich keine Wahl«, spielte sie das Spiel mit.

»Tja, du hast dich freiwillig in die Höhle des Löwen begeben.«

»Du willst meine Notlage ausnutzen?« Sie tat empört.

Er zuckte mit den Schultern. »Ich bin eben der Wolf im Schafspelz. Hast du das vorhin nicht erst selbst angedeutet?«

Womöglich. Doch sie wollte jetzt nicht daran denken, mit wie vielen Frauen er sonst noch unverschämt flirtete. Das hier war ihr Moment, den sie genoss und vielleicht auch brauchte? Es tat ihr gut, ›gesehen‹ zu werden, ohne irgendwelche Erwartungshaltungen erfüllen zu müssen. Hatte Izzy womöglich doch ein klitzekleines bisschen recht mit ihrer Meinung, dass Dennis ›zu flach‹ für sie war? Mit Elliot konnte sie jedenfalls die Klingen kreuzen und trotzdem lachen. Das war schon was!

»Ich bin aber kein Rotkäppchen«, blödelte sie weiter.

»Stimmt, deiner Mähne nach gehst du mehr als Rapunzel durch.«

»Aha und deshalb steckst du mich jetzt in einen Turm? Der Ernst-Moritz-Arndt-Turm steht aber in Bergen.«

»Ich weiß. Deshalb dachte ich auch an ein Hexenhaus. Darin fühlst du dich bestimmt gleich wie daheim.«

»Jetzt bin ich also auf einmal eine Hexe? Wieso?«

»Weil du mich verwünscht hast. Schon damals in Las Vegas

und nun tust du es wieder.« Seine eben noch feste Stimme verwandelte sich zunehmend in ein Gemurmel.

»Soll das ein Kompliment sein?« Sie merkte, wie sie rot wurde.

Elliot antwortete nicht. Die Albernheit war plötzlich verflogen und einer Ernsthaftigkeit gewichen, die Scarlett nicht behagte.

Betont salopp klopfte sie sich auf die Oberschenkel. »Na ja, wie gut, dass wir nicht in einer Märchenwelt leben. Aber wenn ich mir diesen Weg so ansehe, hast du wohl wirklich vor, mich zu verschleppen.«

～

ELLIOT BEMÜHTE SICH, mitzuziehen. »Keine Sorge, der Märchenwald liegt an der nördlichen Seite Rügens.«

»Es gibt einen in echt?«

»Hm-hm. Aber wie gesagt, das hier ist er nicht.«

»Ich Glückspilz.«

Die Leichtigkeit war dahin, das merkte er selbst. Warum hatte er das nur gesagt? Es war ihm einfach so herausgerutscht. Die Parallele mit einer Hexe zu ziehen, war jedoch gar nicht so abwegig. Scarlett hatte ihn bezaubert und verflucht zugleich. Das war im Übrigen vielleicht auch eine hübsche Erklärung dafür, warum er sie in Vegas vom Fleck weg geheiratet hatte. Denn so was passte absolut nicht zu ihm. Trotzdem hatte er es getan. Ebenso wie diese Aktion jetzt gerade. Warum er ihr mitten in der Nacht den Ausblick von den Klippen zeigen wollte, war ihm selbst schleierhaft. Als ihm der Einfall kam, hatte er nur ihr Bild vor den Augen gehabt, wie sie ihn strahlend anlächelte, weil er ihr etwas Außergewöhnliches präsentierte. Dabei war es Winter, und obendrein hatte es wieder zu schneien begonnen. Das war eine ganz andere Ausgangslage. Jene Nacht, in der er die

Aussicht vom Ernst-Moritz-Arndt-Punkt genossen hatte, war eine im Juli gewesen, bei lauen Temperaturen und Vollmond.

Dann waren sie da. Die Waldhalle lag vor ihnen. Im Licht der Scheinwerfer strahlte das weißlackierte Fachwerkgeripppe aus der Ziegelsteinmauer heraus.

»Oh, das ist aber ein imposantes Hexenhaus«, meinte Scarlett und beugte sich näher an die Windschutzscheibe, um es betrachten zu können.

Elliot stellte den Motor ab. »Das ist das Michael-Otto-Haus. UNESCO-Kulturerbe. Eigentlich nur zu Fuß oder mit dem Rad erreichbar.«

»Hab ich gemerkt. Dass es verboten ist, bis hierher zu fahren, wundert mich nicht.« Scarlett warf gespielt einen Blick zurück.

»Hm. Um diese Jahres- und Uhrzeit ist hier eh niemand unterwegs, weshalb ich dachte, es wagen zu können.«

»Du bist halt ein Draufgänger. *Ich* hätte es mir mit dem Auto schon zweimal überlegt. Mit dem Trailer …« Kopfschüttelnd sprang sie aus dem Truck.

»Hättest du die zweieinhalb Kilometer lieber am Trampel-pfad laufen wollen?«, rief er, und kalte Luft drängte von draußen herein. Er presste die Lippen aufeinander, bis sie einen Strich bildeten. So hatte er sich ihre Reaktion nicht vorgestellt. Er rang mit sich. »Was soll's. Es hat geklappt. Oder etwa nicht?«, meinte er dann und stieg ebenfalls aus.

»Ja. Schon. Und jetzt? Das Gasthaus hat jedenfalls geschlos-sen«, stellte sie unnötigerweise fest und umschlang mit den Armen ihren Brustkorb.

»Klar. Unser eigentliches Ziel haben wir noch nicht erreicht. Ab hier müssen wir laufen.«

»Tatsächlich?« Spöttisch hob sie die Brauen, holte aber ihre Jacke und schlüpfte hinein.

Elliot tat es ihr gleich.

Dick eingepackt mit Handschuhen, Mützen und Schals

marschierten sie los. Der Lichtkegel von Elliots Taschenlampe wies ihnen den Weg.

»Schön hier und so ruhig«, meinte Scarlett nach einigen Metern.

»Tagsüber ist hier meist was los. Es ist ein Touristenziel für Wanderer wie Spaziergänger. Aber in der Nacht hat man den Platz ganz für sich alleine«, sagte Elliot mit einem Hauch von Stolz, verbeugte sich leicht und zeigte mit ausgestrecktem Arm auf jenen Punkt, der ihm so gut gefallen hatte, seit er ihn zum ersten Mal entdeckt hatte.

Der plateauförmige Kreidevorsprung ragte über das Meer hinaus. Zudem stand ein großer alter Baum, wie ein Wahrzeichen, fast mittig an dessen Rand. Da es Dezember war, trug er keine Blätter, und so spreizten sich seine kahlen Äste und Zweige breit gefächert gen Himmel. Allein dieser Anblick war schon sehenswert, zumal es der Mond durch das Wolkenband geschafft hatte und die Ostsee im Hintergrund mit Silberstreifen überzog.

»Herrlich«, staunte Scarlett. Begeistert lief sie nach vorn, soweit sie konnte, und schaute hinab auf die steil abfallenden Kreidefelsformationen. Ungleichmäßig waren sie von Wind, Regen, Frost und der Brandung geprägt worden. Dank des Mondscheins waren die hellen Gesteinsmassen gut zu erkennen, die Meeresoberfläche glitzerte als Gegenstück, und die Wellen sangen ein gleichmäßiges Lied.

Als sie sich zu ihm umdrehte, sah sie genauso aus wie in seiner Vorstellung. Dafür hatte sich die verbotene Fahrt gelohnt, dachte er.

»Das ist einfach gigantisch! Danke, Elliot«, hauchte sie und umarmte ihn.

Nur zu gern zog er sie näher an sich. Sie überstreckte das Kinn, um ihm in die Augen zu schauen. Ihre Pupillen funkelten wie das Wasser weit unter ihnen, und er hätte darin versinken können.

»Du hattest recht. Das zu erleben, war die holprige Fahrt wert. Und das hast du nur für mich getan. Warum?«

Statt einer Antwort neigte er den Kopf und küsste sie sanft. Ihre weichen Lippen waren kühl geworden, aber er sorgte dafür, dass sie sich schnell erwärmten. Scarlett erhob keine Einwände. Im Gegenteil. Sie öffnete den Mund und forderte ihn geradezu heraus. Ihre Zungen trafen sich, zuerst spielerisch, dann immer wilder. Sie pressten ihre Körper aneinander, als müssten sie eine Einheit werden, wie ein Fels in der Brandung. Das Rauschen der Wellen drang an Elliots Ohren, wurde aber jäh vom Pulsieren seines Blutes in den Adern übertönt. Was als kleine Geste der Zuneigung begonnen hatte, veränderte sich schnell in stürmische Lust. Ein Stöhnen verfing sich in seiner Kehle, als sich Scarletts Hände auf seinen Po legten. Er schnappte nach Luft und hatte im nächsten Moment eine vom Wind getriebene Strähne ihres Haares im Mund.

Scarlett blinzelte desorientiert. Es dauerte einen Moment, bis sie wieder zur Besinnung kam.

Elliot schob schmatzend eine ihrer Locken beiseite. Unvermittelt lachte sie auf und trat einen Schritt zurück. Da hatte Mutter Natur wohl aufgepasst und eingegriffen, bevor sie auf dumme Gedanken kamen. Doch die hatte sie bereits im Kopf. Ihr ganzer Körper war in Aufruhr, und ihre Hormone vollführten einen wilden Eingeborenentanz. Wie sie gerade auf diesen Vergleich kam, war ihr ein Rätsel. Vielleicht weil sie sich draußen befanden. Völlig allein unter freiem Himmel, zu einer unchristlichen Uhrzeit, den Elementen ausgesetzt. Eingehüllt von eisigem Wind, mit Schneeflöckchen besprenkelt, und es war ihr nicht einmal aufgefallen. Statt zu frieren, war ihr heiß, sie glühte innerlich regelrecht. Sie wollte mehr. Jetzt. Sofort. Auf der Stelle.

Wie zur Warnung erfasste sie eine Bö und trieb sie einen weiteren Schritt rückwärts. Unter ihr tosten die Wellen. Sie drehte sich um und starrte hinab. Der Anblick war kolossal.

Sie hierherzubringen, war so ziemlich das Romantischste, was jemals ein Mann für sie getan hatte. Aber das war kein Grund, sich ihm an den Hals zu schmeißen. Er war kein Ritter in silberner Rüstung, auch wenn er ihr aus einer misslichen Lage geholfen und sie mitgenommen hatte.

Nein, sie durfte es mit Elliot nicht so weit kommen lassen. Sex würde ihre Beziehung nur noch weiter verkomplizieren. Außerdem war es hier eh viel zu karg und zu kalt, um sich die Kleider vom Leib zu reißen.

»Ich glaube, es ist besser, wir gehen zurück«, sagte Elliot in diesem Moment, als hätte er sie denken gehört.

Sie unterdrückte ein Seufzen und wandte sich um. Schweigend liefen sie nebeneinanderher. Elliot schaute ebenfalls angestrengt drein. Ob ihm das Gleiche durch den Kopf ging wie ihr? Warum dachte sie überhaupt darüber nach?

Weil Elliot offenbar die besondere Gabe besaß, dass sie in seiner Nähe den Verstand ausschaltete. In seinem Dunstkreis fühlte sie sich geradezu in einen Bann gezogen. Das Gefühl beschlich sie nicht zum ersten Mal, und sie gelangte immer mehr zu der Einsicht, dass es höchstwahrscheinlich gut gewesen war, wie die Angelegenheit vor ein paar Jahren geendet hatte. Genauso abrupt, wie sie begonnen hatte! Vielleicht war es sogar eine Art Selbstschutz gewesen, dass sie Elliot und alles, was sie mit ihm erlebt hatte, vergessen hatte?

Elliot war ein Freigeist sowie ein Frauenmagnet. Das zeigte die Wahl seines Jobs, in dem er mit seinem Foodtruck durch die Lande zog, ebenso wie sein Verhalten der Damenwelt gegenüber.

Das Flirten schien ihm im Blut zu liegen. Vermutlich konnte er gar nicht anders und war so daran gewöhnt, dass es ihm überhaupt nicht mehr auffiel.

Sie sollte sich also nichts einbilden. Sie war kein Sonderfall, höchstens in Bezug darauf, dass sie mit ihm einen Trauschein teilte.

~

MIT EINEM MAL konnte Elliot nicht schnell genug hier wegkommen. Es war total bekloppt gewesen, Scarlett herzubringen. Was hatte ihn nur dazu veranlasst?

War es womöglich Sebastians Geschwafel gewesen? Erbarmungslos hatte er ihn immerhin an seine ›missliche Lage‹ von damals erinnert. Daran, dass er einige Zeit gebraucht hatte, um Scarlett zu vergessen. Es hatte nur noch gefehlt, dass er das Wort ›Liebeskummer‹ verwendete. Doch dafür kannten sie sich zu gut, als dass er sich das getraut hätte. Liebe! Pha! An so was zu glauben war Zeitverschwendung. Es gab keine Liebe, und schon gar nicht auf den ersten Blick! Das waren alles nur chemische Reaktionen im Körper, die ebenso verpuffen wie sie entstehen, und eben das war es gewesen, was ihn vor wenigen Minuten geradezu übermannt hatte. Es hätte nicht viel gefehlt, und er hätte sich vergessen. Wäre über sie hergefallen wie ein Tier. Unglaublich! Egal, mit wie vielen Frauen er schon ausgegangen war, niemals hatte er so empfunden. Das schwor er. Abgesehen von damals in Las Vegas. Was hatte diese Frau nur an sich, dass seine niedersten Triebe heraufbeschworen wurden und er sie gleichzeitig beschützen wollte? Aber vor was und vor wem? Vor ihm selbst?! Das war ja lächerlich!

Uneins mit sich und der Welt stapfte er voran. Seine Schritte wurden immer länger, aber er schaute sich nicht um, ob Scarlett ihm folgen konnte. Sollte sie doch machen, was sie wollte. Am besten, sie löste sich einfach in Luft auf. Das konnte sie schließlich hervorragend. Dann müsste er nicht noch mehr Zeit mit ihr verbringen und sie zudem nach Hause fahren.

Da er jedoch wusste, dass dies weder ein frommer noch realistischer Wunsch war, ließ er seinen Unmut an der Fahrertür aus, kaum dass sie am Foodtruck angelangt waren, und riss sie beinahe aus der Angel.

»Wie gut, dass du so ein Monstrum fährst. Ein Mini hätte diesen sanften Umgang kaum überlebt«, meinte Scarlett und kam vor der Schnauze seines Trucks zum Stehen.

»Verschone mich mit deinen Weisheiten und steig ein«, blaffte er sie an. Er selbst hatte schon Platz genommen.

Gehorsam folgte sie seiner ruppigen Aufforderung, fragte jedoch zaghaft: »Sag mal, hab ich dir irgendwas getan?«, während sie sich anschnallte.

Das gab ihm den Rest. Sie hatte diese grobe Behandlung nicht verdient. Mit großen Augen schaute sie ihn an und zog sich unterdessen die Mütze vom Kopf. Ihre blonden Locken fielen ihr schmeichelnd über die Schultern. Ihr Mund war leicht geöffnet, und ihre Lippen glänzten rot und verführerisch.

»Weißt du was? Am liebsten würde ich dich in die Wüste schicken.« Obwohl er sich mies fühlte, war er nicht in der Lage, seinen Frust unter Kontrolle zu bringen.

»Ach, du meinst dorthin, wo alles begann?«, fragte sie zuckersüß.

Er starrte sie an. An Vegas hatte er bei seiner Aussage gar nicht gedacht. Er hätte die Wände hochgehen können! Stattdessen drehte er den Zündschlüssel.

SCHLAGFERTIG WAR Scarlett schon immer gewesen. Leider war ihre Zunge dabei oft schneller als ihr Verstand. Warum hatte sie ihr Kennenlernen nur zur Sprache bringen müssen? Vielleicht, weil er damals nicht so borstig gewesen war. In keiner Minute. Da war sie sich auf einmal sicher, auch wenn sie es eigentlich nicht mehr wusste …

~

DER MOTOR ORGELTE. Der Truck sprang nicht an. Elliot probierte es erneut. Es klackte nur, bevor gar nichts mehr ging.

»Was ist denn jetzt kaputt?« Frustriert schlug er aufs Lenkrad und raufte sich anschließend wütend das Haar.

»Das wüsste ich auch gerne.« Scarletts Bemerkung bezog sich eindeutig nicht auf den kaputten Anlasser, das war ihm sofort klar.

Er fuhr zu ihr herum. »Bilde dir bloß nichts ein. Du scheinst nur mit dem ›bis in alle Ewigkeit‹ ziemlich flapsig umzugehen. Ist das so ein Tick von dir, dass du die Männer erst nicht schnell genug an dich binden kannst und dann davonflatterst wie ein Schmetterling im Wind? Und weiß dein Zukünftiger von deiner Schwäche? Ich meine, es gibt die Sprichwörtliche ›Braut, die sich nicht traut‹, du legst da definitiv noch eine Schippe drauf«, sprudelte es aus ihm heraus. Er klang schroff, das merkte er selbst, und das, was er da von sich gab, war nicht gerade nett. Sei's drum …

Er stierte auf die Zündung, als ob das Fahrzeug allein durch seine Gedankenkraft zum Leben erwachen könnte.

Sie reagierte entsprechend. Ihre Nasenflügel bebten, das sah er sogar aus den Augenwinkeln.

»Gerade du brauchst den Mund nicht so aufzureißen. Allein in den wenigen Stunden, die ich dich an diesem Wochenende gesehen habe, wurdest du geradezu von Frauen in jeder Alters-klasse umringt, und es schien mir nicht so, als wäre es dir unangenehm. Im Gegenteil! Du befeuerst sie allesamt, indem du mit ihnen schäkerst.«

»Na und? Soll ich leben wie ein Mönch, nur weil wir uns vor Jahren die ›ewige Liebe‹ geschworen haben?«, schnappte er höhnisch zurück und bereute es im gleichen Augenblick.

Wie konnte er nur das Wort ›Liebe‹ in den Ring werfen? Das einzige Wort, von dem er nichts hören wollte. Dann war er eben ein Weiberheld. Nur, dass er meist gar nicht so weit ging, wie Scarlett offenbar glaubte. Er flirtete halt gern. Daran war nichts Verwerfliches. Es hielt jung und stärkte das Selbstbewusstsein. Es machte Spaß, und nebenbei lenkte es ihn von seiner Einsamkeit ab. Denn auch wenn er sich mit dem Foodtruck seinen Traum erfüllt hatte, war er doch dadurch ständig unterwegs. Es war schön, wenn man auf der Durchreise neue Leute kennenlernte und jemanden zum Quatschen fand. Was konnte er denn dafür, dass besonders die Frauen seine Gesellschaft suchten?

Ihm fiel auf, dass Scarlett plötzlich ziemlich still geworden war. Hoffentlich zog sie jetzt keine falschen Schlüsse anlässlich seines Geschwätzes.

»Echt? Haben wir das? Uns ewige Liebe geschworen?«, meinte sie nun prompt.

Er wollte tief seufzen, aber etwas an ihrem Ton ließ ihn aufhorchen. Ihre Nachfrage klang aufrichtig, und ihr Zorn schien wie weggeblasen. Irritiert schaute er zu ihr hinüber.

»Na jaaa«, erwiderte er gedehnt. »Du warst doch dabei.« Dass sie sich tatsächlich innige Liebe, Zusammenhalt und Spaß bis an ihr Lebensende geschworen hatten, war wirklich das Letzte, worüber er reden wollte. Also tat er das, was ihm ihr gegenüber verblüffend leichtfiel. Er gab den ungehobelten Klotz. »Du bekommst deshalb doch nicht Bedenken wegen deines *Verlobten*?« Das letzte Wort spie er geradezu aus. Er wusste selbst nicht, warum ihn die Vorstellung so störte, wollte sich damit aber auch nicht beschäftigen. »Da mach dir mal getrost keine Gedanken. Ewige Liebe, so ein Quatsch!« Er schüttelte den Kopf. »So was gibt es nicht. Das Leben ist zu bunt«, erklärte er nüchtern.

Sie schluckte und presste ihre süßen Lippen zusammen. Aber sie zuckten. Er hatte sie damit doch nicht etwa zum Weinen gebracht? Er wollte genauer hinsehen, verbot es sich allerdings. Seine Eingeweide rumorten schockiert.

Warum hatte er nicht einfach den Mund halten können? Jetzt war es zu spät. Er konnte seine Worte nicht zurücknehmen.

Aber konnte flüchten.

Was er tat.

Eine Minute später lehnte er verdrossen unter der geöffneten Motorhaube und suchte nach dem Fehler.

12

Nachdem Elliot ausgiebig das Innenleben des Motorraums seines Trailers betrachtet hatte, knallte er die Haube zu.

»Verdammter Mist!«, rief er und trat frustriert mit dem Fuß gegen einen Reifen.

Scarlett schaute ihn mit gerunzelter Stirn an.

Ein prasselndes Geräusch legte sich über die Stille. Dann traf sie der erste Regentropfen.

»Na toll! Das auch noch!«, meckerte Elliot und fuhr sich über die Stirn.

»Könntest du mich bitte mal aufklären?«, forderte Scarlett, obwohl sie bereits vermutete, die Neuigkeiten erraten zu haben.

»Wir kommen hier nicht weg. Muss wohl an der Batterie liegen.« Er hatte seinen Satz kaum beendet, da öffnete der Himmel die Schleusen.

In Windeseile stiegen sie in den Wagen.

»Wie schade, damit ist die bepuderzuckerte Landschaft wohl dahin«, meinte Scarlett und schaute zu, wie das Wasser über die Windschutzscheibe floss. Am Meer konnte sich das Wetter schnell ändern, das wusste sie. Trotzdem war sie überrascht, wie flugs sich die hübschen Flöckchen in dicke Tropfen verwandelt hatten.

»Wenn du sonst keine Sorgen hast«, erwiderte Elliot und starrte böse auf sein Handy. »Kein Netz. Wäre ja auch zu schön gewesen.«

»Was machen wir jetzt?«

»Tja, wir könnten eine Nachtwanderung machen und nach Sassnitz laufen.«

»Bei diesem Wetter?«

»Oder wir campen hier.«

»Wie? Campen?«

Elliot streckte sich und öffnete die Falttür.

»Voilà. Wir haben alles, was wir brauchen, und verhungern werden wir auch nicht. Wenn Madame eintreten wollen?«, erklärte er mit stolzer Stimme, stand auf und ging voraus.

Vor dem Schrank in der hinteren Ecke blieb er stehen. »Hier drin sind ein Kissen und eine Decke. Da unten ist eine aufblasbare Bettmatratze.«

Scarlett staunte. »Hast du das schon öfters gemacht?«

Er zuckte mit den Achseln. »Hin und wieder spare ich mir die Übernachtungskosten. Mir gefällt's in der Natur, und im Grunde ist mein Foodtruck nichts anderes als ein großer Campingbus. Unten im Gepäckfach liegt auch ein Zelt. Aber wenn das Wetter dafür zu nass ist, habe ich auch schon hier drin geschlafen. Zwischen den Küchenzeilen ist genug Platz, um die Matratze reinzuquetschen. Das geht schon.«

Er zwinkerte ihr verschmitzt zu, und diese eine widerspenstige Haarsträhne fiel ihm dabei ins Gesicht. Seine Stimmung war umgeschlagen wie das Wetter. Aber sie beschwerte sich nicht. So gefiel er ihr viel besser!

Jetzt sah er wieder aus wie der freche Junge, den nichts aufzuhalten schien, dachte Scarlett. Wie der Surferboy, dem keine Welle zu groß war.

Gelassen zog er an seinem Zopfgummi und band sich einen neuen Knoten. Der unflätige Kerl von vorhin schien vom Regen weggewaschen zu sein.

»Also, Mylady, möchten Sie hier nächtigen oder bevorzugen Sie eine Boot-Camp-Wanderung bei widrigsten Bedingungen?«

Der Niederschlag trommelte rhythmisch aufs Dach, und seine Brauen hoben sich amüsiert.

Lachend warf sie die Hände ergeben nach oben. »Überredet, überredet.«

»Eine gute Wahl. Nun, da wir das geklärt haben und nicht mehr fahren müssen, darf ich Ihnen etwas zu trinken anbieten? Wir haben auch eine kleine Bar an Bord.« Er vollführte zwei Schritte rückwärts und öffnete den Kühlschrank. »Gin Tonic, Ramazotti Rosé, Lillet?«

Das kam unerwartet und klang verführerisch. Gleichzeitig nagte an Scarlett das Gefühl, als wäre das hier keine gute Idee. Ihm die ganze Nacht so nahe zu sein, auf diesem beengten Raum … Aber es gab wohl kaum eine andere Möglichkeit. Die Alternative war, bei Regen und Sturm durch den Wald zu stapfen, ohne zu wissen, wo sie entlanggehen musste. Im schlimmsten Fall würde sie stundenlang im Kreis laufen und sich nebenbei den Tod holen. Nein danke. Da war Elliots Lösungsvorschlag doch vernünftiger. Wenn da nur diese Spannungen zwischen ihnen nicht wären, die sie die ganze Zeit umgaben, sobald sie zusammen waren.

»Ja, alles«, sagte sie und seufzte. Sie saß in der Falle.

Amüsiert schaute Elliot auf und kratzte sich hinterm Ohr, was ihr ein Lächeln entlockte.

»Ich nehm den Ramazotti Rosé«, entschied sie sich. »Wieso bist du eigentlich so gut ausgestattet? Ich dachte, du verkaufst Burger.«

Er zog zwei Flaschen aus dem Schrank und gleich darauf zwei Gläser.

»Im Sommer biete ich auch mal Drinks an. Je nachdem, auf welcher Veranstaltung ich mit meinem Wagen stehe. Das sind noch die Reste. Um diese Jahreszeit brauche ich die Kaltgetränke aber nicht anzubieten.«

»Verständlich.«

»Dafür profitieren wir jetzt davon.« Er zwinkerte ihr zu, bevor er den Ramazotti mit Tonicwater mischte und sogar ein paar Eiswürfel aus dem Eisfach hervorkramte.

Scarlett schob auf der kleinen Eckbank die künstliche Weihnachtsgirlande zur Seite, die während der Öffnungszeiten an der Verkaufsklappe hing, und setzte sich. Elliot gesellte sich dazu.

»Auf ein Wochenende voller Überraschungen«, prostete er ihr zu.

Die Gläser klirrten, und der erste Schluck war trotz des nasskalten Wetters richtig lecker.

Schweigend saßen sie nebeneinander. Wie zwei Fremde, dachte sie. Dann fiel ihr ein, dass sie das im Grunde auch waren.

Elliot versuchte die Stille mit Musik zu übertünchen. Er tippte auf seinem Handy herum, und gleich darauf erfüllten leise Popklänge den Raum.

Indes schaute Scarlett sich um. Ihr Blick fiel auf ein Foto, das hinter ihr in der Ecke lehnte.

»Du surfst also wirklich«, stellte sie fest. Denn Elliot lief darauf mit einem Surfbrett über den Strand. Es musste ein heißer sonniger Tag gewesen sein, als das Bild aufgenommen worden war. Das Meer im Hintergrund glänzte blau, und sein blondes Haar wirkte noch heller. Er trug Shorts mit einem großblumigen Muster. Seine Bauchmuskeln waren unverkennbar bestens definiert. Er grinste in die Kamera.

Elliot stellte sein Glas ab. »Hast du gedacht, ich hab dir nur was weisgemacht? Ich bin vielleicht manchmal etwas übermütig und im Reden nicht verlegen, aber ich bin kein Aufschneider.«

»Oh, du hast mir davon erzählt?« Sie hatte eigentlich nur gefragt, weil sie ihn in ihrer Vorstellung so gesehen hatte.

»Weißt du das nicht mehr? Es war so ziemlich das Erste, worüber wir damals geredet hatten.«

Scarlett versteifte sich. »Natürlich. Tut mir leid, das habe ich wohl vergessen.«

»Aha.« Es war ihm anzusehen, dass er schon wieder etwas angefressen war.

Betreten musterte sie erneut das Foto. Erst jetzt fiel ihr auf, dass im unteren Eck jemand einen Pokal ins Bild hielt. Sie folgerte, dass Elliot an diesem Tag wahrscheinlich einen Wettbewerb gewonnen hatte, und rollte innerlich über sich selbst mit den Augen. Klar, dass er eingeschnappt sein musste, wenn es dabei um etwas ging, worauf er sehr stolz war. Da war sie ja mal voll ins Fettnäpfchen getreten.

»Egal. Ist schon lange her«, sagte er schließlich.

»Meinst du Las Vegas oder den Tag der Aufnahme?« Sie drehte das Foto herum, auf der Suche nach einem Datum.

Elliot gluckste. »Beides.«

»Erzähl es mir doch einfach nochmal?«, wagte sie zu fragen.

Er guckte sie eine Minute lang an und überlegte.

»Okay. Ich bin mit fünf Jahren zum ersten Mal auf einem Brett gestanden. Mein Vater war bereits leidenschaftlicher Surfer. Er hat mir alles beigebracht, als ich in den Ferien bei ihm war. Er wohnt in erreichbarer Nähe von Sables d'Or«, berichtete er, als würde das alles erklären.

Doch Scarlett konnte ihm nicht ganz folgen.

Elliot fing ihren nachdenklichen Blick auf. »Das ist eine Stadt in Frankreich, und der Strand ist so was wie ein Surfermekka.«

»Ah.« Sie nickte. »Dann bist du Franzose? Hört man gar nicht.«

»Sag mal, hast du wirklich alles vergessen?« Er schaute ihr

tief in die Augen, als ob er damit in sie hineinsehen könnte. In Scarletts Hals bildete sich ein Kloß. Sie würde endlich beichten müssen! Doch bevor sie sich dazu durchringen konnte, sprach Elliot weiter. »Nur zur Hälfte. Meine Mutter ist Deutsche, und ich bin auch hier aufgewachsen.«

»Außer in den Ferien.«

»Stimmt, die habe ich bei meinem Père verbracht.«

»Und da hast du mit dem Surfen angefangen.«

»Ich hatte von Anfang an Talent, und es wurde zu einem geradezu leidenschaftlichen Hobby. Dann kamen die ersten Wettbewerbe, und ich hab mich recht gut geschlagen. Nach der Schule habe ich dann Sport studiert und bin nebenher auf der Welt umhergereist, um mir die besten Wellen zu suchen und mich mit anderen zu messen.«

»Dann warst du Profisportler?«

»Das war mein Ziel. Ich war kurz davor, von den Amateuren aufzusteigen. Doch dann hatte ich diesen blöden Sturz, bei dem mein Knie kaputtging. Damit war's das dann.«

»Du kannst nicht mehr surfen?«

»Doch, aber um mit den Profis mithalten zu können, reichts halt nimmer.« Er trank einen Schluck, vermutlich um den bitteren Nachgeschmack seiner Worte hinunterzuspülen.

Sie konnte es nachvollziehen und nahm aus Solidarität ebenfalls ihr Glas.

»Und wie bist du zu deinem Foodtruck gekommen?«, fragte sie dann.

Er schaute sich um. »Ich fand die Atmosphäre, die um solche Wägen herum herrscht, schon immer klasse. Meistens sind die Leute cool und oft in Feierlaune.«

»Na ja, das kommt wahrscheinlich darauf an, wo du stehst.«

»Stimmt. Aber das kann ich mir ja aussuchen. Ich bin mein eigener Chef, und nach der Herumreiserei habe ich sowieso kein Sitzfleisch. Ich bin gern unterwegs und entdecke Neues.

An einen Schreibtischjob gebunden zu sein, wäre nichts für mich.«

»Verstehe. Ich bin auch lieber aktiv im Einsatz als im Büro.«

»Fotografierst du noch?«

»Ja.«

»Hat es mit deinem eigenen Studio geklappt?« Das hatte sie ihm erzählt?

»Daran erinnerst du dich noch?« Scham über ihren Filmriss nahm von ihr Besitz.

»Klar. Du hattest überlegt, ob du mit dem Vorbesitzer einen für dich bezahlbaren Übernahmepreis aushandeln kannst.« Im Gegensatz zu ihrem funktionierte Elliots Gedächtnis offenbar bestens. »Demnach hat es geklappt?«

Sie lächelte. »Es war gar nicht so schwer, wie ich angenommen hatte. Herr Schröder war froh, eine Nachfolgerin in mir gefunden zu haben.«

»Hab ich es dir nicht gesagt? Gratuliere!« Er strahlte sie an. »Darauf trinken wir.«

Erneut klirrten die Gläser, und ein warmes Gefühl breitete sich in ihr aus. Obwohl es schon zweieinhalb Jahre her war, dass sie ihr eigenes Atelier eröffnet hatte, tat Elliot so, als wäre es eben erst passiert. Er schien sich aufrichtig für sie zu freuen. Verschwommen glaubte sie auch, sich zu erinnern, dass er ihr damals Mut zugesprochen hatte, es zumindest zu versuchen. Dennis, den sie zur Übernahme gerade kennengelernt hatte, hatte dagegen verhalten reagiert und ihr die Sorgen und Pflichten der Selbstständigkeit vor Augen gehalten. Die Feier war dementsprechend gedämpft verlaufen.

»Dann haben wir also beide unsere Träume verwirklichen können«, stellte Elliot fest.

Scarlett traute sich kaum, zu fragen. »Oh nein, du hattest mir damals schon davon erzählt, dass du dir einen Foodtruck anschaffen möchtest. Richtig?«

Elliot guckte verwirrt. »Wie man's nimmt. Du hast mich eigentlich auf die Idee gebracht.«

»Wirklich?«

»Sag mal, ist das irgendein Spiel, das du da mit mir spielst?« Halb amüsiert, halb verärgert stand er auf, raffte die Gläser an sich und füllte sie erneut.

Das war der positive Aspekt. Der negative war, dass nun unweigerlich der Moment gekommen war, eine Erklärung abzugeben. Wenn sie sich nur nicht so sehr dafür schämen würde! Wie oft hatte sie ihrer Mutter Vorhaltungen gemacht, weil sie Gefahr lief, sich sämtliche grauen Zellen wegzusaufen? Dabei war ihr unter der heißen Sonne Nevadas das Gleiche passiert. Sogar noch schlimmer! Sie hatte sich nicht damit begnügt, ein paar Stunden ihres Daseins auszulöschen. Wo sie schon mal dabei gewesen war, hatte sie gleich Nägel mit Köpfen gemacht, mit Auswirkungen, die ihr Leben langfristig beeinflussten. So was hatte nicht einmal ihre Mutter fertiggebracht.

Sie starrte ihren Ehemann an. Ein hübsch anzuschauendes Paket aus Muskeln, Charisma und Geschmeidigkeit. Wie konnte sie nur jemanden wie ihn vergessen?!

Er bemerkte es und lächelte sie provokant an. »Also?«

Ihr Herz machte einen Satz. War er vielleicht der Teufel?

»Du hast recht. Ich muss dir etwas erklären«, flüsterte sie. Ihr Pulsschlag erhöhte sich. Fast panisch schaute sie sich um. »Aber zuerst: Wo ist die Toilette?«

Elliot deutete nach draußen. »Du kannst dir einen Busch aussuchen.«

»Was?«

Er gluckste. »Scarlett. Das ist ein Foodtruck, kein Klowagen. Wo soll ich hier drin bitte noch Platz für ein Bad mit WC und Dusche haben?«

»Aber … draußen gießt es in Strömen.« So viel also zu ihrem Fluchtplan. Wie gut, dass sie nicht wirklich musste!

»Tja, deine Entscheidung.« Er schlenderte wieder zu seinem Platz und schob ihr den nächsten Drink zu. Er übte unbestreitbar eine Anziehungskraft auf sie aus, doch sie würde nicht den gleichen Fehler wie das letzte Mal machen. Vorsicht war geboten! Sie sollte den Drink ablehnen, aber stattdessen stürzte sie die Hälfte davon in einem Zug hinunter.

Belustigt beobachtete er sie dabei.

»Das muss ja eine Wahnsinnserklärung sein, die du mir zu bieten hast«, folgerte er und traf in Scarletts Augen damit so ziemlich ins Schwarze.

Undamenhaft setzte sie das Glas ab und wischte sich mit der Hand über den Mund. »'tschuldigung. Es ist nur …«

Sein Kopf neigte sich wenige Zentimeter nach vorn. Gespannt fixierte er sie.

»Ich … ähm … Ich habe alles, was zwischen uns geschehen ist, vergessen«, ließ sie endlich die Bombe platzen und senkte die Lider.

Es dauerte einen Moment, bis Elliot sich erkundigte: »Wie meinst du das?«

»So, wie ich es gesagt habe«, wisperte sie und betrachtete dabei eingehend die Tischplatte.

»Du sprichst von Vegas. Richtig?«

Sie nickte.

»Und … du erinnerst dich an nichts mehr?«

»Absolut gar nichts mehr.«

»Wieso? Ich meine, weshalb? Hattest du einen Unfall oder so und dein Gedächtnis verloren?«

Ruckartig hob sie den Kopf. Was für eine super Begründung. Es wäre die perfekte Ausrede, die den Schweregrad ihres Filmrisses aufs Minimale reduzieren würde. Doch sie konnte nicht. Sie war ein zu ehrlicher Mensch und der Typ, der zu seinen Fehlern stand. Egal mit welchen Folgen.

»Nein. Ich bin gesund, und so was ist auch nie zuvor passiert. Danach auch nicht mehr.«

»Dann bin ich, sind wir, also die große Ausnahme?« Zweifelnd taxierte er sie.

»Jap. So sieht es aus.« Sie kippte sich die restliche Hälfte ihres Drinks in den Rachen.

Elliot schüttelte den Kopf. »Das ist … Das glaube ich nicht.«

»Klingt komisch, ist aber so.« Sie bemühte sich, entspannt mit den Achseln zu zucken.

»Was ist denn das Letzte, woran du dich erinnerst?«

»Wir haben uns zufällig getroffen und das Buffet gestürmt. Danach sind wir an die Bar.«

Elliot prustete. »An mehr nicht? Da hat der Abend doch gerade mal begonnen.«

»Tja …«

»Was ist mit dem Elvis, der uns getraut hat?«

Scarlett schüttelte den Kopf.

»Und mit der Skyfall Lounge?«

Es folgte eine weitere verneinende Geste ihrerseits.

»Unsere Shoppingtour?«

»Was?«

»Oh Man, ich fass es nicht.«

»Was denkst du, wie es mir ergangen ist, als mir die Standesbeamtin urplötzlich eröffnet hat, dass ich verheiratet bin. Sie musste mir erst mal sagen, mit wem überhaupt. Dann noch Dennis, der geglaubt hat, ich hätte ihn hintergangen …«

»Pha! Das nenn ich mal ein Kompliment.« Abrupt stand er auf und bediente sich erneut an der ›Bar‹.

Scarlett sah ihn betreten an. »Es tut mir leid. Ich hätte es etwas freundlicher formulieren sollen.«

»Warum? Es ist die Wahrheit. Oder nicht?«

»Schon.«

Es FÜHLTE sich an wie ein Schlag ins Gesicht. Verkniffen warf Elliot die Eiswürfel in die Gläser, sodass es spritzte. Er hatte sich nie als Traummann gesehen, aber als so unscheinbaren Typen, dass er keinerlei Erinnerungen wert war, auch wieder nicht. Das fiel doch mehr in Sebastians Kategorie.

Log Scarlett ihn etwa an? Aber weshalb sollte sie? Außerdem würde es vermutlich den plötzlichen *Cut* erklären.

»Bist du deswegen auf einmal verschwunden?«, stellte er die Frage, die ihn seit jener Nacht nie losgelassen hatte, und pfefferte die nun vollen Gläser zurück auf die Tischplatte.

Sie zuckte leicht zusammen und blinzelte.

»Ich meine am nächsten Morgen«, half er ihr auf die Sprünge.

»Ach so, ja. Das Nächste, was ich wieder weiß, ist, dass ich in diesem Motelzimmer aufgewacht bin. Mit Schleier und diesen bonbonrosa Dessous.«

»Du meinst das Hochzeitsnachtset für Schnellentschlossene.« Ohne es zu wollen, lächelte er. Obwohl sie sich einig gewesen waren, dass sie grundsätzlich auf so einen Kitsch nicht standen, hatten sie es gekauft. Es hatte einfach zu dieser verrückten Nacht gepasst. Und … oh mein Gott, sie sah so heiß darin aus! Er hatte Champagner aus ihrem Bauchnabel geschlürft, und ihre Brüste hatten, eingehüllt in dieser rosa Spitze, vibriert, weil sie abwechselnd gekichert und aufgeseufzt hatte. Ein Kribbeln durchfuhr Elliot bei dem Gedanken daran.

Scarlett holte ihn in die Gegenwart zurück.

»So hieß das?«, fragte sie und kicherte amüsiert.

Zum ersten Mal seit ihrem Geständnis wirkte sie entspannt. Das gefiel ihm besser. Aber das hieß nicht, dass er ihr verziehen hatte!

»Irrelevant. Wie ging es weiter?«, brummte er.

Sie neigte nachdenklich den Kopf zur Seite, was sie irgendwie niedlich erscheinen ließ. *Grrr!*

»Ich hab mit Schrecken auf die Uhr gesehen und meinen Freundinnen geschrieben. Kurz darauf stand Liv in der Tür und drängte zum Aufbruch. Unser Flieger ging wenig später.«

»Aha und du hast dich nicht gefragt, wie du dort hingekommen bist und all den Kram?«

»Natürlich! Aber es ging alles so schnell. Wie gesagt, wir mussten los, und da mir jegliche Erinnerung fehlte, brachte auch intensives Nachdenken nix, außer Kopfschmerzen.« Unwillkürlich verzog sie das Gesicht.

»Klar. Darauf trinke ich.« Grimmig genehmigte sich Elliot den nächsten großzügigen Schluck und wartete, dass der Alkohol endlich zu wirken begann. Er becherte nicht allzu oft, und es war immerhin schon der dritte Drink. Doch er fühlte sich stocknüchtern. Dabei käme ihm ein gewisser Betäubungseffekt jetzt gerade recht, um diese irrwitzige Story besser zu verkraften.

»Ich weiß, wie sich das anhören muss. Die ungeschönte Wahrheit ist, dass ich den vollen Filmriss hatte.« Sie drehte ihr Glas spielerisch zwischen den Händen hin und her.

Elliot schnalzte mit der Zunge. »Du warst doch gar nicht so betrunken. Das hätte ich gemerkt und niemals ausgenutzt. So was hab ich nicht nötig.«

Sie riss bestürzt die Augen auf. »Das habe ich auch mit keinem Wort behauptet. Aber ich hatte schon einiges intus, als wir uns trafen …«

Sie wirkte so hilflos und verlegen, dass sich abermals sein Beschützerinstinkt regte.

»Du hattest mir von deinem zickigen Weisheitszahn erzählt. Hast du deswegen an diesem Tag zufällig etwas gegen die Schmerzen eingenommen?«, fiel es ihm ein.

Sie schaute ihn aufmerksam an. Es war ihr anzusehen, wie sie ihr Gehirn durchforstete.

»Stimmt. Ich hatte schon zu Hause Probleme mit dem Zahn. Der Druckausgleich im Flugzeug hat es noch schlimmer gemacht. Ich hab mir dann tatsächlich ein paar Tabletten besorgt.«

»Hm, und welche?«

Sie zuckte mit den Schultern. »Die Apothekerin hat mir irgendwas in die Hand gedrückt. Mein Englisch ist nicht das beste.«

»Hattest du mir verraten.«

»Ich hab sie einfach genommen, und sie haben geholfen.«

»Ohne die Packungsbeilage zu lesen?«

»Hey, wenn ich im Alltag schon kein Sprachgenie bin, dann wohl kaum bei Fachwörtern.«

»Tja, dann tippe ich mal darauf, dass du ein Opfer der Nebenwirkungen geworden bist.«

Er sagte das so nüchtern. Sachlich betrachtet hatte er damit wahrscheinlich sogar recht. Warum war Scarlett nicht schon viel früher darauf gekommen?

Weil sie auch das vergessen hatte. Es war eine dieser Nebensächlichkeiten, die man einfach tat, ohne sich der Handlung konkret bewusst zu sein. Wie hätte sie aber auch damit rechnen sollen, dass eine kleine Schmerztablette ihr Gedächtnis dermaßen außer Gefecht setzen würde? Nun ja, es könnte sein, dass sie später am Tag noch eine weitere nachgeworfen hatte. Aber … trotzdem! Was für Zeug hatte man ihr denn dort verkauft? Und wieso waren ihre Freundinnen nicht auf diese logische Schlussfolgerung gekommen? Sie hatten doch mitbekommen, wie sehr ihr das fehlende Erinnerungsvermögen zu schaffen gemacht hatte, und anfänglich darüber sogar Witze gerissen. Frei nach dem Motto: Wer den Schaden hat, hat den Spott. Aber sie hatte es ihnen nicht verübelt. Schließlich war sie immer diejenige gewesen, die ›Maß und Ziel‹ gepredigt hatte.

Nun, die Erklärung war einfach. Keine von ihnen hatte gewusst, dass sie mit Zahnweh gekämpft hatte. Weil sie Liv den Junggesellinnenabschied nicht verderben wollte, hatte sie diese Kleinigkeit für sich behalten. Sie waren nach Las Vegas gekommen, um sich zu amüsieren, nicht um sich gegenseitig zu bemuttern. Eine Eigenschaft, die Liv hervorragend beherrschte und die Scarlett deshalb in diesen paar Tagen nicht zu sehr aus ihr hatte hervorkitzeln wollen.

Dafür war ihr dann offenbar in jener einen Nacht die ›Weisheit‹ komplett abhandengekommen. Ebenso wie ihre Unschuld, im weitesten Begriff. Sie hatte geheiratet. Was für ein Desaster!

»Trotzdem hättest du recherchieren können, wie du dort gelandet bist.« Elliot gab nicht auf, und sein Tonfall war wieder mürrisch geworden.

»Ach ja? Und wie?«, schoss sie zurück.

»Indem du zum Beispiel den Motelbesitzer gefragt hättest? Er hätte dir sagen können, auf wen das Zimmer gebucht war. Nämlich auf mich. Elliot Morel. Vielleicht wäre deine Erinnerung dann sofort wiedergekommen. Der Tag war ja noch frisch. Aber du musstest einfach abhauen.« Er funkelte sie an.

»Ha, du brauchst mir Vorwürfe machen! Ich war allein dort. Du hast doch allem Anschein nach zuerst das Weite gesucht.« Wenn er streiten wollte, bitte schön. Dass seine Herangehensweise durchaus eine Möglichkeit gewesen wäre, ignorierte sie. Dafür war es jetzt eh zu spät.

»Ich war unterwegs, um uns Frühstück zu besorgen!«, pfefferte er gereizt zurück. »Nur, als ich wiederkam, warst du verschwunden. Alles, was von dir übriggeblieben war, war dieser blöde Schleier.«

Oh! Ja, den hatte sie liegen lassen. Am Boden neben dem Bett, damit Liv ihn nicht sah und sich veralbert vorgekommen wäre. Schließlich war sie die Braut in spe gewesen.

Aus dem Miniaturlautsprecher dudelte *Jingle Bells Rock*, und auf das Trailerdach prasselte weiterhin der Regen. Ansonsten herrschte Stille. Weder Scarlett noch er sagten etwas. Sie hatten wohl beide ihr Pulver vorerst verschossen und hingen nun ihren Gedanken nach.

Er sah sie aus den Augenwinkeln an. Nun hatte er also seine Antwort auf die Frage nach dem Warum. Er fühlte sich dennoch nicht besser. Gut, sie hatte keineswegs absichtlich die Flucht ergriffen, aber seine Existenz im Geiste einfach auszulöschen, ließ die Sache ebenso armselig erscheinen.

Darüber, wie lange Scarlett ihm noch durch den Kopf geschwirrt war, wollte er gar nicht nachdenken.

»Dann bin ich für dich ein Fremder?«, platzte es aus ihm heraus. Seine Brauen bildeten einen Strich.

Ihre Lider hoben sich.

»Mehr oder weniger? Ich meine, so lange waren wir nicht zusammen. Ich denke also, ich bin für dich auch eine Fremde. Irgendwie …«

Ihre Logik entbehrte für ihn jeglicher Grundlage, und doch war etwas Wahres dran. Weil er ihrem Blick nicht standhalten wollte, griff er nach dem Nächstbesten. Es handelte sich um eine Stumpkerze, die Lona ihm geschenkt hatte. An sie wollte er gerade auch nicht denken. Er warf die Kerze von einer Hand in die andere.

Scarlett erhob sich.

»Ich muss eben mal raus«, erklärte sie und schoss an ihm vorbei.

Als sie die Tür öffnete, hörte er deutlich, wie ungemütlich es draußen mittlerweile geworden war. Doch sie störte sich nicht daran. Schon war sie verschwunden.

Für den Bruchteil einer Sekunde wollte er ihr durchs Fenster nachschauen, aber sie hatte ein Recht auf ihre Privatsphäre. Also stand er auf und kramte nach einem Feuerzeug. Nun, da er die Kerze schon auf den Tisch gestellt hatte, wollte er sie auch anzünden. Es war immerhin Adventszeit. Die Zeit der Besinnung.

Er sollte sich Scarlett gegenüber nicht so anstellen. Er war doch keine Mimose! Es lag an ihr! Jedes Mal, wenn er mit ihr zusammentraf, geriet seine Welt aus den Fugen.

Schon stob sie herein. Pudelnass schüttelte sie sich wie ein Hund. Zum Glück war er weit genug entfernt, sodass ihn die herumfliegenden Wassertropfen nicht erreichten, dafür landeten einige auf seiner Küchenausstattung.

»Hey! Das gibt lauter Flecken auf dem Edelstahl«, rief er entrüstet.

Scarlett hielt inne und lachte. »Du bist ja eine richtig sensible Kochmamsell.«

»Jeder Chefkoch ist auf sein Inventar bedacht.« Er funkelte sie belustigt an. Die Anspannung zwischen ihnen war weg.

»Chefkoch, aha.« Sie entledigte sich ihres dicken Flauschpullis. Zum Vorschein kam ein strahlendweißes Spaghettitop. Sosehr er sich auch bemühte wegzuschauen, er konnte nicht.

Sie guckte an sich herab. »Das stört dich doch nicht etwa? Der Pulli ist klatschnass. Darin hol ich mir den Tod.«

»Wenn das so ist … Das möchte ich natürlich keinesfalls.« Er glotzte immer noch wie ein Teenager. Sie besaß tolle Kurven. Unvermittelt fragte er sich, ob sie sich noch genauso anfühlte wie damals …

Sie schlenderte auf ihn zu. »Außerdem ist es angenehm warm hier drin.«

»Das ist noch die Resthitze der Geräte vom Imbissbetrieb, und der Alkohol trägt vermutlich auch seinen Teil bei.« Endlich schaffte er es, den Blick zu lösen. Zackig drehte er sich um und steckte den Kopf in den Schrank. Wenn ihn nicht alles täuschte, wurde er gerade rot. Was war denn los mit ihm? Scarlett war schließlich nicht die erste Frau in seinem Leben, und sie stand ja nicht gerade nackt vor ihm. Herrje. Daran hätte er besser nicht gedacht. Er zog die aufblasbare Matratze hervor und wandte sich wieder um.

»Mag sein. Was hältst du davon, wenn wir nochmal neu anfangen?«, sagte sie nahe an seinem Ohr, weil sie sich soeben an ihm vorbeischieben wollte.

Unvermittelt schaute er auf ihr Dekolleté, das sie ihm zwangsläufig direkt unter die Nase hielt. Es schien, als wäre der Trailer blitzartig aufs Minimale zusammengeschrumpft. Nur die gefaltete Kunststoffmatratze verhinderte, dass sie in dem engen Gang gänzlich aneinandergepresst wurden.

Er spürte ihre Körperwärme. Ihr Busen hob und senkte sich bei jedem ihrer Atemzüge, und dieser Vanilleduft kroch ihm verheißungsvoll in die Nase. Er wusste nicht, ob es sich dabei um ein Parfüm, Duschgel oder ihr Shampoo handelte, aber es betörte seine Sinne.

»Ich bin Scarlett«, flüsterte sie.

Er lächelte träge. »Elliot. Angenehm.«

Sie schauten einander tief in die Augen. Dieses Schimmern

in den Pupillen hatte sie auch heute noch, dachte er bei sich, und es faszinierte ihn ebenso sehr wie damals. Er überwand die kurze Distanz zu ihren Lippen, um sie zu küssen.

Bereitwillig öffnete sie den Mund und lockte ihn. Kaum trafen sich ihre Zungen, begann ein unanständiger Tanz. Wie elektrisiert kreisten sie umeinander und wirbelten herum.

∼

DER KUSS WAR HEISS und leidenschaftlich und zweifelsohne der Auftakt für mehr. Scarlett konnte sich nicht entsinnen, wann sie je einen Mann mehr begehrt hatte. Während sich ihre Zungen neckisch umspielten, verselbstständigten sich ihre Hände und fuhren ihm durchs Haar, ließen das Gummiband wegschnappen, sodass sich seine Mähne frei entfalten konnte. Er grunzte leise und wollte sie näher an sich ziehen. Doch die Faltmatratze hinderte ihn daran. Er löste sich von ihr, machte sich kurz an dem störenden Ding zu schaffen und hieb es Sekunden später beiseite.

Es war der Moment, in dem Scarletts Verstand kurz die Oberhand gewann.

Sie sollten das nicht tun, nach allem, was sie hinter sich hatten. Nicht etwas aufwärmen, was schon längst gegessen sein sollte! Sie hatten endlich Klartext gesprochen. Das hier würde vielleicht nur neue Fragen aufwerfen. Außerdem war sie genau genommen noch immer verlobt. Dennis hatte bei seinem Anruf deutlich gemacht, dass er weiterhin eine Zukunft mit ihr plante.

Was hatte Elliot nur an sich, dass ihr Körper derart auf ihn reagierte? Noch vor einer halben Stunde hätte sie ihm an die Gurgel gehen können und jetzt? Schmiegte sie sich an ihn wie ein Kätzchen.

»Ich glaube, wir sollten das besser lassen«, erklärte sie schwach.

»Ich weiß«, raunte er und schlang seine Arme wieder um sie.

Ihre Brüste pressten sich gegen ihn. Eine Hitzewallung übermannte sie. Es war klar, sie begehrte diesen Mann.

Sein Mund suchte erneut ihren, doch sie wandte den Kopf in einem letzten Kraftakt um ein paar Zentimeter. »Das ist verrückt!«

»So wie damals.« War das eine Frage? Wohl eher eine Feststellung. Und Elliot hatte recht. Sie hatte noch nie einen Mann getroffen – überhaupt keinen Menschen –, der sie derart in ihrem Tun und Handeln zu beeinflussen schien. Sie gab es nicht gern zu, aber sie war Wachs in seinen Händen, und das beängstigte sie.

Gleichzeitig strich sie mit ihrer Wange zärtlich über seine. Seine Lippen berührten die Stelle neben ihrem Ohrläppchen. Ein wohliger Schauer durchfuhr sie, und sie stöhnte auf. Er kicherte flüchtig.

»Soll ich aufhören?«

»Nein.« Ihre Antwort kam wie aus der Pistole geschossen. Ihre Finger wanderten über seinen Rücken und vergruben sich schließlich unter dem Sweatshirt. Als sie seine nackte Haut berührten, begannen sie zu prickeln. Dann umkrallten sie den Saum, und sie zog ihm mit einem Ruck den Pulli vom Leib.

»Sag mir nur eins. Wirst du dich morgen noch an mich erinnern?«, fragte er heiser.

Sie klimperte lächelnd mit den Wimpern. »Das kommt darauf an, ob du einen bleibenden Eindruck hinterlässt.«

Das hätte sie wohl nicht sagen dürfen, denn Elliot fasste das unweigerlich als Herausforderung auf.

Bevor sie wusste, wie ihr geschah, schälte er sie aus dem Top und entledigte sie auch gleich ihres BHs. Schon lagen ihre Brüste in seinen Händen, und er verschloss ihre Lippen mit seinen. Dabei vollführte er mit ihr eine halbe Drehung, und sie spürte, wie er sie Schritt für Schritt nach hinten bugsierte, bis ihre Füße gegen etwas Weiches stießen.

Gemeinsam sanken sie auf das Luftbett, das sich inzwischen selbst aufgeblasen hatte. Deshalb hatte er also daran herumgenestelt. Es passte gerade so in den Gang.

Dann legte sich das Gewicht seines Körpers auf sie, und sie spürte eine mächtige Erhebung gegen ihren Schritt drücken. Ihre Finger fuhren eigenmächtig am Bund seiner Jeans entlang. Der Kuss wurde intensiver, und ihr Verstand schaltete aus.

Ab jetzt regierte nur noch ihr Körper.

Es war noch früher Morgen, und Scarlett fand den Ernst-Moritz-Arndt-Aussichtspunkt ohne Weiteres. Die Regenwolken hatten sich verzogen, und das anbrechende Tageslicht fiel hell durch die Baumkronen und Äste auf den Weg. Es war himmlisch ruhig, nur hier und da knacksten einige Zweige unter ihren Füßen. Dann erkannte sie schon den Plateauvorsprung. Zielstrebig lief sie darauf zu.

Sofort nahm sie das unvergleichliche Geräusch der Wellen in sich auf und atmete wie befreit durch. Sie ging bis an den Rand und schaute hinab, dann setzte sie sich auf den großen flachen Steinbrocken, der geradezu dazu einlud, hier zu verweilen, und starrte in die Ferne.

Was hatte sie da bloß letzte Nacht angezettelt? Wie hatte das geschehen können?

Anstatt den Schlamassel, in dem sie steckte, in Ordnung zu bringen, hatte sie sich mit dieser Aktion noch tiefer darin verstrickt. Müde fuhr sie sich über die Augen. Na ja, viel Schlaf hatte sie nicht gerade abbekommen. Kaum vier Stunden. Sie waren übereinander hergefallen wie die Tiere. Mit einem ihr bisher unbekannten Hunger, sodass sie einfach nicht voneinander hatten ablassen können. Sie fuhr sich mit der Zunge über ihre leicht spröden Lippen und schmeckte die salzige Ostseeluft, aber auch immer noch Elliot. Er war ein verdammt guter Küsser, trotz seines Vollbarts. Doch wenn sie ehrlich war, war der gar nicht so kratzig, wie sie befürchtet hatte. Oder sie hatte es einfach nicht bemerkt in ihrer Wollust.

Wollust, das Wort hallte in ihrem Kopf wider. Es passte perfekt. Zusammen mit Elliot war sie in bislang ungeahnte Sphären abgedriftet. Selbst jetzt vibrierte ihr Körper noch, wie in einer Art Nachbeben. Es wollte einfach nicht vergehen. So war es schon, seit sie vorhin die Augen aufgeschlagen hatte.

Froh, dass Elliot noch fest geschlafen hatte, hatte sie deshalb ihre Jacke geschnappt und sich rausgeschlichen. Sie musste sich dringend erden, bevor sie mit ihm sprechen konnte.

Mit bewusstem Blick schaute sie auf die Ostsee. Das Meer – egal welches – übte schon seit jeher etwas Magisches auf sie aus. Es brachte ihr Zerstreuung, war tröstlich und gab gleichzeitig Hoffnung. Die Kraft der Wellen faszinierte sie immer wieder. Wenn es wild und ungestüm war, spritzte die Gischt kämpferisch nach oben, die Wellen rauschten energiegeladen an den Strand oder zerbarsten mit Wucht an Felsen und an den Buhnen. Und wenn die See ruhig war so wie heute, rollten sie friedlich in gleichmäßigem Rhythmus heran. Egal wie das Wasser gelaunt war, Scarlett konnte stundenlang hineinschauen und es beobachten.

ELLIOT STRECKTE sich wohlig und blinzelte. In der Luft lag eine Mischung aus Essensgerüchen, Alkohol und Sex. Er drehte sich von der Seite auf den Rücken und griff ins Leere.

Ruckartig öffnete er die Augen und schaute sich um. Er war allein in seinem Trailer, von Scarlett keine Spur.

Das konnte doch nicht sein! Es war ein einhundertprozentiges Déjà-vu. Er schloss die Lider und hob sie wieder. Das Bild blieb das gleiche.

Fassungslos rappelte er sich auf. Wer war sie? Eine Hexe, die nur mit dem Finger zu schnippen brauchte, um zu erscheinen und zu verschwinden, wie es ihr beliebte? Oder war das alles nur ein wilder Traum gewesen?

Kraftlos rappelte er sich auf und hielt sich an der Anrichte fest. Er starrte auf die Gläser des vergangenen Abends, die noch Überreste enthielten. Sie waren der Beweis, dass sie hier gewesen war. Mit ihm. Und die leere Rosé-Flasche bestätigte ihr Wortgefecht. Manche würden es vielleicht auch als klärendes Gespräch bezeichnen. Ihm war es egal, wie man es nennen wollte. Es hatte jedenfalls eins zum anderen geführt und damit geendet, dass sie miteinander geschlafen hatten.

Konfus strich er sich ein paar Haarsträhnen aus dem Gesicht und zog sich an. Seit wann drückte er sich so gesittet aus? Es war geradezu ein Marathon gewesen! Nackte verschwitzte Körper, Haut an Haut, Sinnlichkeit gepaart mit purer Begierde. Allein schon bei dem Gedanken daran wurde ihm wieder heiß.

Er öffnete die Tür. Frische kalte Luft schlug ihm ins Gesicht und verdrängte die Nebelschwaden in seinem Kopf. Er ließ sie offen, um durchzulüften, während er eine Runde um den Food-truck drehte.

Doch außer ihm war niemand zu sehen. Der Wald lag friedlich da und darin eingebettet einsam und verlassen das Micheal-Otto-Haus. Auf der weitläufigen Verandaüberdachung entdeckte er schließlich ein Eichhörnchen. Es starrte ihn an und schüttelte dann mit dem Kopf. Oder bildete er sich das nur ein?

Er tat es dem Tierchen gleich und rief sich zur Ordnung. Wo könnte Scarlett abgeblieben sein?

Diesmal gab es keine Freundinnen in der Nähe, die sie eben schnell abgeholt haben könnten. Ob sie sich zu Fuß nach Sassnitz aufgemacht hatte?

Sie hatte ihm versprochen nicht noch einmal zu verschwinden, auch wenn er ihr die Frage nur im Spaß gestellt hatte. Im Grunde glaubte er auch nicht, dass sie ihm das wiederholt antun würde.

Trotzdem spürte er ansatzweise den Knoten in seinem Magen, den er lange Zeit wahrgenommen hatte, wenn er an sie gedacht hatte.

Knurrig marschierte er zurück in seinen Trailer und setzte Kaffeewasser auf. Vermutlich musste er nur etwas essen. Er zog die Burgerbrötchen hervor und legte sie in den Ofen.

Damals war er nur eben losgegangen, um Frühstück zu besorgen … Ob sie nun das Gleiche vorhatte?

Unsinn! Die Strecke war viel zu weit. Dann kam ihm die zündende Idee. Die Klippe!

Die Aussicht von dort oben hatte sie ebenso begeistert wie ihn. Sicherlich war sie dahin gegangen, um sie noch einmal zu genießen. Vielleicht auch, um ihn nicht zu stören und noch etwas schlafen zu lassen. Ja, wahrscheinlich war sie dort. Hoffentlich.

Etwas knackte, dann flatterte irgendwo ein Vogel auf. Scarlett fuhr herum. Obwohl sie ihren Gedanken nachhing, waren ihre Sinne aufs Äußerste geschärft.

Aus dem Dickicht hinter ihr trat jemand hervor. Sie traute ihren Augen kaum.

»Ho, ho, ho!«, rief Elliot ihr zu. Er trug eine Nikolausmütze, und um den Hals hatte er sich statt eines Schals die künstliche Tannenbaumgirlande geschlungen. In jeder Hand balancierte er eine Tasse. Mit einer kleinen Verbeugung blieb er vor ihr stehen und reichte ihr einen Pott.

»Wie ich sehe, bist du brav gewesen, Scarlett. Deshalb habe

ich dir auch was Schönes mitgebracht«, sagte er und grinste breit.

»Kaffee?« Sie konnte es nicht glauben.

»Ist nur instant. Aber besser als nix.« Er setzte sich neben sie.

»Das ist doch top.« Gierig trank sie gleich davon.

»Ich hoffe, er ist noch halbwegs warm.« Elliot kostete ebenfalls. »Ist okay«, befand er dann.

Es war viel mehr als das! Diese Geste war so … so … nett und herzlich. Zumal sie die kleine Spitze durchaus vernommen hatte und in der Lage war, sie richtig zu interpretieren. Er war aufgewacht, und sie war abermals weg gewesen.

»Du hast doch hoffentlich nicht geglaubt, ich wäre wieder abgehauen?« Schlechtes Gewissen breitete sich in ihr aus.

»Na ja.« Er wiegte den Kopf.

»Oh nein! Das wollte ich bestimmt nicht«, beteuerte sie.

»Schon gut. Deine Reaktion zeigt mir, dass du dich diesmal immerhin an mich erinnerst.« Es sollte witzig klingen, aber sie hörte den Unterton heraus.

»Also, ich bin meine Weisheitszähne inzwischen los, und du hast dich in den vergangenen Stunden wirklich ins Zeug gelegt, um mir eine bleibende Erinnerung zu verschaffen.« Sie stupste kameradschaftlich mit ihrer Schulter gegen seine.

»Hab ich das? Freut mich zu hören. Du warst aber auch nicht schlecht.«

Sie grinsten einander an, und Scarlett merkte, dass sie etwas rot wurde. Schnell nahm sie einen weiteren Schluck Kaffee. Natürlich nur, um zu verhindern, dass er gänzlich kalt wurde. Dass er ihn ihr extra hergebracht hatte, obwohl er sich nicht mal sicher sein konnte, sie hier anzutreffen, sagte einiges aus. Womöglich war sie doch nicht eine von vielen?

Sie versuchte das angenehme Gefühl, das sich in ihr ausbreitete, zum Teufel zu jagen. Dennis hatte ihr des Öfteren einen Kaffee mitgebracht. Einen von *Starbucks* sogar, statt einer

Instantmischung. Doch niemals hatte es ein derartiges Kribbeln in ihr ausgelöst. Obendrein noch Elliots lustige Weihnachtsmannspontanverkleidung, sie schaute noch einmal genauer hin.

Im weißen Rand der roten Mütze waren Sterne eingestickt, mit Lämpchen.

»Moment.« Sie befühlte die Borte, fand einen Minischalter und drückte darauf. Die Sterne begannen zu blinken. »Jetzt passt's«, meinte sie lächelnd.

Elliot schielte wie ein kleiner Junge nach oben. »Hatte ich die vergessen anzuknipsen? Kein Wunder, dass ich dich nicht beeindruckt habe. Du raubst mir einfach meinen Verstand. Aber wie ich sehe, sind wir ein tolles Team.«

Verschmitzt sah er sie an. Scarletts Kehle wurde trocken. Diese wenigen Sätze, die so salopp daher gesagt schienen, enthielten eine ganze Flut an Botschaften. Oder interpretierte sie da viel zu viel hinein?

Während sie sich noch fragte, wie sie darauf reagieren sollte, klingelte plötzlich ihr Handy. Vor Schreck fuhr sie hoch, und das Gerät fiel zu Boden.

»Ich dachte, es gibt hier keinen Empfang?« Sie hob es auf. Nicole war die Anruferin.

»Scarlett, Gott sei Dank! Geht's dir gut? Ich habe mitbekommen, dass du gestern nicht in deine Wohnung zurückgekommen bist, und hatte schon Sorge, dir wäre etwas Schreckliches zugestoßen und ich bin schuld daran, weil ich dir dein Auto geklaut habe. Ich hab dich mehrmals versucht zu erreichen und die ganze Nacht überlegt, ob ich die Polizei verständigen soll oder nicht«, sprudelte die neue Freundin aufgeregt hervor.

»Ja, nein. Alles gut«, stotterte sie etwas überfahren und richtete ihren Blick auf die Weite des Horizonts. Sie spürte, dass Elliot sie beobachtete, und fühlte sich plötzlich irgendwie bedrängt. »Ich … wir … hatten eine Autopanne und –«

»Was? Wo bist du? Ich hole dich ab. Das ist das Mindeste,

was ich tun kann«, bot Nicole an und klang, als würde sie keinen Widerspruch dulden. Es war der Tonfall einer Mutter, die anordnete, wo's langging.

Ein kleines Lächeln huschte über Scarletts Gesicht. »Ähm, das …«, sie drehte sich zu Elliot um und schaute ihm geradewegs in die Augen, »… wäre großartig«, hörte sie sich dann sagen. Sie musste hier weg, weg von ihm und ihre Gefühle sortieren. In seiner Nähe konnte sie nicht vernünftig denken. Mit einem Schlag verstand sie, warum sie ihn damals in Las Vegas so überstürzt geheiratet hatte, auch wenn sie es nicht hätte in Worte fassen können. »Ich bin in circa eineinhalb Stunden in Sassnitz, wenn ich jetzt loslaufe.«

Fragend schaute sie Elliot an. Er nickte.

»Wo genau?«, wollte Nicole wissen.

»Du weißt doch bestimmt, wo man am Ende des Wanderwegs rauskommt, oder?«, erkundigte sie sich bei ihm.

»Am Parkplatz des Nationalparks«, antwortete er mit unergründlicher Miene.

Sie teilte Nicole die Information mit.

»Gut. Ich werde da sein. Bin ich froh, dass es dir gutgeht«, sagte die Nachbarin erleichtert und legte auf.

Scarlett, Nicole und Henry spazierten am Nordkap Rügens entlang. Nun ja, genau genommen lief Scarlett meist etwas voraus, weil der kleine Henry ihr Tempo nicht halten konnte. Wenn sie bemerkte, dass der Abstand sich zu vergrößern drohte, hielt sie an und wartete. Es war ihr schon ein wenig peinlich, aber ihre Beine liefen wie von selbst. Es lag an dieser inneren Unruhe, die sie seit Tagen mit sich herumschleppte.

Zu Anfang war von Scarletts Laufdrang noch keine Rede gewesen, und sie hatten gemütlich das Örtchen Putgarten bestaunt, das nicht nur im Sommer malerisch wirkte. Auch jetzt zur Weihnachtszeit war es durchaus ein Postkartenmotiv, so schön geschmückt wie alles war. Es hatte flüchtig sogar nach frischem Backwerk gerochen, vermutlich Plätzchen, und Henry war schon das Wasser im Mund zusammengelaufen. Doch die beiden Frauen hatten ihn auf einen späteren Cafébesuch vertröstet. Zuerst wollten sie das uralte Fischerdorf Vitt in Augenschein nehmen, von dem auch Scarlett bereits viel gehört hatte. Um es zu erreichen, mussten sie eine mittlere Wegstrecke auf sich nehmen, und ab da war sie zunehmend in einen Stechschritt verfallen.

Bis sie dort ankamen, hatte Henry vom vielen Rennen einen roten Kopf, Nicole vom Gut-Zureden wahrscheinlich einen trockenen Mund, und Scarlett war über sich selbst verärgert.

Zumindest war Vitt wirklich sehenswert, sodass sich der Kindermarathon wenigstens gelohnt hatte. Die Reetdächer hatten es Nicole schon immer angetan, und hier waren alle Häuser so gedeckt. Begeistert schauten sie sich um. Scarlett fand, dass das kleine maritime Örtchen eine Ruhe ausstrahlte, als wäre die Zeit stehen geblieben.

Wie gerne würde sie auch innehalten und auf unbestimmte Dauer einfach nur *sein*. Ohne die wirren Gedanken, gegen die sie seit Montagmorgen immer wieder ankämpfen musste. Inzwischen waren drei Tage vergangen, seitdem sie sich im Nationalpark von Elliot fast fluchtartig verabschiedet hatte. Drei Tage, in denen Dennis sie mehrmals versucht hatte zu erreichen, sie aber wegen ihres schlechten Gewissens nicht reagiert hatte. Sie hatte ihn betrogen, wie sollte sie da zwanglos mit ihm reden oder ihm bei ihrer Heimkehr in die Augen schauen können? Und mit Elliot hatte sie auch kein Wort gesprochen. Dabei hatte sie versucht, ihn zu kontaktieren. Doch sie musste sich seine Nummer falsch notiert haben, denn die abgespeicherte führte zu keinem Anschluss. Er selbst hatte sich ebenfalls nicht gemeldet. Konnte er auch nicht, denn sie hatte im Gegenzug vergessen ihm ihre Telefonnummer zu geben. Vielleicht war es auch besser so. Sie würde ihn einfach am kommenden Wochenende auf dem nächsten Weihnachtsmarkt aufsuchen, und bis dahin konnte sie sich innerlich noch ein bisschen wappnen.

Zum x-ten Mal malte sie sich aus, wie die Begegnung ablaufen würde. In der Märchenversion würde er alles stehen und liegen lassen, aus seinem Foodtruck stürzen und sie in die Arme schließen, bevor sie sich innig küssten. In der realistischen Fassung würde er gelassen winken, ihr ein Lächeln schenken und anschließend weiter mit seinem Frauenfanclub flirten, der ihn zweifelsohne wieder belagern würde. Bei dem Gedanken zog sich ihr Herz zusammen, und sie schimpfte mit sich selbst. Genau daran musste sie dringend noch arbeiten, bevor sie ihm gegenübertrat. Sie musste auf dieses Szenario gefasst sein! Denn das, was zwischen ihnen passiert war, war nur Sex gewesen. Ein One-Night-Stand, wie viele ihn hatten. Nichts weiter. Elliot hatte ihr schließlich selbst vor wenigen Tagen erklärt, dass er an die Liebe – insbesondere die auf den ersten Blick – nicht glaubte. Und so rigoros, wie er das gesagt hatte, blieb keinerlei Zweifel offen, ob er es genauso meinte.

Letztlich war sie ja selber nicht von so was überzeugt. Dafür war sie zu abgeklärt. Das Leben hatte sie gelehrt, dass es keine guten Feen gab, und selbst wenn man hart für etwas kämpfte, hieß es nicht, dass man dafür tatsächlich belohnt wurde. Ob man zusammenpasste, war die Summe von zahlreichen Gesprächen miteinander und Erlebnissen. Genauso wie Dennis und sie sich die Vorstellung von einem gemeinsamen Leben Stück für Stück erarbeitet hatten. Und doch löste allein der Gedanke an Elliot ein Gefühl in ihr aus, das sie kaum beschreiben konnte. Ein Prickeln, ein breites Grinsen und gleichzeitig einen dumpfen Stich. Total abstrus eben.

Sie konzentrierte sich wieder auf den Weg. Eine enge Gasse führte sie durch Vitt hindurch bis zu einer schmalen Schlucht am Meer, von wo aus sie einen freien Blick auf das Kap erhaschen konnten. Fasziniert blieben Nicole und Scarlett stehen und genossen die Aussicht, während Henry auf die Steinmole kletterte, die den Ort und den Hafen schützte. Der Verband seines Fingers erhielt weitere Gebrauchsspuren, aber es hingen noch keine Fetzen davon, wie sie lachend feststellten. Die Ärzte hatten seinen Finger vereist und ihn mit einem kleinen Schnitt vom Druck befreit. Seitdem hatte der Junge keine Schmerzen mehr, sodass er ohne Einschränkungen wieder herumtobte.

Außer ihnen waren noch einige weitere Touristen da. Ein paar saßen ebenfalls auf der Mole, andere ruhten sich vom Fußmarsch auf den bereitgestellten Bänken gleich in der Nähe aus, die wohl zum Fischereibetrieb direkt am Ufer gehörten.

Sie kauften sich ein Fischbrötchen und pausierten.

Nicole begann immer wieder ein Gespräch, doch Scarlett schweifte andauernd ab. Oftmals fiel es kaum auf, weil die Nachbarin gern und viel plapperte, aber ab und an fragte sie Scarlett nach ihrer Meinung, was sie dann entlarvte.

So wie jetzt.

»Meinst du nicht auch?« Die Freundin schaute sie interessiert an, und Scarlett musste sich bemühen, nicht beschämt die Augen zusammenzukneifen.

»Es tut mir leid, Nicole. Ich hab schon wieder nicht richtig zugehört. Ich bin eine fürchterliche Gesellschaft. Normalerweise ist das gar nicht meine Art. Ich weiß auch nicht, was momentan mit mir los ist«, gestand sie zerknirscht.

Sie hätte den Ausflug alleine machen oder *daheim* bleiben sollen. Aber die Geschäftsreise von Nicoles Mann hatte sich verlängert, und die beiden waren deshalb weiterhin ohne fahrbaren Untersatz. Außerdem hatte Scarlett es satt, permanent zwischen Selbstvorwürfen, Grübeleien und Tagträumen hin und her zu schwanken. So war sie nie gewesen! Sie war eindeutig aus dem Tritt gekommen. Deshalb hatte sie beschlossen, anstatt die Zeit totzuschlagen, ihren Urlaub auf Rügen zu genießen, und hatte den Einfall, zusammen mit der Nachbarin und ihrem Sohn nach Kap Arkona zu fahren. Sie hatte auf Ablenkung gehofft und darauf, endlich wieder zu sich zu kommen. Stattdessen rannte sie ihnen vornweg und hörte nicht zu.

»Ach, kein Problem. Du hast ja recht. Ich quassle viel zu viel über Henry und seine Altersgenossen. Das ist für dich einfach nur bedingt interessant. Es wird Zeit, dass ich wieder mehr unter Menschen komme, bei denen es nicht nur um Erziehungsfragen und die Familie geht. Erzähl du doch mal was. Zum Beispiel von der Autopanne Sonntagnacht. Du warst ziemlich durch den Wind, als ich dich aufgelesen hab.«

Scarlett verschluckte sich an ihrem Fischbrötchen. Das war ja, als käme sie vom Regen in die Traufe. Bisher hatte sie noch nicht einmal mit ihren Freundinnen darüber gesprochen. Izzy wäre bestimmt Feuer und Flamme für Elliot, würde ihr letztlich aber nur sagen, was sie selbst schon wusste. Es war nur Sex gewesen. Eine heiße Nacht, die deswegen noch lange keinerlei Verpflichtungen mit sich brachte. Liv hingegen spielte im Team Dennis. Sie war schon immer sehr bodenständig und nicht zuletzt durch ihre Pärchenabende von Dennis eingenommen gewesen. Beides wollte Scarlett nicht hören. Tammy war die Einzige, von deren Betrachtungsweise sie keine genaue Vorstellung hatte. Vielleicht sollte sie sie anrufen, aber mit Nicole würde sie nicht darüber reden. Ihre Geschichte war sowieso unglaublich und viel zu verrückt, als dass sie sie in wenigen Sätzen hätte erzählen können. Doch irgendwas musste sie antworten.

»Da gibt es nicht viel zu berichten«, begann sie lapidar. »Die Batterie war leer, und weil wir durch den Wald gefahren sind, mussten wir dort campen. Mobilempfang gab es leider auch keinen, nur auf der Klippe, wie ich dank deines Anrufs in der Früh festgestellt habe. Aber auf diese Möglichkeit sind wir nachts nicht gekommen. Es war schon Zufall, dass ich mit meinem Handy am Morgen dort draußen war, um Fotos zu machen.« Das klang doch alles recht einleuchtend, fand Scarlett und hoffte, die Nachbarin damit zufriedengestellt zu haben.

Passenderweise sprang Henry heran und wollte nun unbedingt weiter zum Leuchtturm. Nur allzu gern folgte Scarlett seinem Wunsch, und so machten sie sich auf, den Rundweg fortzusetzen.

Einen Stop-and-go-Lauf später gelangte nicht nur Scarlett an den Sehenswürdigkeiten von Kap Arkona an. Sie alle waren außer Atem, als sie vor den drei Leuchttürmen stehen blieben. Der Schinkelturm mit der quadratischen Form war der zweitälteste Leuchtturm an der Ostseeküste. Leider konnten sie nur die Infotafel über seine Entstehung und Bauweise lesen, für eine Besichtigung war er verschlossen. Dafür erklommen sie die Höhen zum Leuchtfeuer von Kap Arkona. Dieser Leuchtturm war noch voll funktionsfähig, und man musste stolze einhundertvierundsechzig Treppenstufen überwinden, um in den Genuss des prächtigen Ausblicks zu kommen. Manchmal nahm Scarlett sogar gleich zwei Stufen, so energiegeladen war sie, trotz des vorherigen Fußmarsches.

»Was hast du gefrühstückt?«, wollte Nicole wenig später lachend wissen, als sie und Henry die Aussichtsplattform erreicht hatten. »Du bist heute ja kaum zu bremsen.«

Obwohl die Nachfrage eindeutig freundlicher Natur war, feuerte sie Scarletts inneren Tumult nur erneut an. Glücklicherweise blieb sie von einer Antwort verschont, weil Henry an ihnen vorbeistob, seine kleinen Hände am Geländer festkrallte und versuchte darüber hinwegzuschauen. Nicole sicherte ihn, und gemeinsam sahen sie zur Halbinsel Wittow, über Rügen und das weite Meer. Die Wolkendecke brach auf, und plötzlich schien die Sonne. Ihre Strahlen kitzelten angenehm ihre Nasenspitzen. Die raue Luft pfiff ihnen um den Kopf und bescherte Scarlett endlich das Gefühl, loslassen zu können. Sie atmete tief durch.

»Das da drüben muss Hiddensee sein.« Nicole deutete mit dem Finger auf die Nachbarinsel. Das ›süße Ländchen‹ hatte früher besonders Künstler und Maler angezogen.

»Ui, die Insel ist ja so klein. Ist das eine für Kinder? Fahren wir da auch mal hin?«, fragte Henry und brachte Nicole und Scarlett zum Lachen.

Dann schlenderten sie weiter und glaubten die weiße Steilküste der dänischen Insel Møn sehen zu können. Henry wurde es langweilig, und er begann davonzurennen. Einmal im Kreis herum, am liebsten gleich ein zweites Mal. Doch Nicole lotste ihn ins Treppenhaus zurück. Nur unwillig folgte Scarlett ihnen. Sie wäre zu gern noch länger geblieben. Weshalb sie, kaum unten angelangt, beschloss, gleich noch den dritten der Türme zu besteigen, den Peilturm.

Während sie sich unter der Glaskuppel tummelte, wählten ihre Begleiter einen Spielplatzbesuch, was für den kleinen Mann sicherlich aufregender war, als noch mehr in den Himmel zu gucken. Scarlett war die Auszeit ebenfalls recht, und so waren alle rundum zufrieden mit sich und der Welt, als sie später in Putgarten ihren heißen Kakao tranken.

»Also, in einem Foodtruck zu schlafen, stell ich mir relativ eigenartig vor«, griff Nicole das Thema ihrer abenteuerlichen Nacht wieder auf.

»Ach, es war ganz okay«, antwortete Scarlett, und sofort blitzten Bilder vor ihrem inneren Auge auf, von zwei verschwitzten Körpern, die sich keuchend verbogen, sodass die Scheiben beschlugen.

»Es war doch bestimmt recht beengt und hat nach Zwiebeln und Fett gerochen.«

»Eigentlich nicht und es war ja nur eine Nacht.« Scarlett stopfte sich einen Keks in den Mund.

Nicole beobachtete sie. »Na ja, mit einem hübschen Kerl ist das wahrscheinlich alles relativ«, meinte sie grinsend. »War garantiert ein Erlebnis, das man nie vergisst.« Wie wahr. »Ein bisschen beneide ich dich, gebe ich zu. Mein Leben ist so vorhersehbar geworden. Versteh mich nicht falsch, ich liebe Henry.« Sie streichelte ihrem Sohn über den Schopf. »Meinen Mann natürlich auch. Aber abgesehen von diesem Urlaub ist jeder Tag durchstrukturiert. Geht auch nicht anders, wenn man Familie und Arbeit unter einen Hut bekommen will.«

»Geordnete Verhältnisse sind aber doch gut«, warf Scarlett ein. »Sie geben einem Stabilität.« Etwas, das sie in ihrer Kindheit und Jugend immer vermisst hatte. Nie hatte sie gewusst, was der nächste Tag bringen würde. Weshalb sie heutzutage viel Wert darauf legte, ebenso wie Dennis. Er war der perfekte Mann für ein Leben in strukturierten Bahnen. Ihr Herz zog sich leicht zusammen. Plötzlich vermisste sie seine ruhige, besonnene Art. Wie hatte sie nur zulassen können, dass alles derart aus den Fugen geriet?

»Das stimmt schon. Aber man muss aufpassen, dass der Trott nicht zu eintönig wird. Dann überkommt einen das Bedürfnis auszubrechen, und man fragt sich, ob das bereits alles im Leben ist oder war.« Nicole rührte in ihrer Tasse herum.

»Bist du unglücklich?«, fragte Scarlett erstaunt.

Augenblicklich schaute die Freundin auf. »Nein! Ich habe alles, was ich will. Ich frage mich eben nur manchmal, ob ich irgendwas verpasst habe. Du musst wissen, Henrys Vater und ich sind schon seit der Oberstufe ein Paar. Wir kennen uns also inzwischen verhältnismäßig gut, es gibt selten Überraschungen. Dagegen klingt so ein Erlebnis, wie du es neulich Nacht hattest, ziemlich aufregend in meinen Ohren. Ach, was weiß ich. Wahrscheinlich liegt es nur daran, dass Renés Geschäftsreise deutlich länger dauert als geplant und wir wieder nichts gemeinsam unternehmen können.«

Nicoles Äußerung hallte in Scarlett wider. Nachdenklich trank sie ihren Kakao. Sollte sie demnach mit den neusten Entwicklungen weniger hadern und lieber enthusiastisch und leidenschaftlich sein? Aber das war sie doch gewesen, seitdem fühlte sie sich nur noch zerrissener …

»Oh Mann, wie unsensibel von mir. Du denkst jetzt

bestimmt, wir wären undankbar für den schönen Ausflug heute.
So war das nicht gemeint …« Die Freundin legte ihre Hand auf
Scarletts und sah betreten drein.

Froh, vom Grübeln abgehalten zu werden, lachte sie. »Keine
Sorge –«

Tannennadelduft stieg ihr in die Nase. Auch Nicole schnüf-
felte. Dann bemerkten sie, dass Henry spielerisch das Deko-
zweigchen auf dem Tisch in die brennende Kerze hielt.

VOM LAUFEIFER EINMAL GEPACKT, begab sich Scarlett am
nächsten Tag gleich wieder auf Tour. Diesmal allein. Denn als
hätte Nicoles Mann René sie klagen gehört, war er am vergangenen Abend endlich bei seiner Familie in der Ferienwohnung
eingetroffen.

Da es Scarlett die Seebrücke Sellin besonders angetan hatte,
schlenderte sie zuerst auf ihr entlang, aber eisiger Ostwind setzte
ihr zu. Da sich nur wenige Leute der heutigen Herausforderung
stellten, konnte sie ihre Schritte auf den Holzplanken hören. Die
Mütze tief ins Gesicht gezogen, trotzte sie der kalten Brise eine
Weile, trat aber dann doch den Rückzug an.

Die Wetterlage hatte erneut gedreht und für einen Kälteein-
bruch gesorgt. In den letzten Stunden war es nicht nur zunehmend frostiger geworden, es hatte auch geschneit. Genussvoll
nahm sie noch einmal den Anblick des Brückenhauses in sich
auf, das jetzt fast ganz in Weiß erstrahlte, weil sich auf dem
dunklen Dach der Schnee verteilt hatte. Dann wandte sie sich
dem Strand zu. Der Sand war nun mit einer dünnen Schicht überzogen, und die gefrorenen Gräser wirkten dazu wie kunstvolle
Gebilde. Scarlett wollte am Meerufer entlanglaufen, um dieses
eher seltene Naturschauspiel in allen Zügen zu genießen, doch
aufgrund des anhaltenden kalten Winds überlegte sie es sich

anders und wählte den Hochuferweg nach Binz durch den Wald. Je nach Dichte der Bäume war er nur angezuckert. Verzaubert stapfte sie los und erfreute sich an der Einsamkeit und Stille. Wenn es sich anbot, blieb sie immer wieder stehen, schaute auf die Ostsee und knipste Fotos. Vermutlich hatte sie seit ihrer Ankunft schon über hundert Stück auf ihrer Speicherkarte angesammelt. Dieser Leidenschaft würde sie wohl nie überdrüssig werden. Was auch gut so war, denn in solchen Momenten konnte sie abschalten. Sie konzentrierte sich dann einzig auf das Motiv, anstatt zum Beispiel darüber nachzugrübeln, wie sie mit Dennis wieder ins Reine kommen sollte.

Weil Scarlett nicht zu sprechen war, hatte er sich nun auf Textnachrichten verlegt. Er schickte Guten-Morgen-Botschaften und Gute-Nacht-Grüße. Gestern Abend war sogar ein Selfie von ihm dabei gewesen, auf dem er ihr einen Handkuss zuwarf. Das musste ihn einiges an Überwindung gekostet haben, so weit kannte sie ihn. Sie fragte sich, ob das auf Liv zurückzuführen war. Durch die Pärchenabende hatten sich Jan und Dennis angefreundet, und sie konnte sich vorstellen, dass Dennis mittlerweile mit den beiden über ihre Situation geredet hatte. Es war also nicht abwegig, dass ihre Freundin ihm gerne einige Tipps gegeben hatte. Denn Liv war immer hilfsbereit und geradezu süchtig nach Harmonie. Davon, dass Scarlett inzwischen noch zusätzlichen Bockmist gebaut hatte, wusste sie schließlich bislang nichts …

Sie drückte auf den Auslöser und erhielt ein völlig verwackeltes Bild. Brummig steckte sie die Kamera weg und lief weiter. Immer schneller, bis sie außer Puste war. Sie erreichte Binz in Höchstgeschwindigkeit.

Mit müden Beinen sank sie in einem kleinen Café auf den Stuhl des letzten freien Tischs. Zimtzuckerduft lag in der Luft, und die vorherrschende Wärme brachte sie prompt ins Schwitzen. Sie streifte die Jacke ab, da schob jemand ein Tablett auf die Tischplatte.

»Entschuldigung. Das war mein Platz«, hörte sie Elliot neben sich sagen. Dann erkannte er sie. »Scarlett? Was für ein Zufall«, rief er und setzte sich ihr gegenüber.

»Hmpf. Unser Weg scheint davon geradezu geprägt zu sein«, gab sie zurück und wusste nicht, ob sie sich darüber freuen sollte.

15

»Warte, ich hol dir einen Kaffee. Du magst doch bestimmt einen? Oder lieber einen Cappuccino, oder einen Latte?« Kaum gesessen, sprang Elliot wieder auf.

»Ein Latte Macchiato wäre toll.« Sie strich sich eine Strähne aus dem Gesicht.

»Kommt sofort.« Er machte sich bereits auf den Weg zur Theke, schaute sich aber immer wieder nach ihr um.

Er konnte sich gar nicht an Scarlett sattsehen. Was für eine Fügung des Schicksals, dass es sie ihm erneut in die Arme getrieben hatte. Er konnte die Nacht von neulich einfach nicht aus dem Kopf bekommen. Zudem hatten die Erinnerungen an die gemeinsamen Stunden in Las Vegas wieder an Präsenz gewonnen. Das hatte ihn frustriert, aber auch neugierig gemacht. Was war an dieser Frau nur so außergewöhnlich, dass er derart heftig auf sie reagierte?

Deshalb hätte er sie gerne schon früher wiedergetroffen, denn er musste es ergründen, sonst würde er keine Ruhe mehr finden. Das war ihm irgendwann klar geworden. Da er jedoch weder ihre Nummer hatte noch wusste, wo sie wohnte, hatte er es aussitzen müssen. Und Abwarten war noch nie seine Stärke gewesen! Umso mehr freute er sich über das spontane Zusammentreffen.

Galant stellte er ein dickes Kaffeeglas vor ihr ab, das mit der typischen milchigbraunen Flüssigkeit samt Milchschaumkrone gefüllt war, und rutschte auf seinen Platz.

»Danke schön. Wie geht's deinem Truck? Fährt er wieder?«, fragte Scarlett das Naheliegendste und gönnte sich sofort einen Schluck.

»Ja. Das war kein großer Akt. Wie vermutet lag es an der Batterie.«

»Musstest du noch lange ausharren, allein im Wald?« Auf ihrer Oberlippe hatte sich ein dünner Schaumbart abgezeichnet. Sie wischte ihn mit der Zungenspitze weg. Unweigerlich dachte er an Sonntagnacht. Da hatte sie ihre Zunge für anderes eingesetzt. Er glaubte, einen Schweißtropfen neben seinem Ohr zu spüren, und fuhr sich schnell mit der Hand darüber.

»Du meinst, nachdem du quasi Hals über Kopf davongelaufen bist? Sogar das Frühstück hast du stehenlassen. Dabei gab's getoastete Burgerbrötchen mit Nutella.« Um seinen Vorwurf abzumildern, zog er verschmitzt die linke Braue hoch, denn ihr ›Abgang‹ hatte ihm schon missfallen …

Scarlett gluckste. »Oh, da ist mir wohl was Leckeres entgangen.«

»Du hast keine Ahnung«, bestätigte er.

Sie beugte sich ihm etwas entgegen und legte ihre Hand auf den Tisch. »Du, es tut mir leid, dass ich so schnell weg war. Du hast das Telefonat doch gehört. Ich musste einfach los.«

Klar, wem wollte sie das weismachen? Sie hatte die Abholzeit festgelegt. Das hatte er auch mitbekommen, ohne zu lauschen.

»Schon in Ordnung. Ich hoffe, du hast den richtigen Weg gefunden.«

»Das war kein Problem. Es war alles ausgeschildert.«

»Schön.«

»Ja.«

Ungewollt berührten sich ihre Fingerspitzen. Ein unbeschreibliches Gefühl durchfuhr ihn. Sie schauten sich wie gebannt in die Augen. Ihre blaue Iris leuchtete wie ein Polarstern. Er versuchte hindurchzusehen und einen Blick auf ihr Inneres zu erhaschen. Er wollte wissen, wie sie tickte, was sie ausmachte, was ihr gefiel, wovor sie Angst hatte und welche Hoffnungen sie für die Zukunft hegte. Kurz, einfach alles über sie.

Jemand rempelte sie beim Vorbeigehen leicht an. »Verzeihung.«

Sie wandte sich um. »Nix passiert.«

Der Moment war vorüber, und Elliot schüttelte mit dem Kopf. Was war nur los mit ihm? Seit wann war er so tiefgründig? Noch dazu bei einer Frau, die er bislang mehr mit Schlagworten wie ›Spaß‹ und ›Leidenschaft‹ in Verbindung gebracht hätte. Andererseits hatte er sie von jetzt auf gleich geheiratet. Irgendetwas musste sie also an sich haben. Ihm fiel ein, dass er damals schon dieses merkwürdige Interesse an ihr verspürt hatte. Dieses unbeschreibliche Gefühl …

Plötzlich hielt es ihn nicht mehr auf dem Stuhl. Es war viel zu stickig hier drin. Hätte er eine Krawatte umgebunden, würde er am Knoten zerren.

»Was hältst du davon, wenn wir uns ein wenig die Beine vertreten?«, fragte er.

»Oh ja!« Sie sprang regelrecht auf.

DIE FRISCHE KALTE Brise tat richtig gut. Unterm Laufen knöpften sie sich noch ihre Jacken zu und zupften die Mützen und Schals zurecht. Als hätten sie ein unausgesprochenes Übereinkommen, spurteten sie los. Durch Binz hindurch, runter zum Strand. Erst auf der Seebrücke verlangsamten sie ihre Schritte.

»Einfach nur wunderbar«, murmelte Scarlett lächelnd und vollführte eine Drehung. Ihre Locken wirbelten herum, wurden nur von der Kopfbedeckung gebremst. Ihr Schal flatterte umher. »Ich liebe es, auf dem Meer entlangzuspazieren.«

Elliot grinste, blieb stehen und holte sein Handy hervor, um ein Bild von ihr zu machen. Es sah gigantisch aus. Scarlett in ihrer senfgelben Daunenjacke vor dem blaugrauen Himmel, dazu der Holzsteg im Hintergrund. Das blonde Haar stand im Kontrast zu dem roten Schal und der gleichfarbigen Strickmütze. Sie hatte die Arme ausgebreitet und die Finger in den roten Handschuhen gespreizt, als wollte sie die Welt umarmen. Den Kopf warf sie in den Nacken, und die Augen hielt sie kurzzeitig geschlossen. Sie sah richtig glücklich aus.

Blinzelnd schaute sie ihn an. Er blickte von seinem Bildschirm auf.

»Hey, hast du mich etwa fotografiert?« Sie kam auf ihn zu.

»Schuldig, im Sinne der Anklage.«

»Zeig mal. Wie sieht es aus«, forderte sie.

»Gehörst du wohl zu der Sorte, die zwanzig Anläufe brauchen, bis sie zufrieden sind?«, fragte er überrascht. Er hatte sie nicht so eingeschätzt.

»Quatsch. Sonst bin ich nur immer diejenige, die knipst. Deshalb gibt's auch nur wenig Bilder von mir«, wischte sie seine Befürchtungen weg.

»Das ist aber schade. Das müssen wir unbedingt ändern.«

»Findest du?« Sie besah sich seine Amateuraufnahme und schien zufrieden zu sein.

»Unbedingt!«

Sie schmunzelte. »Na gut. Lass uns am Strand spazieren gehen. Da wollte ich sowieso noch ein paar Fotos machen. Die

Landschaft ist so toll. Die Schneedecke auf dem Sand sieht phänomenal aus, dazu das Meer. So was bekommt man in der Regel nur auf Kalenderfotos präsentiert. In echt zu selten. Also ich sehe das zum allerersten Mal.« Sie griff nach seiner Hand und zog ihn mit sich. »Der Wind hat auch nachgelassen. Einem winterlichen Ostseespaziergang zurück nach Sellin steht somit nichts entgegen.«

Fröhlich hüpfte sie voran. Elliot ließ sich nur zu gern von ihr führen. Ihre fast kindliche Freude war regelrecht ansteckend. Obwohl sie so dick vermummt war, strahlte sie von innen heraus. Dafür liebte er sie.

Seine Beine versteiften sich, und er blieb ruckartig stehen.

Scarlett wurde zwangsläufig zurückgerissen. Ihre Hände trennten sich.

»Was ist denn los?«, fragte sie verwundert.

Regelrecht erschüttert über seinen letzten Gedanken, starrte er sie an, als wäre ihr ein drittes Auge gewachsen.

»Stimmt was nicht?«, setzte sie erneut nach, weil er keine Antwort gab.

»Ähm, nein. Alles okay. Mir ist nur gerade eingefallen, dass mein Trailer in Binz steht. Wenn wir also nach Sellin laufen ...«

»Ach so. Das macht nichts. Ich fahre dich gern zurück. Dann kann ich mich wenigstens revanchieren.« Sie zwinkerte ihm verschwörerisch zu, drehte sich um und ging weiter.

Elliot tappte hinterher. Selbst ihre Rückansicht umgab eine gewisse Ausstrahlung. Er schnappte nach Luft. Dann verbannte er jegliche Überlegungen dieser Art in den letzten Winkel seines Gehirns.

»Was hast du eigentlich in Binz gemacht, bevor wir uns getroffen haben? Ich war spazieren, wie du inzwischen ja weißt«, begann sie ein Gespräch.

Er schloss zu ihr auf. Einträchtig liefen sie nebeneinanderher. »Ich hatte einen Geschäftstermin.«

»Wegen eines Stellplatzes für deinen Foodtruck?«

»Ja, am Wochenende stehe ich tatsächlich hier. Aber darum ging es nicht.«

»Worum dann?«

Es war argloses Geplauder. Ein ganz normales Gespräch, trotzdem fiel es ihm plötzlich schwer, zu antworten.

»Ich habe die Möglichkeit, ein Restaurant auf Rügen zu übernehmen.«

Scarlett hielt an. »Wow! Das ist klasse.«

Wahrscheinlich war es das. Doch er war unschlüssig. Dabei hatte Lona ihm erst vorhin noch einmal haarklein alle Vorteile dargelegt.

»Ist es das etwa nicht? Du siehst irgendwie nicht aus, als wäre dir nach feiern«, stellte Scarlett unvermittelt fest.

Elliot schaute auf die Ostsee. »Es klingt alles richtig gut. Ich würde einen eingeführten Laden mit Kundschaft übernehmen, müsste also nicht bei null anfangen und mir erst einen Namen machen. Der Kaufpreis ist auch okay, und eine kleine Wohnung ist ebenfalls im Haus dabei.«

Er sprach mit dem Meer.

»Aber?« Scarlett stellte sich an seine Seite. Die Wellen rauschten in Regelmäßigkeit heran. Manchmal spritzte Gischt nahe ihrer Füße auf.

»Ich müsste dennoch einiges investieren. Die Küche ist alt. Eine neue, mit diesen ganzen Auflagen, dazu noch ein paar andere Renovierungsarbeiten, das geht in die Hunderttausende und …« Er stockte.

»Du müsstest deinen Foodtruck aufgeben. Deinen Traum«, vervollständigte sie seinen Satz.

Erstaunt schaute er sie an. »Das stimmt.«

Sie hatte ohne Weiteres sein Kernproblem erkannt. Den Punkt, den Lona nicht verstand.

»Dann solltest du dir wirklich sicher sein, bevor du etwas unterschreibst.« Scarlett griff nach seiner Hand und drückte sie.

Dankbar hielt er sie fest, und ein warmes Gefühl breitete sich in ihm aus. Für den Bruchteil einer Sekunde hatte es den Anschein, als wollte sie ihn küssen. Oder wollte er es? Doch die Unterhaltung war ihm zu wichtig, um sie mit dem Ansturm überquellender Hormone abrupt zu beenden. Er entschloss sich, weiterzugehen.

»Es ist eine einmalige Chance, die man sich eigentlich nicht entgehen lassen darf«, sagte er, den Blick in den Himmel gerichtet. »Andererseits war ich mit meinem Leben recht zufrieden, bevor das Angebot kam. Ich habe meine gesamten Ersparnisse in den Foodtruck gesteckt, und der Laden brummt.«

»Im wahrsten Sinne des Wortes.« Scarlett kicherte, und er stimmte mit ein.

»Oh ja, zumindest wenn die Batterie funktioniert.«

»Selbst dann bist du gut ausgestattet und für alles gerüstet. Ich war wirklich beeindruckt.«

»Ist das Kompliment auch zweideutig zu verstehen?«, fragte er und zog sie in einem Anfall von Übermut nun doch an seine Brust.

»Das bleibt dir überlassen«, hauchte sie.

Ihre Münder trafen sich. Ihre Lippen schmeckten nach Salz und Erdbeeren. Vermutlich hatte sie sie mit einem Pflegebalsamstift überzogen. Der Kuss war innig und dennoch sanft, ohne übertriebene Erotik. So hatte er schon ewig keine Frau mehr geküsst. Vielleicht sogar noch nie. Über ihnen schrien ein paar Möwen um die Wette.

Als sie sich von ihm löste, tat es ihm fast körperlich weh. Er wollte sie am liebsten für immer im Arm halten. Er fragte sich, ob Scarlett ebenso empfand. Aber sie holte ihre Kamera hervor und begann eifrig Bilder zu knipsen.

Vom schneebedeckten Sand mit den anmutig gefrorenen

Gräsern. Wenige Schritte weiter mündete der Strand in ein Steinufer. Auch davon machte sie Fotos. Schweigend beobachtete er sie. Sie schien in ihrem Element zu sein, und doch war die zwischen ihnen eingetretene Stille für ihn unerträglich.

Er kratzte sich am Hinterkopf. Er musste etwas sagen, und so erzählte er ein paar Anekdoten aus seinem Surfer- und Foodtruckleben. Scarlett hörte aufmerksam zu, lachte an den passenden Stellen und berichtete ihrerseits von witzigen Situationen, die ihr während und auch außerhalb der Arbeit passiert waren. Er erfuhr etwas mehr über ihre Freundinnen, und irgendwann kam sogar die Sprache auf das Zusammenleben mit ihrer Mutter und wie es geendet hatte. Nach allem, was er gehört hatte, war sie eine wirklich gefestigte Persönlichkeit, mit ihren Stärken und Schwächen. Dass sie auch dazu stand, ließ sie in seiner Achtung noch mehr steigen, und ihm wurde allmählich klar, wie sehr sie ihr Filmriss in Vegas erschüttert haben musste.

Er begann zu verstehen, warum sie diese Tatsache so gut wie möglich verdrängt hatte und dass die Nachricht über ihre bestehende Ehe ihr geradezu den Boden unter den Füßen weggezogen haben musste. Zumal sie hatte heiraten wollen und dieser Trottel Dennis sie deswegen obendrein auch noch attackiert hatte. Und eingebrockt hatte ihnen die Misere sein idiotischer Cousin, der nicht einmal im Nachhinein ein bisschen Reue zeigte. Er könnte ihm den Kragen rumdrehen!

Das alles tat ihm für Scarlett unheimlich leid, nicht aber, dass sie sich deswegen wiedergetroffen hatten. Ob er Sebastian dann doch auf eine verquere Weise dankbar sein sollte?

Er merkte, dass seine Gedanken wieder einmal Amok liefen, und bekam nur am Rande mit, wie Scarlett fragte: »Sag mal, hast du wegen neulich eigentlich keine Gewissensbisse, deiner Freundin gegenüber?«

~

Scarlett schaute auf den Steinstrand, um nicht zu stolpern. Zumindest sagte sie sich das. Die Wahrheit war, dass sie vermeiden wollte, mit Elliot in Blickkontakt zu kommen. Sie hatte sich schon überwinden müssen, es laut auszusprechen. Aber sie musste es tun. Die Frage nagte immer wieder an ihr.

Elliot blieb mal kurz stehen. Es schien seine Art zu sein, mit unerwarteten Themen umzugehen. Scarlett lächelte in sich hinein. Irgendwie fand sie das drollig. Männer waren ja bekannt dafür, dass sie mit Multitasking so ihre Probleme hatten. Trotzdem graute ihr vor seiner Antwort.

»Freundin? Wen meinst du?«, wollte er nun wissen und schloss zu ihr auf.

»Groß, schlank, dunkles hochgestecktes Haar, Kostüm oder Hosenanzug und verführerische rote Lippen«, zählte sie auf.

Elliot guckte sie dabei aufmerksam an. Zumindest glaubte sie das, aus den Augenwinkeln erkennen zu können, aber sie konzentrierte sich weiter auf ihren Weg. Das Ufer war an dieser Stelle ziemlich schmal, und sie wollte keine nassen Füße bekommen.

»Du meinst Lona«, stellte er fest, sprang von einem größeren Stein auf einen anderen und überholte sie.

Jetzt musste sie ihn ansehen. »Kann sein.«

»Ach, das ist doch nichts Ernstes. Sie ist diejenige, die mir das Restaurant vermitteln will«, erklärte er lapidar.

Scarlett versuchte, aus seinen Augen herauszulesen, was ›nichts Ernstes‹ bedeutete, wurde aber nicht schlau daraus. Dafür wies sie ihre innere Stimme darauf hin, dass gemäß seiner Aussage in jedem Fall etwas zwischen den beiden lief. Die Erkenntnis, auch wenn sie es bereits vermutet hatte, bohrte sich wie ein Stachel in ihr Herz.

Ein paar Minuten aalte sie sich in dem seltsam anmutenden Gefühl. Doch dann erreichten sie die Seebrücke Sellin. Friedlich schön lag sie vor ihnen, und wie jedes Mal, wenn sie sie sah, breitete sich eine Art innerer Frieden in ihr aus. Warum das so war, konnte Scarlett nur schwer deuten. Vielleicht lag es daran, dass dieses wunderbare Bauwerk schon so alt war, schon so viele Jahre überstanden und erlebt hatte. Dennoch existierte es immer noch, trotzte allen Stürmen dieser Welt, ob Naturgewalten oder den menschengemachten Offensiven, und erstrahlte jedes Mal aufs Neue im Sonnenschein.

Sie erklommen die Treppe zum Steg hinauf und liefen auf das Brückenhaus zu.

Elliot legte seinen Arm um sie. »Was denkst du?«

»Tiefgründigkeiten.«

»Interessant! Möchtest du sie mit mir teilen?«

»Ich dachte über die Existenz der Brücke nach.«

Sie verharrte vor einem der alten Fotos, die links des Gebäudes ausgehängt waren. Gemeinsam lasen sie die Infotafeln.

Demnach war das gesamte Bauwerk 1992 nach historischem Vorbild erst neu errichtet worden, weil das Original aufgrund von Brand, Eisschollentreiben und nicht zuletzt eines maroden Zustands hatte abgerissen werden müssen.

Also war das, was sie sahen, eine Neuauflage. Scarlett schielte zu Elliot. Wie bei ihnen beiden. Auch sie standen in einem zweiten Anlauf nebeneinander. Wahrscheinlich interpretierte sie zu viel hinein, und die Parallelen, die sie glaubte zu erkennen, waren pure Hirngespinste. Aber der Knoten in ihrer Brust löste sich spürbar.

Wer war sie, dass sie Elliot insgeheim Vorhaltungen wegen seiner Beziehung zu Lona machte? Sie selbst befand sich schließlich auch in einer, mit Dennis! Jonglierte sie somit also nicht ebenfalls mit zweierlei Maß?

Wie auf Knopfdruck schaltete sich die Brückenbeleuchtung ein. Goldgelbes Licht hob sich vor dem dämmrig grauen Hintergrund ab und umgab sie wie eine schützende Hülle.

»Oh, jetzt wird's romantisch«, meinte Elliot lächelnd.

Scarlett schob die unwilligen Gedanken beiseite, stellte sich auf die Zehenspitzen und küsste ihn.

DIE NÄCHSTEN TAGE vergingen wie im Flug. Nachdem Scarlett Elliot noch am Abend ihrer zufälligen Begegnung zu sich in die Ferienwohnung eingeladen und er die Nacht bei ihr geblieben war, verbrachten sie fast jede freie Minute miteinander. So kam es, dass sie mit ihm nicht nur die Einkäufe für seine fahrbare ›Burgerbude‹ erledigte und den Großmarkt in Stralsund kennenlernen durfte, sondern sie half ihm auch beim Zubereiten der Speisen. Es hatte sich einfach so ergeben. Der Andrang vor Elliots Foodtruck am Binzer Weihnachtsmarkt war groß gewesen. Während Elliot sich quasi hätte zerteilen können, war Scarlett zum wiederholten Male durch die Stände gebummelt und hatte nicht viel mit sich anzufangen gewusst. Also war sie spontan zu ihm in den Wagen geschlüpft und hatte begonnen, Salat zu putzen und Tomaten zu schnippeln. Elliot hatte nur für einen Augenblick verblüfft geguckt und ihr dann eine Schürze gereicht. Überraschenderweise harmonierten sie auf dem beengten Raum ziemlich gut. Bereits nach kurzer Zeit saß praktisch jeder ihrer Handgriffe, und sie arbeiteten einander zu, wie ein gut eingespieltes Team.

Doch selbst im größten Stress konnte Scarlett das Gefühl nicht ignorieren, das sie jedes Mal überkam, wenn sie sich zufällig berührten. Wie bei einem Brennnesselbad bitzelte dann die Stelle, bis sie ihren Kopf dazu zwang, sich wieder auf die Arbeit zu konzentrieren.

»Danke für deine Hilfe, aber du musst das nicht tun«, hatte Elliot gemeint, als endlich etwas Ruhe eingekehrt war, und sich leicht verlegen die frisch gewaschenen Hände am Handtuch abgetrocknet.

Scarlett war indes auf die kleine Eckbank in der hinteren Bereich gesunken. »Das mach ich gern, und offen gesagt bereitet es mir sogar ziemlich viel Spaß. Außerdem habe ich sowieso nichts Besseres vor. Meine Füße brauchen nur eine kleine Pause. Das lange Auf-einer-Stelle-Stehen sind sie nicht gewohnt.«

Als der schöne Weihnachtsmarkt in Binz Sonntagabend seine Pforten für diese Saison wieder schloss, fragte sich Scarlett, wie es nun weitergehen sollte. Doch darüber hätte sie gar nicht grübeln müssen, denn schon am nächsten Morgen entführte Elliot sie zum Königsstuhl. Ohne den berühmten Kreidefelsen gesehen zu haben, dürfte sie Rügen keinesfalls verlassen, hatte er ihr inbrünstig erklärt und ihr einen Kuss auf die Nasenspitze gegeben. Bis sie dort eingetroffen waren, hatte es allerdings zu regnen begonnen. Es schien, als wäre zusammen mit der Weihnachtsmusik und dem Marktgeschehen leider auch der Schnee verschwunden. Aber sie ließen sich ihre Laune nicht vermiesen. So durchstreiften sie das großzügige Besucherzentrum vor Ort und hatten am Ende nicht nur einen unterhaltsamen, sondern auch lehrreichen Tag miteinander verbracht. Den Skywalk am Königsstuhl holten sie im Laufe der Woche nach, außerdem unternahmen sie einen langen Strandspaziergang bei Schaabe und fuhren mit dem *Rasenden Roland*. Sie lachten und führten weitreichende Gespräche. Manchmal schwiegen sie auch nur und genossen den Blick auf die Ostsee, hörten den Möwen zu und atmeten die herrliche Meerluft ein.

Das Einzige, was sie nie taten, war, über die Scheidungsformalitäten zu reden. Als hätten sie ein Abkommen getroffen, brachte keiner von beiden Las Vegas und alles, was damit zu tun hatte, zur Sprache.

Dann stand das letzte Adventswochenende vor der Tür, und Elliot musste nicht nur seinen Foodtruck neu bestücken, sondern hatte auch einen Geschäftstermin, wegen des zum Verkauf stehenden Restaurants. Zum ersten Mal seit Tagen war Scarlett allein und hatte Zeit, das Erlebte zu verarbeiten. Sie schaltete ihr Handy ein, das unbeachtet in der Nachttischschublade gelegen hatte. Zahlreiche Nachrichten ploppten sofort auf. Überwiegend stammten sie von Dennis, und prompt überfiel sie ein maßlos schlechtes Gewissen. Zudem schwirrte ihr immer wieder Lonas Bild im Kopf herum. Sie stellte sich vor, wie sie Elliot mit Küsschen, Küsschen begrüßte. Sicherlich roch sie betörend nach sauteurem Parfüm …

»Du hast die alte Geschichte mit dem Surferboy wieder aufgewärmt?« Tammy schrie ihr geradezu ins Ohr.

Scarletts Trommelfell pulsierte. Wahrscheinlich geschah es ihr recht. Mit einem Mal müde und frustriert, fuhr sie sich über die Augen und strich ihre Mähne nach hinten.

»Wann? Wie?«, brüllte Tammy weiter.

»Also zuerst einmal: Könntest du bitte etwas leiser sprechen? Und was deine Frage betrifft, muss ich dir jetzt ernsthaft die Geschichte von den Bienchen und Blümchen erzählen?«

Tammy kicherte am anderen Ende der Leitung. »Danke, ich bin ein großes Mädchen und weiß durchaus über das ›Wie‹ Bescheid«, erklärte sie dann in gesittetem Tonfall. »Ich meinte, wie kam es dazu?«

»Schon klar.« Nun gluckste auch Scarlett und berichtete von der außergewöhnlichen Campingnacht. »Es hat sich halt so ergeben«, endete sie schließlich und dachte im Schnelldurchlauf an die Ereignisse der letzten Woche.

»Aha. Einfach so«, stellte Tammy amüsiert fest.

Scarlett fragte sich, warum sie ihre Freundin überhaupt angerufen hatte. Das Letzte, was sie brauchte, war belächelt oder gar ausgelacht zu werden, ebenso wenig wie tadelnde Hinweise oder gute Ratschläge. Plötzlich wollte sie Elliot und alles, was mit ihm zusammenhing, am liebsten einfach vergessen. Er brachte nur Unruhe in ihr sorgsam strukturiertes Leben! Da waren der ganze rechtliche Papierkram und nun auch noch dieser blöde Herzschmerz. Aber ihr Kopf hörte nicht auf ihre Befehle, ständig kreisten ihre Gedanken. Weshalb sie endlich mit jemandem reden musste. Sie hatte geglaubt, Tammy wäre die Richtige dafür.

»Also, ich hätte durchaus damit gerechnet, dass Izzy so reagieren würde. Aber du?«, ermahnte sie ihre Freundin.

Tammy räusperte sich. »Entschuldigung. Es kam nur so unerwartet, dass ausgerechnet DU mit einer derartigen Story aufwartest. Das ist echt der Hammer!«

»Was soll das denn heißen?«

»Na ja, du bist halt immer so bemüht, alles im Griff zu haben. Dass du plötzlich einen verschollenen Ehemann aus dem Hut zauberst, war schon ein Ding. Aber dass du mit ihm in den Kissen landest, statt ihn die Scheidungspapiere unterschreiben zu lassen, setzt dem Ganzen irgendwie die Krone auf.«

Scarlett schaute aus dem Fenster auf die Ostsee hinaus. Es dämmerte, und vom anderen Ufer blitzte ein Lichtschimmer auf. Sie fixierte den Punkt, als könnte sie sich daran festhalten.

»Wenn das verletzend klang, tut es mir leid. Das sollte es nicht«, fügte Tammy hinzu.

»Mach dir keine Sorgen. Es ist ja was Wahres dran«, gestand sie ein und resümierte: Viel zu früh hatte sie erwachsen werden sollen und sich entsprechend verhalten. Nur in Elliots Gegenwart war es komischerweise nicht so. Er brachte eine Saite in ihr zum Klingen, die ihr das Gefühl gab, genau *das* einmal nicht sein zu müssen – erwachsen und vernünftig.

»Okay. Dann kann ich also die Frage stellen, die mir auf der Zunge brennt: Ihr hattet Sex. Wie war's?«

»Es war zu gut, um wahr zu sein.«

»Oho, die Antwort kam aber schnell.«

Scarlett war selbst überrascht, noch mehr, als sie ihr Spiegelbild in der Scheibe lächeln sah. »Aber das ist nicht alles. Elliot ist ein echt netter Kerl. Selbstbewusst und hilfsbereit und witzig. Na ja, ruppig sein kann er auch. Aber am Morgen ›danach‹ hat er mir meinen Kaffee quer durch den Wald getragen. Dazu hatte er sich eine Nikolausmütze auf den Kopf gesetzt und eine künstliche Tannenbaumgirlande um den Hals gewickelt.«

Augenblicklich sah sie sein freches Grinsen vor sich, als er neckisch eine kleine Verbeugung angedeutet und ihr die Tasse gereicht hatte.

»Klingt mir mehr nach einem kecken Weihnachtself als dem Nikolaus.«

Scarlett lachte. »Das trifft es ziemlich genau.«

»Hört sich an, als wärst du happy.«

Sofort verdunkelte sich ihre Miene. »Dafür gibt es ja wohl keinen Grund. Ich habe Dennis betrogen.«

»Dennis? Ist er noch im Spiel?«

»Er hat sich gemeldet, bombardiert mich seit Tagen mit Nachrichten. Er möchte weitermachen, wo wir aufgehört haben.«

»Wirklich? Und du?«

Sie zog eine Schnute. »Wir haben angefangen, uns gemeinsam etwas aufzubauen. Wir hatten Pläne. Dieser Seitensprung hätte nie passieren dürfen! Genau genommen bin ich immer noch mit ihm verlobt.«

Tammy schwieg eine Minute.

»Bist du nicht ein bisschen hart mit dir? Also ›genau genommen‹ bist du mit Elliot immer noch verheiratet«, hielt sie dann dagegen.

Scarlett blinzelte, und ein seltsamer Laut entwich ihrer Kehle. »Soll ich jetzt lachen oder weinen?«

»Ach Süße, vielleicht ist diese Situation eine Fügung des Schicksals.«

»Aha, und warum?«

»Weil ich glaube herausgehört zu haben, dass du Elliot magst. Könnte es vielleicht sogar sein, dass du dich in ihn verliebt hast?«, fragte Tammy vorsichtig, und Scarlett wollte prompt protestieren. Doch die Freundin nahm ihr sogleich den Wind aus den Segeln. »Du weißt, dass ich im Zwischen-den-Zeilen-Lesen ein echter Profi bin.«

16

Tammys Ratschlag lautete: Sie solle ihrem Herzen eine Chance geben. Was immer das auch heißen mochte. Nachdem sich Scarlett zu Anfang weigern wollte, über die Theorie ihrer Freundin nachzudenken – von wegen sie hätte sich in Elliot verliebt! –, hatte dieses kleine Miststück von innerer Stimme schließlich doch die Oberhand gewonnen. In säuselndem Ton waberte ihr Tammys Frage immer öfter durch den Kopf. Dass sie andauernd Flashbacks von Elliots Berührungen durchlebte, machte das Ganze nicht besser. Ebenso wenig wie die Gedanken an sein Lächeln und ihre Unterhaltungen. Sie konnte wirklich gut mit ihm reden. Er verstand vieles auf Anhieb, und ihr erging es umgekehrt genauso. Wenn sie sich nicht kabbelten, schienen sie auf einer Wellenlänge zu liegen.

Was war da also zwischen ihnen beiden, abgesehen von dieser körperlichen Anziehungskraft? Lag Tammy mit ihrer Intuition richtig? Und falls ja, was würde das bedeuten? Dass sie die Scheidungspapiere erst mal vergessen sollte?

Außerdem war da noch Dennis. Bei ihm hatte sie sich nach wie vor nicht gemeldet, obwohl sich ein Teil von ihr mit ihm versöhnen wollte. Sie waren zu lange liiert, als dass sie plötzlich nichts mehr für ihn empfinden würde. Aber sie müsste ihm erst gestehen, was auf Rügen geschehen war, und dafür fühlte sie sich bisher nicht bereit. Darüber hinaus war das etwas, das man in einem persönlichen Gespräch tat, weshalb sie es auf ihre Rückkehr vertagt hatte.

Übermorgen musste sie sowieso die Ferienwohnung räumen. So lange würde er eben noch warten müssen und sich mit ein paar schönen Fotos von dieser wundervollen Insel begnügen, die sie ihm schickte.

Wie er wohl reagieren würde, wenn sie ihm von *Rügen* erzählte? Ihre Beziehung stand bereits auf wackligen Beinen. Wäre sie nach ihrer Beichte nicht sowieso Schnee von gestern?

Die eigentliche Frage aber war: Sollte – oder wollte? – sie die Zukunft mit Dennis wirklich wegschmeißen? Für was? Einen Frauenschwarm, der von einem Ort zum anderen tingelte? Scarlett war nicht entgangen, dass Elliots ›Fanclub der holden Weiblichkeiten‹ nicht sonderlich begeistert über ihre Anwesenheit im Foodtruck am Binzer Weihnachtsmarkt gewesen war. Sie selbst war wenig überrascht gewesen, dort teils dieselben Mädels herumstehen zu sehen wie in Altefähr. Ob Elliot ihr Missfallen ebenso bemerkt hatte, war ihr jedoch unklar. Er war zu ihnen wie immer gewesen, hatte ihnen trotz Scarletts Anwesenheit zugezwinkert und gescherzt. Aber das hatte ihr im Grunde nicht viel ausgemacht. Irgendwie hatte sie gespürt, dass das nur unbedeutendes Geplänkel war. Was hingegen Lona betraf, da war sich Scarlett überhaupt nicht sicher. Auch wenn sie sie bislang nur zweimal kurz gesehen hatte, war ihr bewusst, dass Elliots Treffen mit dieser Frau ernst zu nehmen war.

Scarlett seufzte und schaute auf ihr Handy. Keine Nachricht von ihm, über seinen ›Termin‹ oder sonst irgendwas. Dafür hatte Dennis ihr einen weiteren Gruß geschickt. Diesmal ein Bild von ihnen beiden vor dem Heißluftballon. Er wollte sie wohl auf subtile Weise an seinen Heiratsantrag erinnern.

Rückwärts ließ sie sich auf ihr Bett plumpsen. Es roch nach Elliot. Sie drehte ihr Kopfkissen um und hieb darauf ein, als würde das etwas an ihrer vertrackten Situation ändern. Trotzdem fühlte sie sich ein klein bisschen besser, bevor sie sich kraftlos zusammenrollte und in einen unruhigen Schlaf fiel.

ALS DER MORGEN GRAUTE, fühlte Scarlett sich wie erschlagen. Sie hatte abwechselnd von den zwei Männern geträumt, von Heißluftballonfahrten und Schiffsreisen. Aber so schön die Szenen auch jedes Mal begannen, sie endeten im Chaos. Mal wurden sie in den Lüften von einem Vogel attackiert, sodass ihnen im wahrsten Sinne des Wortes die Haare zu Berge standen, beziehungsweise sie gerupft wurden, mal wurden sie in dem Kahn auf hoher See von einer Monsterwelle überschwappt, sodass sie wie gebadete Hunde bibberten. Zwischendurch war Scarlett zwar immer wieder aufgewacht und dankbar gewesen, dass alles nicht real war, aber sofort in das nächste hanebüchene Szenario abgedriftet. Ob ihr das Unterbewusstsein damit etwas sagen wollte?

Eine heiße Dusche und zwei Tassen Kaffee später sah sie ein, dass sie eine Entscheidung treffen musste. Mit ungeklärten Dingen hatte sie noch nie gut umgehen können, und mit Ablauf ihres Aufenthalts auf Rügen hatte sie sich selbst eine Frist gesetzt, die sie jetzt unter Druck setzte.

Natürlich stand ihr die Möglichkeit offen, ihren Mietvertrag hier zu verlängern, aber das war keine Option für sie. Diese innere Zerrissenheit würde nicht besser werden, dafür kannte sie sich zu gut. Ihre Gradlinigkeit verhinderte es. Die letzten Tage hatte sie in einer Art Traumwelt verbracht, und man sah ja, wohin das führte. Zu nichts. Sie und Elliot hatten nicht einmal über die Zukunft und/oder die anstehende Scheidung gesprochen. Abgesehen davon wollte sie Weihnachten daheim verbringen. Vielleicht allein, nur mit einem Feiertagsbrunch zusammen mit ihren Freundinnen. Vielleicht aber auch mit Dennis.

Doch bevor sie Nägel mit Köpfen machte, sollte sie ihren Gefühlen auf den Grund gehen. Das war sie sich selbst schuldig und Dennis ebenso.

Hibbelig wie ein Teenager vor der Fahrprüfung durchquerte sie den Weihnachtsmarkt Thiessow. Die festlich beleuchteten Stände strahlten golden vor dem dunkelblauen Himmel. Leises Meeresrauschen war zu hören, wenn die stimmungsvolle Weihnachtsmusik eine Pause machte. Es dauerte nicht lange, da entdeckte sie Elliots Foodtruck. Das Diner-Schild auf dem Dach war unübersehbar.

Überraschenderweise war nicht viel los an seinem Imbiss, und Scarletts Herzschlag stolperte, bevor er einmal aussetzte. Einerseits wollte sie zu ihm eilen, andererseits ging es ihr nun ein wenig zu schnell. Sie war fest entschlossen, ihn zu fragen, wie es weitergehen sollte, und fürchtete sich zugegebenermaßen vor seiner Antwort. Andererseits hatte er ihr eine Nachricht geschickt: *Kommst du?* Nur diese zwei Worte, aber sie hatten ihr Hoffnung gegeben.

Unschlüssig trat sie von einem Bein aufs andere.

»Scarlett!«, hörte sie da Henry rufen und drehte sich um. Schon umschlang der Junge ›von nebenan‹ ihre Beine und schaute breit grinsend zu ihr auf.

»Na du, seid ihr auch hier?«, fragte sie wenig intelligent.

»Ja! Da hinten kommen Mama und Papa.« Er zeigte in eine der Budengassen.

Nicole sah sie und winkte. Gleich darauf stellte sie Scarlett ihren Mann René vor. Er war groß und überragte seine Frau um mindestens eine Kopfhöhe. Sein Gesicht war oval und mit sympathischen Grübchen neben den Mundwinkeln versehen, wenn er lächelte, so wie jetzt.

»Sie sind also die Retterin in der Not und haben meinen beiden Lieblingsmenschen nicht nur aus einer misslichen Lage geholfen, sondern sie auch noch mit Ausflügen bei Laune gehalten. Ich kann Ihnen gar nicht genug danken dafür, Scarlett.« Mit einem angenehmen festen Händedruck besiegelte er seine Worte, während er den anderen Arm weiterhin um Nicole gelegt hatte. Er wirkte glücklich und entspannt.

»Och, da nicht für. So sagt man doch hier oder kommt das aus der friesischen Gegend?«

»Egal. Ich hab schon verstanden.«

Alle drei lachten, und Henry stimmte mit ein.

»Trotzdem … Darf ich Sie auf etwas einladen, als Dankeschön? Das ist das Mindeste, was ich tun kann«, fragte René. »Ein warmes Getränk oder etwas Festes für den Magen?«

Unentschlossen sah Scarlett sich um.

»Einen Burger vielleicht?«, fragte er weiter, weil er ihrem Blick gefolgt war.

»Au ja, Papa! Ich auch!« Henry hüpfte freudig auf und ab. »Oder gibt's auch Pommes?«

»Auf jeden Fall«, antwortete sie automatisch.

»Su-per!«, juchzte der Junge.

»Okay.« René klatschte in die Hände und schritt voran. Er hatte ihre Auskunft als Zustimmung interpretiert und damit Scarletts Zögern unvermittelt ein Ende gesetzt.

Nicole und sie folgten den Männern. Mit jedem Schritt flatterten mehr Schmetterlinge in ihrem Bauch herum. Um sich abzulenken, guckte sie lächelnd Henry zu, wie er aufgedreht am Ärmel seines Vaters zerrte und ihm seine Bestellung diktierte.

»Ist das nicht der Kerl, mit dem du meinetwegen zwangscampen musstest?«, erklang Nicoles Stimme unterdessen belustigt, das änderte sich jedoch, als sie hinzufügte: »Na zum Glück hast du dich nicht mit ihm eingelassen. Er scheint mir recht vielfältig zu sein.«

Die Anmerkung ließ Scarlett unwillkürlich aufschauen. Sie hätte es lieber bleiben lassen sollen, denn das, was sie zu sehen bekam, ließ sie erschaudern.

Elliot in inniger Umarmung mit Lona. Als sie sich von ihm löste, nahm sie zu allem Überfluss auch noch sein Gesicht in beide Hände und drückte ihm einen innigen Kuss auf die Lippen. Scarlett wurde schlecht.

»Was ist denn? Geht's dir nicht gut?«, hörte sie Nicole von weit her fragen.

Die Hand auf den Bauch gedrückt, blinzelte sie und atmete tief durch.

»Das ist bloß der Kreislauf. Ich bin hergelaufen und hab heute noch kaum etwas gegessen«, antwortete sie wahrheitsgemäß. Doch die plötzliche Übelkeit hatte andere Gründe, das war ihr klar. Wie konnte sich Elliot nach den letzten Tagen mit ihr nur derart von Lona abknutschen lassen?!

»Oh, na dann wird's Zeit, dass du was in den Magen bekommst. Hast du gehört, René? Gib Gas«, forderte Nicole ihren Mann auf, bevor sie sich wieder Scarlett zuwandte. »Wie lange warst du unterwegs?«

»Ähm, etwa zweieinhalb Stunden?« Sie schielte zum Foodtruck, wo Elliot sich mit René und Henry unterhielt. Er war extra in die Hocke gegangen, um die Bestellung des Kleinen von Angesicht zu Angesicht entgegenzunehmen.

»Alles klar. Einmal Pommes mit Käse und viel Ketchup«, bestätigte er, erhob sich lächelnd und hielt ihm kumpelhaft die Faust entgegen. Henry boxte mit seiner dagegen. Scarlett wurde wieder flau, diesmal vom Klang seiner Stimme. Die beiden gaben ein herzerwärmendes Bild zusammen ab.

Wenn sie Elliot so sah, würde sie niemals auf die Idee kommen, dass er ein Schürzenjäger durch und durch war. Er wirkte vielmehr wie der große Bruder, auf den immer Verlass war. Aber das eine schloss das andere vermutlich nicht aus. Wiederum bestand die Möglichkeit, dass das mit Lona gar nicht so war, wie es ausgesehen hatte … Pha, da war wohl der Wunsch mehr Vater des Gedankens! In Scarlett tobte ein Kampf – Engel gegen Teufel, Herz gegen Verstand –, und da wurde es ihr klar. Tammy hatte mit ihrer Vermutung richtiggelegen. Sie hatte sich in Elliot Hals über Kopf verliebt! Schon wieder! Wie aufs Stichwort flackerten Erinnerungsfetzen ihres Hochzeitsgelübtes in Vegas vor ihr auf. Sie hatten gestrahlt wie Honigkuchenpferde und sich mit Elvis' Segen geküsst, als hinge ihr Leben voneinander ab. Warum fiel ihr das jetzt auf einmal ein?

Vielleicht, weil vom King of Rock gerade *Blue Christmas* aus den Lautsprechern erklang?

Ihre Gefühle liefen Amok. Am liebsten hätte sie sich umgedreht und wäre zum Meer hinuntergegangen, bis sie sich wieder im Griff hatte. Doch wenn sie keine Erklärungen abgeben wollte, musste sie mit Nicoles Familie an den Imbisswagen herantreten, auch wenn Lonas Bild wie ein Stachel in ihr Herz stach.

BIS SIE DIE wenigen Schritte zum Foodtruck überwunden hatte, stand Elliot zum Glück schon wieder im Inneren und bereitete die Burger zu.

»Bitte schön, der erste ist fertig«, sagte er und reichte ihn raus.

»Der ist für dich. Damit du nicht umkippst«, entschied Nicole und schob sie nach vorn.

Erst jetzt bemerkte Elliot ihre Anwesenheit. Seine Augen weiteten sich, und seine Mundwinkel hoben sich. »Scarlett, wenn ich gewusst hätte, dass der für dich ist, hätte ich die Specialsoße verwendet, die du so gern magst.«

»Wegen mir musst du dir keine Umstände machen«, erklärte sie kühl. Sie hatte so was von keinen Hunger mehr und würde wahrscheinlich kaum einen Bissen hinunterbekommen. Mechanisch nahm sie das Brötchen und drehte sich um.

17

»**A**utsch!« Elliot zog scharf Luft ein, ließ das Messer fallen und wedelte mit der linken Hand, – wie man es so machte, wenn man sich in den Finger geschnitten hatte. Ein kleines rotes Rinnsal quoll hervor. Gefrustet hielt er ihn unters kalte Wasser, bevor er den Finger abtrocknete und ein Pflaster darüber pappte.

Was war nur mit Scarlett los? Sie würdigte ihn keines Blickes. Wirklich keines einzigen. Das wusste er so genau, weil er sie ununterbrochen beobachtet hatte. Sonst wäre dieses Malheur gar nicht passiert. Seine Handgriffe in der Küche saßen. Salat, Zwiebeln oder Tomaten schnitt er in rasender Geschwindigkeit. Dass er das letzte Mal seine Finger nicht rechtzeitig weggezogen hatte, war ewig her. Jetzt war es nur geschehen, weil er total abgelenkt und mit seinen Gedanken nicht bei der Sache gewesen war. Wie gut, dass nicht viel Andrang vor dem Wagen herrschte. Weiß Gott, was er sonst noch alles versemmeln würde.

Erneut hielt er nach ihr Ausschau. Sie stand unweit entfernt zusammen mit der Familie, die in ihrer benachbarten Ferienwohnung gastierte. René hatte ihm von Scarletts Großzügigkeit berichtet, weil sie seiner Frau völlig selbstlos ihr Auto geliehen hatte, und Elliot hatte prompt an jene besondere Nacht bei den Klippen denken müssen.

Daran, wie sauer er gewesen war, als sie mit dieser Ehe-Scheidungsstory angekommen war, und wie es ihn durcheinandergebracht hatte, sie überhaupt wiederzusehen. Wie die alten Erinnerungen an die Oberfläche gedrungen waren.

Ihr Zusammensein war vor drei Jahren verpufft wie eine Seifenblase. Stundenlang hatte er nach ihr gesucht, selbst die Krankenhäuser hatte er abtelefoniert. Die Sorge, dass ihr etwas zugestoßen sein könnte, hatte ihn fast umgebracht. In den restlichen zwei Tagen seines Aufenthalts in Las Vegas hatte er Sebastian an alle Orte geschleppt, wo er mit Scarlett gelandet war. Ohne Erfolg. Bis er sich zuletzt einen Brummschädel angesoffen hatte, um die bedrückende Erkenntnis auszulöschen, dass er sich ernsthaft in sie verliebt hatte.

›Völlig verrückt, in diesen paar Stunden‹, hatte Sebastian kopfschüttelnd gemeint und Elliot nur zustimmend genickt. Trotzdem war es so. Er hatte sich in Lichtgeschwindigkeit verliebt. Ausgerechnet er! Eine für ihn bislang völlig unbekannte Erfahrung. Noch dazu in eine Frau, die mit ihm gespielt und ihn dann einfach fallengelassen hatte. Nach dem achten Drink hatte er einsehen müssen, dass es für Scarlett nichts weiter als ein Urlaubsflirt gewesen war, allerdings mit einer makabren Ausnahme, sie waren in diese Hochzeitskapelle eingefallen. ›Aber das war, ehrlicherweise zugegeben, auf meinem Mist gewachsen‹, hatte er seinem Cousin anvertraut und ihm noch die Urkunde gezeigt, bevor er vom Barhocker gekippt war.

Den Heimflug hatte er dann komplett verschlafen und danach nie wieder ein Wort darüber verloren. Im Laufe der Jahre hatte er sich sogar eingeredet, dass nichts von alledem tatsächlich geschehen war. Es war ja auch so rasant vonstattengegangen, dass es einer Halluzination unter Drogenkonsum hätte gleichkommen können. Nur, dass er keinerlei Rauschmittel nahm. Fast hätte er daran geglaubt, doch dann stand sie urplötzlich vor ihm – die Frau, die ihm das Herz gebrochen hatte – und holte die Vergangenheit zurück in die Gegenwart. Wer wäre da nicht wütend geworden?

Aber als sie ihn dann, fast zögerlich, um die Scheidung bat, hatte er gespürt, dass irgendwas nicht stimmte. Natürlich hatte er erst einmal gelacht und war schließlich aus allen Wolken gefallen, als er erfahren hatte, dass Sebastian die Sache auch hierzulande amtlich gemacht hatte. Trotzdem war ihm nicht entgangen, wie verzagt Scarlett dabei gewesen war. Wahrscheinlich hatte das für ihn den Ausschlag gegeben, mehr erfahren zu wollen. Neugier gepaart mit seinem Beschützerinstinkt hatte sich in ihm breitgemacht. Wobei er Letzteres allen Menschen entgegenbrachte, von denen er glaubte, dass sie Hilfe gebrauchen konnten. Es war also nichts allzu ›Persönliches‹, dass er sich erneut mit ihr eingelassen hatte. Noch einmal würde er sich sein Herz garantiert nicht brechen lassen! Weder von Scarlett noch von irgendeiner anderen Frau. Das hatte er sich geschworen! Was allerdings nicht hieß, dass ihn die Ignoranz, die sie ihm heute entgegenbrachte, nicht störte. Dabei hatte er sich ehrlich gefreut, sie wiederzusehen. Der letzte Kuss war schon viel zu lange her.

Unwillkürlich presste er die Lippen aufeinander und wurde dabei an Lona erinnert. Mit ihrem einnehmenden Wesen hatte sie vorhin wieder mal ihre Abschiedszeremonie zelebriert, die ihn schon das Fürchten lehrte. Dabei hatte er sie seit Scarletts Erscheinen auf Abstand gehalten. Er war noch nie zweigleisig gefahren – auch wenn es sich in aller Regel nur um ein Techtelmechtel handelte – und wollte jetzt nicht damit anfangen.

Aber nachdem der Restaurantbesitzer, für den Lona vermittelte, nun auch noch krank geworden war und sich obendrein ein weiterer Interessent gemeldet hatte, wollte sie ihn für das Projekt mehr denn je gewinnen. Warum sie unbedingt ihn wollte, war ihm schleierhaft. Schließlich war ein Imbiss-Grill nicht nur aus seiner Sicht eine andere Hausnummer als ein gut geführtes Lokal. Dafür beschlich ihn immer mehr das Gefühl, dass es vermutlich kein toller Einfall gewesen war, sich mit ihr über das Geschäftliche hinaus einzulassen. Anfangs hatte sie ihn beeindruckt, mit ihrer Zielstrebigkeit, den hohen Hacken und diesem kirschroten Lippenstiftmund. Dass sie mit dem Angebot auf ihn zugekommen war, hatte ihm natürlich auch geschmeichelt. Es hatte ihn stolz gemacht, ihn sich aber vielleicht auch ein kleines bisschen überlegen fühlen lassen. Im Gegensatz zu der Affäre mit ihr. Darauf bildete er sich nichts ein. Er ging sogar so weit zu behaupten, dass nicht sie das Sahnehäubchen zu dem Deal für ihn war, sondern umgekehrt. Und das glaubte er nicht etwa, weil er ein Snob war, es basierte auf der Grundlage seiner Erfahrungen. Die Frauen wollten ihn, den Surfer, den Partyboy, den Mann für eine kleine Auszeit. Das war seit jeher so gewesen, aber er hatte es erst in den letzten Jahren ausgenutzt, zumal die wenigsten Interesse an etwas Langfristigem hatten, was ihm durchaus in die Karten spielte. Besonders seitdem er sich selbst gegenüber den Schwur abgelegt hatte, auf ewig ein einsamer Wolf zu bleiben. Wenn hier jemand Herzen brach, dann würde er es sein! Das sollte Lona eigentlich wissen. Er hatte ihr gegenüber keinen Hehl daraus gemacht. Schließlich wollte er ihre Geschäftsbeziehung nicht wegen eines Flirts gefährden, sollte es zu einem Abschluss kommen.

Bisher hatte er sich allerdings immer noch nicht entschieden. Womöglich schmiss Lona sich deshalb noch mehr ins Zeug, beziehungsweise an ihn ran.

Doch das war ihm auf einmal viel zu viel. Ihr Parfüm roch zu stark, ihre Küsse schmeckten leer, und ihr Körper fühlte sich irgendwie zu stählern an. Im Gegensatz zu Scarletts, der so weich und zart war, eingehüllt von einem winzigen Hauch Vanilleduft …

Ob sie die Szene vorhin mitbekommen hatte und deshalb so abweisend war?

»Also, wenn du die Stelle noch länger so vehement polierst, wird da bald ein Loch drin sein«, sagte Scarlett und riss ihn aus seinen Gedanken.

Er starrte erst sie, dann die Edelstahlplatte an. Er hatte gar nicht gemerkt, dass er seit einer kleiner Ewigkeit daran herumwischte.

ES SOLLTE EIN WITZ SEIN, doch der Humor blieb irgendwie auf der Strecke. Scarlett wusste nicht, ob es an ihr oder ihm lag. Vermutlich an beiden. Die Vertrautheit der letzten Tage war weg, plötzlich standen sie sich wieder wie zwei Fremde gegenüber. Ihr Magen rumorte, obwohl ihr der Burger nach anfänglichem Zögern doch geschmeckt hatte und gut bekommen war. Weshalb sie auch gedacht hatte, dass es wirklich nur an ein paar fehlenden Kohlenhydraten gelegen hatte, als sie ins Strudeln gekommen war, und nicht an dieser Lona. Also hatte sie sich einen Schubs gegeben und sich durchgerungen, mit Elliot das Gespräch zu suchen. Sie hatte letztlich auch kaum eine Wahl, wenn sie morgen die Heimreise antreten wollte. Die Dinge mussten geklärt werden, und sie waren schließlich beide erwachsen!

Doch nun standen sie voreinander, und keiner sagte was. Scarlett knetete ihre Hände in den Jackentaschen. Da sie zu ihm gekommen war, fühlte sie sich bemüßigt, weiterzureden.

»Also, ich wollte dich fragen, ob du –«

»Du Scarlett, nicht, dass du das vorhin in den falschen Hals –«, plapperten sie auf einmal gleichzeitig los.

Etwas verdattert hielten sie beide inne und sahen einander an.

»Okay, du zuerst«, ließ Elliot ihr den Vortritt.

»Nein, du«, forderte sie. Sie wollte unbedingt wissen, was er ihr zu sagen hatte.

Er nickte. »Ich komm raus.«

Schon wandte er sich zur Tür, und Scarlett lief ihm entgegen.

Sie trafen sich auf der Rückseite des Foodtrucks. Elliot machte Anstalten, sie in die Arme zu nehmen, sie ließ es sich gefallen, aber es war mehr eine steife Begrüßung.

Er schob sie von sich und schaute ihr geradewegs in die Augen.

»Scarlett, ich wollte dir nur sagen, falls du mich vorhin mit Lona gesehen hast, dass es nicht so ist, wie es vielleicht gewirkt hat. Sie möchte mich nur unbedingt überzeugen, das Restaurant zu übernehmen, und sie hat eben so ihre Art. Das hatte rein gar nichts zu bedeuten. Du sollst wissen, dass ich die letzte Nacht nicht mit ihr verbracht habe.«

Seine blaugrünen Augen wirkten aufrichtig, so sehr, dass sie in ihnen versank. Sie öffnete ihre Lippen, um … was zu antworten? Und ehe sie sich versah, schmiegte sie sich an ihn und küsste ihn. Einfach so.

Er schlang seine Arme um sie und erwiderte den Kuss. Glückshormone durchfluteten sie. Vielleicht war es naiv, ihm einfach so zu glauben. Aber es fühlte sich gut an.

»Hallo? Gibt's hier was zu essen?«, rief eine Männerstimme vor dem Wagen.

Nur unwillig lösten sie sich voneinander.

»Ich komme gleich«, warf Elliot über die Schulter zurück. Dann lächelte er Scarlett entschuldigend an. »Ich muss … Aber vorher wolltest du mich noch etwas fragen?«

»Ja. Hast du später Zeit? Ich fahre morgen heim und würde den Abend gern mit dir verbringen.«

»Was? Warum hast du mir das nicht früher gesagt, dann hätte ich meine Pläne gestern umgeschmissen und wäre noch zu dir gekommen.«

»Hallo? Ich warte!«, brüllte der hungrige Kunde erneut von vorn.

Elliot drückte ihr einen Kuss auf die Wange und eilte zurück in seinen Foodtruck. »Ich mach die Schotten hier um acht dicht.«

Mit seligem Lächeln schaute Scarlett ihm nach. Manchmal trog eben doch der Schein, und so happy wie Elliot gegrinst hatte, zweifelte sie keine Sekunde.

Beschwingt spazierte sie davon. Sie würde sich jetzt erst einmal den Weihnachtsmarkt angucken, einen Grog trinken, vielleicht am Meer, und sich dabei ausmalen, wie der Abend und die Nacht verlaufen könnten.

Sie kam nicht weit. Scarlett war gerade aus Elliots Sichtweite verschwunden, als ihr jemand auf die Schulter tippte.

Vertieft in eine bezaubernde kleine Krippe, die sie eben näher in Augenschein genommen hatte, hob sie den Blick, wandte sich um und fand sich Lona gegenüber. Stocksteif stand sie da, während ihr die Fragen nur so durch den Kopf wirbelten. Warum tippte sie sie an? Was wollte sie von ihr? War sie nicht vor einer halben Stunde schon gegangen? Und wollte sie überhaupt mit dieser Frau reden?

Nun, die hatte auf jeden Fall Gesprächsbedarf. Schon öffneten sich ihre knallroten Lippen. »Ich weiß nicht, wer Sie sind. Es ist mir auch völlig gleich. Aber ich möchte Ihnen mitteilen, dass Elliot und ich ein Paar sind. Mir ist klar, dass er gern flirtet. Doch das hat nichts zu bedeuten. Er ist bereits in festen Händen – mit mir.«

Sie schenkte ihr mit den getuschten Wimpern einen gekonnten Augenaufschlag.

»Wie bitte?«, war alles, was Scarlett mit trockenem Mund hervorbrachte.

»Sie haben schon verstanden. Elliot, der Kerl vom Foodtruck. Er wird demnächst mit mir zusammen ein Lokal hier in der Gegend übernehmen. Wir werden dann gemeinsam dort wohnen. Also genießen Sie noch Ihren Urlaub auf Rügen, und lassen Sie die Finger von ihm«, erklärte sie zuckersüß, klopfte ihr kameradschaftlich auf die Schulter, machte auf dem Absatz ihrer hochhackigen Stiefel kehrt und verschwand in der Menge.

Wie lange ihr Scarlett reglos nachgeschaut hatte, wusste sie nicht. Erst als sie verschiedene Weihnachtsmarktbesucher versehentlich anrempelten, kam sie wieder zu sich.

Lona sah aus der Nähe betrachtet noch besser aus, als Scarlett geglaubt hatte. Scarlett konnte nicht leugnen, dass die Frau auf ihr Äußeres bedacht war und wusste, wie man sich vorteilhaft stylte. Sie besaß ein selbstsicheres Auftreten und hatte ihre Botschaft klar und deutlich zum Ausdruck gebracht. Zwischen Lona und Elliot war mehr, als er Scarlett gegenüber hatte zugeben wollen. Sie planten eine gemeinsame Zukunft!

In ihrer Kehle bildete sich ein dicker Kloß, und sie spürte, wie ihre Augenwinkel feucht wurden. Von wegen, die Szene vorhin hatte gar nichts zu bedeuten, wie er ihr hatte weismachen wollen! Und sie war so dumm, darauf hereinzufallen.

Sie wischte sich mit dem Ärmel die verirrten Tränen weg. Sie würde nicht heulen! Das war Elliot nicht wert. Dafür wurde der Impuls, sich ihn vorzuknöpfen, übermächtig. Was bildete er sich eigentlich ein? Benebelt setzte sich ein Fuß vor den anderen, bis sie geradewegs in Nicole und René lief.

»Huch. Da hat jemand nach der langen Wanderung wieder neuen Schwung bekommen.« René lachte.

Nicole ebenfalls, dann fiel ihr Scarletts verschleierter Blick auf. »Alles in Ordnung?«

Scarlett nickte, zog ein Taschentuch hervor und putzte sich die Nase. Die Begegnung brachte sie wieder auf den Boden der Tatsachen zurück.

Sollte Elliot seine Spielchen mit anderen spielen, aber nicht mit ihr. Was brächte ihr es, ihm eine Szene zu machen? Nichts. Er war leiert und sie ebenfalls. So simpel war das. Sie hatten einen Urlaubsflirt, basta. Mehr war es nicht.

»Sollen wir dich mitnehmen? Wir sind gerade auf dem Weg zum Auto«, bot die Nachbarin an.

»Das wäre fabelhaft«, stimmte Scarlett zu.

»Du sitzt bei mir hinten«, grölte Henry jubelnd.

Sie konzentrierte sich auf ihren kleinen Freund. »Wie ich sehe, bist du deinen Verband losgeworden.«

18

In dem Bemühen, ihr Leben wieder in die Normalität zurückzuführen, saß Scarlett am ersten Weihnachtsfeiertag bei Livs Eltern. Als Jugendliche hatte sie oft bei ihrer Freundin übernachtet, und so hatten Herr und Frau Melk – Ingo und Thea – sie allmählich in die Familie aufgenommen. Nach dem Tod von Scarletts Mutter hatte es sich dann eingebürgert, dass sie zum Festmahl an Weihnachten einen angestammten Platz am Tisch bekommen hatte. Eine Einladung wurde nicht mehr ausgesprochen, sie gehörte dazu, und eine Absage wurde nur mit äußerst triftigem Grund akzeptiert.

So saß sie an der schön geschmückten Tafel, mit dem ›guten Geschirr‹, und verfolgte ohne großes Interesse die Unterhaltung zwischen Thea und Livs jüngerer Schwester Tabea.

»Wie läuft es denn eigentlich so in deinem Job? Du scheinst ja sehr eingespannt zu sein, wir hören kaum noch was von dir. Ich bin schon froh, dass du dich wenigstens zu den Feiertagen blicken lässt.« Thea häufte ihrer Tochter Rotkohl auf den Teller.

Tabea zog ihn weg und reichte ihn weiter an ihren Vater, der die Gans tranchierte.

»Ach Mamilein, in München pulsiert eben das Leben. Was

denkst du denn? Glaubst du, ich sitz den ganzen Tag bis spät in die Nacht im Büro oder in meinen vier Wänden?«

»Dann bist du andauernd unterwegs? Wie verträgt sich das denn mit deiner Arbeit? Ich hoffe, diesmal ist es was auf Dauer!«, klinkte sich Ingo ein.

»Also, bis ins neue Jahr habe ich ja frei.«

»Wundert mich, dass du schon Urlaub bekommst. Zu meiner Zeit hat man während der Probezeit in den ersten drei Monaten keinen Tag frei bekommen. Brust oder Keule?«

»Brust bitte. Mein Resturlaub steht mir doch zu, und die paar Tage, bis ich dann in der neuen Firma anfange, sind auch nicht verkehrt.«

Ingo hielt beim Drapieren des Stücks Gansbrust auf Tabeas Teller inne. »Welche neue Firma?«

»Na, ich hab doch gekündigt. Am siebten Januar geht's im neuen Job los. Hab ich das nicht erwähnt?«

Die Fleischgabel fiel klirrend aus Ingos Hand, während Thea auf ihren Stuhl plumpste.

»Was? Du wechselst? Schon wieder? Kind! Das ist dann der vierte Arbeitgeber in einem Jahr!« Ihre Gesichtsfarbe wandelte sich von Weiß auf Rot und wieder zurück.

Tabea zuckte nur mit den Schultern, drückte ihrem Vater die Gabel in die Hand und stellte ihren Teller vor sich ab. »Na und? Ist halt so. Die arbeiten da so umständlich!« Sie schüttelte mit dem Kopf und zupfte ihre Serviette auseinander. »Glaub mir, ich habe ihnen mehrfach gesagt, dass das anders viel besser funktioniert. Wir haben das doch ewig auf der Uni gelernt. Aber die wollten mir einfach nicht zuhören.«

Thea griff nach ihrer Hand. »Schätzelchen! So ist das, wenn man als Berufsanfängerin startet. Glaubst du, die stellen dich ein, damit du ihnen sagst, wie sie ihre Arbeit richtig zu machen haben?«

»Ja. Warum nicht?!«

Liv, die bislang ebenfalls nur stumm dagesessen hatte, prustete los.

»Was ist denn daran so witzig?«, zischte Tabea.

Doch Liv hielt sich nur die Hand vor den Mund.

»Da siehst du's. Wäre deine Einstellung nicht zum Heulen, würde ich auch lachen«, brummte Ingo.

Tabea schnappte erbost nach Luft.

»Warum kannst du nicht mehr wie deine Schwester sein«, murmelte Thea indes. »Bodenständig, verantwortungsbewusst –«

»Eine Tochter, die man sich nur wünschen kann. Mit einem guten Job, einem netten Mann und einem Häuschen im Grünen. Und bald beschert sie euch noch Enkelkinder, dann ist das Glück perfekt. Ja, ja, ich weiß. Bitte nicht schon wieder diese Leier!«, schnaubte Tabea und rollte mit den Augen.

Liv seufzte, und Jan legte seinen Arm um sie. Scarlett wusste, dass die Beziehung der Schwestern Spannungen unterlegen war, worunter ihre Freundin oft litt. Denn es stimmte alles, was über sie gesagt wurde, nur war Tabea eben aus einem anderen Holz geschnitzt. Sie war acht Jahre jünger und sah die Welt mit ihren Augen. Während Liv den gradlinigen *klassischen* Weg gewählt hatte, wollte Tabea ihr Leben erst einmal genießen. Sie war kreativ, weshalb sie im Bereich Marketing ein Studium abgeschlossen und sich dann, vor einem knappen Jahr, dem Arbeitsmarkt in der Metropole München verschrieben hatte. Das Großstadtleben begeisterte sie. Seitdem sie dort wohnte, trug sie noch mehr flippige Klamotten, kultigen Schmuck und neuerdings einen trendigen Pony zu ihrem langen Haar.

Das Problem an dem Ganzen war, dass die Eltern ihre jüngere Tochter nur schwerlich verstanden, weshalb Thea ihr wiederholt Liv als Vorzeigeobjekt anpries. So war es, so lange Scarlett denken konnte, und deshalb kaum verwunderlich, dass Tabea keinen Wert auf ein besonders inniges Verhältnis zu ihrer Schwester legte. Egal wie sehr sich Liv bemühte.

»Gut, dann sieh dir Scarlett an«, meinte die Mutter nun und deutete auf sie. »Auch sie hat ihre Ausbildung durchgezogen und sich hochgearbeitet. Jetzt hat sie ein eigenes Fotostudio und wird bald heiraten.« Mit hochgezogenen Augenbrauen blickte sie von Scarlett zu ihrer Tochter und wieder zurück. »Warum hast du Dennis eigentlich nicht mitgebracht? Er ist uns jederzeit willkommen. Du gehörst zur Familie und er mit der Hochzeit doch auch«, wechselte sie plötzlich das Thema.

»Ähm, na ja …«, stotterte Scarlett. Darauf, dass plötzlich sie im Mittelpunkt der Unterhaltung stand, war sie nicht vorbereitet gewesen. »Ich … Er … besucht seine Eltern.«

»Und da bist du nicht mit eingeladen?«, hakte Thea nach.

Während Tabea sich jetzt sichtlich entspannt zurücklehnte, versteifte sich Scarlett zunehmend.

»Doch, schon, aber … ich wollte eben lieber bei euch sein.« Sie versuchte sich an einem Lächeln, aber es gelang ihr nur halbherzig.

»Das hast du schön gesagt.« Ingo tätschelte ihr die Schulter.

»Wirklich lieb von dir, aber als seine zukünftige Frau solltet ihr die Weihnachtstage doch miteinander verbringen, finde ich«, erklärte Thea konservativ.

»Hätte mich gefreut, Dennis zu treffen«, stimmte Jan zu.

»Nun lasst die beiden das doch handhaben, wie sie möchten«, warf Liv schützend ein. Dankbar schaute Scarlett ihre Freundin an.

Die Wahrheit war, dass sie nicht bereit gewesen war, mit Dennis beseelt unter dem Christbaum bei seiner Familie zu sitzen. Bisher hatten sie nur einmal telefoniert. Um sich zu sehen, fehlte die Zeit. Immerhin war sie erst zwei Tage vor Weihnachten zurückgekommen und hatte auf den letzten Drücker noch so viel zu erledigen gehabt … Aber da sie ihm klipp und klar gesagt hatte, dass auch sie ihre Beziehung durchaus weiterführen wollte, hatte es Dennis – wenn auch etwas zähneknirschend – akzeptiert. Wahrscheinlich ging er davon aus, dass sie ihn noch ein wenig zappeln lassen wollte, ganz so wie die Frauen nun mal seiner Meinung nach waren.

Scarlett war das egal, solange sie nur noch eine kleine Galgenfrist, vor der Beichte ihres Seitensprungs, bekam. Dafür mussten aber die Erinnerungen an Rügen erst noch ein wenig verblassen, auch wenn sie ihre Entscheidung bereits getroffen hatte. Sie würde an ihren Zukunftsplänen mit Dennis festhalten. Alles andere war unsinnig! Weshalb Livs Eltern nichts von ihrer ›heimlichen‹ Ehe wussten, und das sollte auch so bleiben. Die Erlebnisse der letzten Wochen waren bewegend genug gewesen, als dass sie sie am Tisch noch ausbreiten wollte. Zumal sie Elliot einfach aus ihrem Gedächtnis streichen wollte.

Wie kurios das Leben doch sein konnte. Zuerst erinnerte sie sich nicht an ihn und war völlig schockiert darüber, dann wollte sie nichts lieber als ihn vergessen, und es gelang ihr nicht.

Sie schielte zu Jan. Sie hatte keinen Schimmer, wie es eigentlich um seinen Wissensstand bezüglich ihrer Geschichte bestellt war. Dass ihre Sorgen bei Liv gut aufgehoben waren, stand außer Frage. Niemals würde ihre Freundin Vertrauliches an ihren Mann weitertragen. Aber Jan und Dennis waren Kumpel. Ob die Männer untereinander auch über ihre Nöte sprachen? Falls ja, hielt er es offenbar ebenso wie seine Frau, denn Liv fing ihren Blick auf, erriet wohl ihre Gedanken und zuckte minimal mit den Schultern.

Dann begann Ingo mit dem Tischgebet, und Scarlett nahm den Christbaum andächtig ins Visier.

~

»ADVENT, Advent, die Kerze brennt. Erst eins, dann zwei, dann drei, dann vier, dann steht der Dennis vor der Tür«, trällerte er und streifte seine Schuhe auf dem Vorleger ab. Breit grinsend reichte er Scarlett einen wunderschönen Blumenstrauß, zusammen mit einer teuren Flasche Wein.

Es war später Nachmittag des zweiten Weihnachtsfeiertags, und Scarlett hatte ihn spontan eingeladen. Nachdem sie sich ihren Lieblingsfilm *Tatsächlich Liebe* angeschaut und ein paar Tränen vergossen hatte, war ihr klar geworden, dass sie ihr Leben endlich wieder auf die Reihe bringen musste. Schluss mit Zeitschinden, weg mit der Elliot-Eskapade! Das neue Jahr stand vor der Tür, und sie wollte es glücklich beginnen.

»Wow!«, hauchte sie nun perplex und sah gerührt auf den Strauß. »Der muss ein kleines Vermögen gekostet haben.« Eine rote Amaryllis und gleichfarbige Gerbera steckten in Kiefern-, Thuja- und Stechpalmenzweigen. Kleine Pinienzapfen und getrocknete Orangenscheibchen bildeten einen farblichen Kontrast und lockerten das Zusammenspiel auf.

»Für dich nur das Beste.« Dennis gab ihr einen Kuss auf die Wange, bevor er sich aus seinem Parka schälte.

Die Berührung ging Scarlett unter die Haut. Sie war so vertraut und wohltuend. Wie immer eben! Sie merkte, dass sie sich ehrlich über sein Kommen freute. Nur, dass sie das irgendwie überraschend fand, brachte sie etwas aus dem Gleichgewicht. Sie brauchte eine Minute für sich und ging eine Vase suchen.

Als sie ins Wohnzimmer kam, stand Dennis etwas unbeholfen herum.

»Warum setzt du dich nicht?«, fragte sie leichthin. Doch ihr wurde schlagartig bewusst, dass sie nicht einfach da weitermachen konnten, wo sie abrupt aufgehört hatten, sosehr sie sich das in diesem Moment auch wünschte.

»Du besitzt ja sogar einen kleinen Weihnachtsbaum«, meinte Dennis und deutete auf den Winzling, den sie in letzter Minute noch erstanden hatte.

Smalltalk also.

»Ja, die Auswahl war nicht mehr groß, als ich ankam. Aber mir gefällt er.« Sie lächelte.

»Er ist schön«, fand Dennis, und Scarlett schätzte sein Bemühen. Denn sie wusste genau, dass er doch mehr der Typ à la *ganz oder gar nicht* war. Wenn er Geld ausgab, wollte er auch etwas Ordentliches dafür bekommen. Er hätte das Bäumchen niemals gekauft. Umso mehr freute sie sich über seine Reaktion und trat neben ihn. Offenbar lag ihm wirklich viel daran, dass sie sich versöhnten, was er auch mit seiner nächsten Geste bewies. Er schlang den Arm um sie und zog sie heran.

»Ich liebe dich!«, flüsterte er und küsste sie.

Sie öffnete die Lippen, um den Kuss zu vertiefen. Es war eine automatische Reaktion und eigentlich ganz leicht, doch das Wohlgefühl, das sich sonst eingestellt hatte, blieb aus. Unwillentlich dachte sie an Elliots Küsse und die Leidenschaft, die damit verbunden gewesen war, und schalt sich selbst. Wie konnte sie nur diesen Vergleich ziehen?! Das grenzte doch schon an Hochverrat!

Glücklicherweise schien Dennis davon nichts zu bemerken, denn als sie sich schließlich voneinander lösten, grinste er breit. »Ich bin so froh, dass wir zusammen sind, und ich freue mich auf unsere Hochzeit im nächsten Jahr.«

Scarlett versuchte, ihr Schuldbewusstsein zu unterdrücken, und zwang sich, ihn anzusehen. Das straßenköterblonde Haar, das mühevoll strubbelig frisiert worden war, die braunen Augen, die zwar nichts Verheißungsvolles prophezeiten, dafür aber Beständigkeit und ein gutes Leben. Ob das reichte?

Sie drängte die hadernde Stimme in ihrem Kopf mit Gewalt zurück. Nur weil sie ein verrücktes Abenteuer erlebt hatte, hieß das doch nicht, dass es immer so weitergehen könnte.

Ihre Gefühle Dennis gegenüber würden sich ganz bestimmt wieder ändern. Das, was sie im Moment empfand, waren nur die Nachwehen der Geschehnisse der letzten Zeit. Sie hatten sich seit

Wochen nicht gesehen. Es war ihr erstes Treffen. Sie dachte an die Zukunftspläne, die sie gemeinsam geschmiedet hatten.

Ja, es war das Richtige, was sie tat! Dennis zu heiraten und eine Familie zu gründen, war alles, was sie bis vor Kurzem gewollt hatte. Wieso sollte sich dieser Wunsch geändert haben, nur weil sie eine Urlaubsromanze mit Elliot gehabt hatte? Mehr war das doch nie gewesen! Wenn sie es aus der praktischen Perspektive sah, dann war es vermutlich nichts anderes als der berühmte letzte Seitensprung vor der Hochzeit. Das passierte doch vielen kurz davor, man hörte es immer wieder. Oder etwa nicht?

Dennis unterbrach ihre Gedanken, drückte ihre Hand und hob sie an. »Wo ist denn dein Verlobungsring?«

Sie starrte auf ihren nackten Finger. »Oh, ach ja. Ich habe ihn abgenommen. So, wie es zwischen uns stand …«

»Verstehe.« Er nickte bedächtig. »Scarlett, ich kann mich nur noch einmal in aller Form entschuldigen, ich –«

»Das hast du doch bereits mehrfach«, warf sie ein. Weitere Abbitten würde sie nicht ertragen, dafür wog ihr eigenes Gewissen zu schwer. Sie fühlte die aufsteigende Übelkeit. Das waren die Nerven. Sie musste es ihm sagen! Dass sie mit Elliot …

»Ich gehe ihn holen«, versprach sie stattdessen und eilte davon.

Während sie das Schmuckkästchen aus der Kommode im Schlafzimmer hervorzog, hörte sie, wie Dennis Gläser aus der Küche holte.

Er war dabei, die Weinflasche zu entkorken, als sie zurückkam. Dann schenkte er ihnen ein, den Blick zur Hälfte auf das Schächtelchen in ihrer Hand gerichtet.

»Okay, dann machen wir es nochmal förmlich«, sagte er und nahm ihr die kleine Schatulle ab. Er glaubte zweifellos, dass sie es so wollte, dabei war es gar nicht so. Sie rollte innerlich über sich selbst die Augen. Warum hatte sie den Ring nicht einfach angesteckt? Jetzt schob er ihn ihr über den Finger, und ihre Last wog plötzlich doppelt schwer.

»Lass uns anstoßen! Auf eine glückliche Zukunft«, prostete er ihr überschwänglich zu.

Doch Scarlett nippte nur.

»Schmeckt er dir etwa nicht?«, wollte Dennis prompt wissen.

Sie stellte das Glas ab und fuhr sich über den Bauch.

»Ich glaube, ich sollte momentan lieber keinen Wein trinken. Mir ist schon seit ein paar Tagen immer wieder übel. Wahrscheinlich hab ich mir was eingefangen.«

Wie wahr! Allerdings hatte diese Art der Magenprobleme nichts mit einem Virus zu tun. Es sei denn, der nannte sich Elliot …

Immerhin war es eine hervorragende Ausrede, damit sie Dennis nicht zu nahe kommen musste. Für den Anfang reichte ihr ein Treffen auf Abstand durchaus. Sie wusste nicht, wann sie das Bedürfnis überkommen würde, ihn zu küssen. Bisher war es jedenfalls nicht vorhanden.

Wahrscheinlich bedurfte es dazu erst ihrer Beichte, was auf Rügen geschehen war, und ob er sie danach noch haben wollte, war eh ungewiss. Sie war zumindest darauf vorbereitet, dass er Schluss machte. Unvermittelt schaute sie auf ihren Ring und horchte in sich hinein. Wie würde es ihr ergehen, wenn er es wirklich tat? Sie konnte es nicht sagen.

Doch letztlich war das sowieso nicht ausschlaggebend. Sie musste es tun. Am besten jetzt sofort.

»Oh, das tut mir leid für dich. Zu viel Fisch in der letzten Zeit?«, witzelte Dennis und verschaffte ihr damit unvermutet den passenden Einstieg.

»Apropos, was das angeht … Ich möchte dir von Rügen erzählen. Von Elliot und mir, wir haben –«

»Schsch«, machte Dennis und legte ihr den Zeigefinger auf

den Mund. »Scarlett, ich will es nicht wissen. Egal was auf Rügen war, es soll auf Rügen bleiben. Können wir uns darauf einigen?«

»Aber … warum? Du bist doch sonst so …. Ich möchte keine Geheimnisse vor dir haben. Sieh nur, was zuletzt daraus entstanden ist. Du hast gedacht, ich hätte dir einen Teil meiner Vergangenheit unterschlagen, und bist weggelaufen. Ich möchte nicht, dass du mir irgendwann einmal Vorwürfe machst, und damit unsere Ehe gefährden.«

Dennis schüttelte nachdrücklich den Kopf. »Nein, ich muss mich bei dir entschuldigen. Mein Verhalten war absolut desaströs. Ich hätte dir einfach vertrauen müssen. Es tut mir schrecklich leid, dass ich das nicht getan habe. Deshalb möchte ich es wiedergutmachen.«

»Damit, dass du nicht hören willst, was inzwischen geschehen ist?« Sie konnte es kaum glauben.

Doch er nickte.

»Weil ich dir vertraue. Zu einhundert Prozent!«, meinte er inbrünstig, lächelte schief und drückte fest ihre Hände.

Wieder spürte sie diesen vermaledeiten Knoten im Magen, fügte sich aber. Wenn er es so haben wollte! Sie hatte es versucht, oder etwa nicht? Niemand konnte ihr vorwerfen, dass sie es ihm nicht hätte sagen wollen. Ein Teil von ihr war erleichtert, ihre Erlebnisse mit Elliot nicht vor Dennis ausbreiten zu müssen, doch der andere tat sich schwer, sich damit abzufinden, einfach so weiterzumachen.

19

Die Tage schritten voran. Sie feierten Silvester zusammen mit Liv und Jan, starteten mit Hochzeitsplanungen ins neue Jahr und sahen sich Häuser wie Wohnungen an. Wenn sie zusammenziehen wollten, mussten sie schließlich endlich eine geeignete Bleibe finden, mit der sie beide zufrieden waren.

Mitte Januar hatte Scarlett einen Termin bei einem Anwalt. Sie hatte ihn in den Anzeigen gefunden. Er war mittleren Alters und zweckdienlicherweise auf Scheidungsrecht spezialisiert. Mit seiner Berufserfahrung versprach er ihr einen unkomplizierten Ablauf, nachdem er gehört hatte, dass sie mit ihrem ›Noch-Ehemann‹ über die Jahre hinweg keinen Kontakt gepflegt hatte.

»Das sollten wir relativ flott über die Bühne bekommen«, meinte er und sah von seinen Notizen auf. »Sie haben keinerlei gemeinsame Güter und leben seit jeher von ›Tisch und Bett‹ getrennt. Ich wüsste nichts, was also gegen eine schnelle Scheidung sprechen sollte.«

Nun ja, was das Bett betraf …, dachte Scarlett bei sich und zupfte am Riemen ihrer Handtasche. Ob sie ihm von ihrer Blitzaffäre im Dezember erzählen sollte? Wenn sie ehrlich sein wollte, musste sie es sogar. Andererseits hatte selbst Dennis nichts davon wissen wollen. Die Einzigen, die die Geschichte kannten, waren ihre Freundinnen. Von denen würde sie jedoch keine vor Gericht verpfeifen. Und was Elliot betraf, der war vermutlich ebenfalls nur froh, dieses leidige Kapitel abzuschließen. Sie glaubte kaum, dass er mit offenen Karten spielen wollte.

Also hielt sie den Mund und nickte nur zustimmend. In ihrem Bauch gurgelte es. Genervt verzog sie das Gesicht. Diese doofe Magengeschichte wollte einfach kein Ende nehmen. Vielleicht sollte sie doch einmal einen Arzttermin vereinbaren und eine gründliche Untersuchung über sich ergehen lassen, wie Dennis es ihr bereits mehrfach vorgeschlagen hatte. Aber es gab sicherlich Schöneres als eine Darmspiegelung! Sie schob die grässliche Vorstellung beiseite und sagte sich, dass es nur an diesem Termin lag. Seit ihrer Versöhnung hatte sie sich verboten, an Elliot zu denken. Es funktionierte, die Erinnerungen und Gefühle verblassten allmählich. Zumindest redete sie sich das ein. Dass sie immer wieder mal von ihm träumte, ignorierte sie geflissentlich, zumal auch Lona darin eine Rolle spielte, die wie ein großer, böser Raubvogel auf sie einpickte. Allein bei dem Gedanken daran wurde ihr übel. Sie spürte, wie Sodbrennen in ihr aufstieg, und einen vermehrten Speichelfluss.

»Gut«, meinte der Anwalt und ordnete seine Papiere. »Haben Sie noch Fragen?«

»Ja. Wo ist die Toilette?«

Verbissen stopfte Elliot den Brief zurück in den Umschlag und warf ihn auf den Küchentisch.

»Sind wohl keine guten Nachrichten«, stellte Sebastian fest, der in der Tür lehnte und an einem Keks knabberte. Mit seiner biederen Stoffhose, dem Pullunder über dem Hemd und der auffälligen Brille in dem schmalen jungen Gesicht sah er aus wie einer Komödie mit Heinz Erhardt entsprungen. Der Eindruck verstärkte sich, als er suchend in der Plätzchendose herumwühlte, die er in der Hand hielt. ›Trautes Heim, Glück allein‹, schoss Elliot der altbackene Spruch durch den Kopf, und sein Brass wuchs. Zum einen, weil er sich in dieser Berliner Zweizimmerbude nicht sonderlich wohlfühlte, zum anderen, weil er vielleicht doch nicht *allein* glücklich werden wollte. Etwas hatte sich verändert, nur wusste er nicht, was. Was er jedoch mit Sicherheit sagen konnte, war, dass ihm die Vorstellung des ›einsamen Wolfs‹ auf Lebenszeit plötzlich nicht mehr so reizvoll erschien wie noch vor ein paar Monaten. Ebenso, dass ihm dieser einsetzende Sinneswandel auf eine seltsame Art tangierte, weshalb seine Laune seit geraumer Zeit ziemlich im Keller war.

Knurrend fuhr er sich durchs Haar. »Das ist von Scarletts Anwalt. Es geht um die Scheidungsformalitäten.«

Sebastian verschluckte sich und schaute auf.

»Du hast es also echt vermasselt?!«, röchelte er.

»Wie *vermasselt*?«

Sebastian verdrehte die Augen. »Na also wirklich. Da lege ich mich ins Zeug, damit du eine zweite Chance bei ihr bekommst, und was machst du?«

Sie starrten einander an. Erst als Sebastian zusätzlich fragend das Kinn vorschob, schwante Elliot, dass er auf eine Antwort wartete.

»Du meinst das nicht rhetorisch, richtig?«

»Ähm, nein. Ich will wissen, wie es passieren konnte, dass der *tolle* Elliot, seinerseits Frauenliebling seit Schulzeiten, es nicht schaffen konnte, die *Eine* (!) für sich zu gewinnen.«

»Die Eine?!« Elliot schnaubte. »Und was heißt hier ›nicht schaffen konnte‹? Ich hatte ja nicht mal vor –«

»Oh, das ist so typisch! Sie ist die Richtige für dich! Mir war das ziemlich schnell klar, so schnell wie du dich damals für sie entschieden und wie sehr du dann wochenlang gelitten hast. Ihr gehört zusammen, das sieht ein Blinder. Du bist der Topf und sie dein Deckelchen.«

Wäre Elliot nicht so sauer, hätte er laut aufgelacht, angesichts Sebastians verstaubter Redensart. So aber schürte es nur weiter seinen Groll auf ihn.

»Was für ein Unsinn!«, blaffte er.

Aber sein Cousin ließ sich nicht davon abbringen. »Du siehst das Beste nicht, selbst wenn man es dir auf dem Silbertablett serviert, oder?«

»Moment! Dann war das pure Absicht von dir, dass du diese Scheinehe hier amtlich gemacht hast?«

»Natürlich. Damit ihr euch wiedertreffen müsst!«, antwortete Sebastian, als wäre es das Selbstverständlichste von der Welt.

»Dieses Schlamassel war also von Anfang an von dir geplant?« Elliots Brauen verengten sich gefährlich.

»Na also so nicht. Ich dachte, wenn ihr nochmal neu anfangen könnt, würde dir etwas einfallen, damit sie diesmal nicht wieder verschwindet. Aber das Gegenteil scheint dir gelungen zu sein.« Sebastian schüttelte mit dem Kopf. Aber das war für Elliot nicht mal das Schlimmste. Es war dieser ernüchternde, enttäuschte Blick, den ihm sein Cousin zuwarf.

Plötzlich fühlte er sich wie der größte Versager, der auf Gottes Erdboden rumlief. Aber warum? Es gab dafür doch überhaupt keinen Grund! *Sie* war schließlich gegangen. Schon wieder! Geballte Wut formte sich in seinen Eingeweiden. Was bildete sich Sebastian eigentlich ein, so mit ihm zu reden?

»Jetzt halt mal die Luft an!«, presste er hervor. »Wir hatten durchaus auf Rügen einige gemeinsame Stunden.« Mehr als das! Für ein paar Tage waren sie geradezu unzertrennlich gewesen. »Bis sie dann abgereist ist. Einfach so, ohne ein Wort. Dabei wollten wir den letzten Abend noch miteinander verbringen, doch dann hat sie es sich anders überlegt!« Allein der Gedanke daran frustrierte ihn so sehr, dass es wehtat. Scarlett hatte nicht mal den Anstand besessen, ans Telefon zu gehen oder ihm wenigstens eine Nachricht zu schicken. Der Schmerz verwandelte sich in Kälte. »Sie hat mehr oder weniger die gleiche Show abgezogen wie das letzte Mal! So sieht's aus, und jetzt machst *du* mir Vorhaltungen?!«

»Hm«, murmelte Sebastian nur und stellte die Plätzchendose ab. Die eingetretene Stille gab Elliot wieder etwas Luft zum Verschnaufen. Beide Männer schwiegen, und Elliot glaubte, das Thema wäre damit beendet. Er musste sich nur noch einen Anwalt besorgen, der den Schrieb der Gegenseite studierte und absegnete. Dann war es vorbei. Für immer!

»Wie läuft es denn eigentlich mit dieser Lona und dem Restaurantkauf? Willst du das jetzt durchziehen?«, fragte Sebastian in seine Gedanken hinein.

Seufzend schaute er auf. »Ich weiß nicht. Lona ist recht besitzergreifend. Wenn ich mich auf Rügen niederlasse, wird es schwer sein, ihr aus dem Weg zu gehen.«

Sebastian nickte verstehend. »Du bist also geflohen?«

»Was meinst du?«

»Oh, ich dachte, du wolltest über die Feiertage dortbleiben. Du hattest deine Unterkunft doch für länger angemietet.«

Das war richtig. Er hatte für Familientreffen nicht viel übrig. Im Grunde gab es ohnehin nur Sebastian und seine Mutter, deren neuen Lebensgefährten nicht zu vergessen, mit dem er aber nicht sonderlich gut auskam. In seinen Augen war der Typ viel zu konventionell eingestellt. Ein Spießer eben, der in gewisser Weise perfekt zu seinem Cousin passte. Weshalb Sebastian inzwischen öfters bei seiner Mom ein- und ausging als er selbst. Er war der Sohn, den das Paar nie gehabt hatte. Brav und solide. Sie hatten ihn quasi adoptiert, nach dem Tod von Sebastians Mutter, Elliots Tante, vor drei Jahren. Sebastian war ein ziemliches Muttersöhnchen gewesen, was vermutlich zu erwarten war, als Wunschkind und Retortenbaby – wahrscheinlich war sein leiblicher Vater ein Professor Doktor sowieso, wenn Elliot ihn sich so ansah. Weshalb man Elliot auch überredet hatte, mit seinem Cousin zu verreisen. Damit ›der arme Junge‹ auf andere Gedanken kam! Die Trauer hatte ihn in eine regelrechte Starre versetzt. Der Trip nach Las Vegas hatte ihn daraus befreien sollen. Und so hatte das Schicksal – Elliots Schicksal! – seinen Lauf genommen.

Ein Grunzen entschlüpfte seiner Kehle.

»Ich deute das mal als ein ›Ja‹«, meinte Sebastian und fuhr fort. »Wie schade, dass du trotzdem nicht zum Weihnachtsbrunch erschienen bist. Du hättest Louise kennenlernen können. Deine Eltern sind genauso entzückt von ihr wie ich«, erklärte er stolz.

Elliot hingegen stieß das Wort ›Eltern‹ auf. Sein Vater lebte immer noch in Frankreich, auch wenn der Kontakt brüchig geworden war!

»Aber das nur am Rande«, quasselte sein Cousin weiter. »Wenn ich das richtig verstanden habe, hast du Lona eine Abfuhr erteilt. Darf ich fragen, wann das war? Vor, während oder nach Scarletts Aufenthalt auf Rügen?«

Elliot blinzelte verwirrt. »Was hat das eine denn mit dem anderen zu tun?«

Sebastian sah ihn mitleidig an. »Manchmal fällt es mir echt schwer zu glauben, dass du ein abgeschlossenes Studium vorweisen kannst.«

Die Anspannung kam zurück und stieg in rasender Geschwindigkeit ins Unermessliche. Warum hatte er seinem Cousin überhaupt die Tür geöffnet? Da hatte er es erfolgreich vermieden, ihm an den Weihnachtsfeiertagen über den Weg zu laufen, und nun stand er in seiner Wohnung und gab nichts als unqualifizierte Sprüche von sich. Zum Beispiel hatte er ihm gleich zu Anfang haarklein berichten müssen, wie er seine *Louise* umgarnt hatte. Natürlich ganz nach alter Schule, was auch sonst! Elliot glaubte ihm noch immer kein Wort. Weder, dass er mit Blumenbuketts und so was hatte punkten können, noch, dass überhaupt eine Frau sich Sebastians Freundin nennen wollte.

Okay, das war fies, und er wusste es, trotzdem ging diese Story über seine Vorstellungskraft hinaus. Das war doch verkehrte Welt, wenn auf einmal Sebastian eine Frau an seiner Seite hatte und ihm nun sogar noch Beziehungsratschläge geben wollte, während er eine Aufdringliche abserviert hatte und die, mit der er gerne zusammen wäre, sich tot stellte!

Ein Ruck durchfuhr ihn.

»Ah, ich sehe, der Blitz hat eingeschlagen«, frohlockte Sebastian prompt.

Er wollte ihn anblaffen, aber der Gedanke, der ihn erfasst hatte, war zu wichtig, um ihn gehen zu lassen.

Lonas Abschiedskusssszene am Weihnachtsmarkt in Thiessow fiel ihm ein, auch dass er Scarlett die Lage erklärt hatte. Doch hatte er das wirklich? Sie hatte ihn jedenfalls daraufhin später noch treffen wollen. Und wenn sie in der Zwischenzeit Zweifel bekommen hatte? Er konnte sich dunkel erinnern, dass er so was wie ›Es ist nicht so, wie es aussieht‹ gesagt hatte. Wer würde dieser abgedroschenen Floskel schon glauben? Sie hatte immerhin knapp zwei Stunden Zeit zum Nachdenken gehabt, bis er seinen Foodtruckverkauf hatte beenden können. Da war allerdings noch was … Er hatte Lona etwas später durch die Stände spazieren sehen. Ob sich die Frauen womöglich begegnet waren und Scarlett seine Aussage direkt bei der Quelle hatte überprüfen wollen? Ein Kälteschauer durchlief ihn. Er traute Lona alles zu. Was, wenn sie etwas anderes als die Wahrheit behauptet hatte?

Er wollte nach dem Telefon greifen und sie anrufen, verwarf die Idee jedoch sofort. Lona verstand es zu reden wie keine andere. Sie war der Typ Mensch, der einem Eskimo einen Kühlschrank verkaufen konnte. Um Gewissheit zu haben, musste er ihr in die Augen schauen.

～

WIE VOR DEN Kopf gestoßen stolperte Scarlett in das Bistro unweit vom Bamberger Harmoniegarten und sank auf den freien Stuhl zwischen Liv und Tammy.

»Du siehst aber blass aus. Hast du ein Gespenst gesehen?«, begrüßte Tammy sie.

»So was in der Art«, murmelte sie und versuchte weiterhin ihre Gedanken zu ordnen.

Schon stand die Kellnerin neben ihr. »Was darf ich Ihnen bringen?«

Auf dem Tisch befanden sich bereits zwei Cappuccini. Für eine Sekunde war sie versucht, ebenfalls einen zu bestellen. Im Geist schmeckte sie den süßen Milchschaum auf der Zunge. Hmm … dann zickte ihr Magen wieder.

»Einen Fencheltee, bitte«, orderte sie seufzend.

»Geht's dir immer noch nicht besser?«, fragte Liv mitfühlend.

»Nein und das wird sich so schnell wohl auch kaum ändern.« Scarlett verzog angestrengt das Gesicht. Diesmal lag es allerdings nicht am Ziehen in der Magengegend, sondern an der Diagnose, die sie gerade erhalten hatte.

Nachdem sie die Nase gestrichen vollgehabt hatte von Kamillen- und Fencheltee mit Kümmel, sowie Salzbrezeln, hatte sie sich doch für einen Gang zum Arzt entschieden. Schon aus rein praktischen Gründen. In ihrer aktuellen Verfassung konnte sie weder Menüvorschläge für das Hochzeitsdinner testen, noch ein Brautkleid kaufen. Denn wenn sie weiterhin nur wie ein Spatz aß, würde es ihr am großen Tag vermutlich nicht mehr passen und herunterhängen wie ein Sack.

»Du Arme, was fehlt dir denn?«, wollte Liv wissen, und auch Tammy schaute sie aufmerksam an.

Scarlett öffnete den Mund, aber sie konnte es noch nicht laut aussprechen.

Die Situation war so surreal und besaß eine frappierende Ähnlichkeit mit dem Besuch des Standesamts vor einigen Monaten.

»Oh Gott! Du bist doch nicht ernsthaft krank?«, rief Tammy aus.

Sie schüttelte den Kopf. »Nein. Obwohl ich damit gerechnet habe. Ich dachte an ein Magengeschwür, wegen der Aufregung in der letzten Zeit, und habe mich sogar mit der Möglichkeit Darmkrebs auseinandergesetzt.«

»Was?! Um Himmels willen. Warum hast du kein Wort davon gesagt?« Liv war erschüttert. »Du weißt doch, dass ich nur ein paar Straßen weiter wohne und immer für dich da bin.«

»Ich wollte niemanden beunruhigen, indem ich den Teufel an die Wand male«, verteidigte sie sich.

Tammy nickte. »Und was ist jetzt bei der Untersuchung rausgekommen?«

Wieder öffnete sie den Mund, wieder blieb sie stumm. Ihre Freundinnen sahen sie erwartungsvoll an. Die Angst stand ihnen in die Gesichter geschrieben. Scarlett atmete tief ein.

»Ich bin schwanger«, schoss sie dann hervor.

Livs Augen wurden groß, während Tammy der Kiefer herabfiel.

»Wer bekommt ein Baby?«, platzte Izzy ins Gespräch.

Wie in Zeitlupe drehten sich die drei zu ihr um.

Sie winkte. »Euch auch einen schönen Tag. Also, was sind das für ungeheuerliche Neuigkeiten? Und warum bin ich nicht dabei, wenn ihr so eine Bombe detonieren lasst?«

Gekonnt ließ sie ihren Mantel über die Schultern gleiten, legte ihn zusammen und rutschte auf den letzten freien Platz.

»Ähm, weil du wie immer zu spät kommst?«, beantwortete Tammy ihre Frage knapp.

»Aber das ist doch nichts Ungewöhnliches«, hielt Izzy dagegen.

Scarletts Tee wurde serviert.

»Okay, Frage beantwortet. Du bist die mit dem Braten in der Röhre«, folgerte das Wäschemodel gestochen scharf und besah sich ihre Freundin mit hochgezogener Augenbraue. »Ehrlich? Nicht nur, dass du *Dennis* immer noch heiraten willst, jetzt legt ihr obendrein auch noch den Turbo ein? Darauf brauch ich etwas Stärkeres. Einen Irish Coffé für mich bitte«, wies sie die Kellnerin an.

»Also, ich weiß nicht, was ich sagen soll«, murmelte Liv unterdessen fassungslos.

Scarlett schnalzte mit der Zunge. »Frag mich mal. Das ist das Letzte, womit ich gerechnet habe. Es wirft alles über den Haufen.«

»Wieso? Moment, in welcher Woche bist du denn?«, erkundigte sich Tammy.

»Sechste, Anfang siebte.«

»Ha!« Izzys Mundwinkel hoben sich. »Dann ist Dennis gar nicht der Vater.«

Die Freundinnen schauten sie fragend an.

»Sieht so aus.«

»Kein Zweifel möglich?«, hakte Liv nach.

»Nope. Um ehrlich zu sein, lief zwischen uns schon lange nichts mehr.«

»Wie? Ihr habt euch doch wieder zusammengerauft. Da gab's keinen Versöhnungssex? Kein ›Anstoßen‹ aufs neue Jahr?« Wie immer nahm Izzy kein Blatt vor den Mund.

Tammy gluckste unwillkürlich.

Scarlett nippte an ihrem Tee. »Die Magengeschichte hat's verhindert.« Dass sie bislang auch keinerlei Bedürfnis danach verspürt hatte, behielt sie für sich.

»Na ja, dann hast du diesbezüglich wenigstens Gewissheit«, stellte Izzy nüchtern fest.

»Immerhin«, stimmte Liv zu. Sie wirkte weiterhin ziemlich schockiert, fast noch eine Spur mehr, als Scarlett es war. Dann wurde es ihr klar.

»Liv, ich weiß, wie sehr du dir ein Kind wünschst. Es tut mir leid, dass ich jetzt vor dir schwanger bin.«

»Unsinn. Wenn, dann muss ich mich entschuldigen, weil ich etwas neidisch bin. Wir probieren es jetzt seit drei Monaten und … Fehlanzeige. Aber das hat nicht das Geringste mit dir zu tun! Ich freu mich für dich, ehrlich.«

»Danke.« Scarlett lächelte halbherzig. Von Freude war ihr Gemütszustand noch weit entfernt.

»Und was hast du nun vor?«, meinte Tammy, während Izzy ihr Kaffeegetränk entgegennahm.

Erneut atmete Scarlett tief durch. »Ich schätze, ich werde mit Dennis Schluss machen. Die Schwangerschaft verändert alles. Ich kann mir nicht vorstellen, dass er das Kind eines anderen großziehen will.«

»Dann willst du es behalten?« Izzy klammerte sich an ihre Tasse. Familienplanung stand so absolut gar nicht auf ihrer Liste.

»Denke schon. An die Alternative habe ich bisher keine Sekunde gedacht«, gestand Scarlett ein. Elliots Bild hüpfte vor ihrem inneren Auge auf und ab. Ihr Herz zog sich zusammen.

Tammy ergriff ihre Hand. »Das wundert mich nicht. Du liebst Elliot viel zu sehr. Das habe ich dir doch gesagt.«

Sie nickte. »Ja, das stimmt. Ich habe mich bemüht, es zu ignorieren. Ich wollte es nicht wahrhaben. Besonders nachdem die Fakten klar waren, dass er und Lona …« Sie schluckte, redete aber dennoch weiter. Sie musste es jetzt einfach aussprechen. Vielleicht ging es ihr dann ein bisschen besser. »Ich dachte, dass wir beide in einer festen Beziehung stecken, bedeutete etwas, woran man besser nicht rühren sollte. Ich meine, Dennis hat sich echt bemüht. Doch die Wahrheit ist, dass ich ihn inzwischen mehr als einen guten Freund sehe. Allein aus diesem Grund sollte ich die Hochzeit abblasen.«

»Da hast du vollkommen recht. Das reicht nicht für ein gemeinsames Leben. Oder das sollte es zumindest nicht. Dafür ist die Liebe ein viel zu wertvolles Gut«, dozierte Liv.

Izzy klatschte in die Hände. »Okay, Dennis ist also Geschichte. Was ist mit Elliot?«

Ihre Augen leuchteten erwartungsvoll, doch Scarlett musste sie enttäuschen.

»Es gibt keinen Grund, die Scheidungsabsichten in Zweifel zu ziehen. Er und Lona werden bald ihr gemeinsames Restaurant eröffnen. Da werde ich ihm bestimmt nicht im Weg stehen. Ich habe ihn in Nevada sitzengelassen, und das, was auf Rügen geschehen ist, war nur ein Flirt für ihn.«

Liv keuchte. »Dann willst du ihm von der Vaterschaft gar nichts erzählen?«

»Doch, natürlich. Aber vielleicht warte ich damit einfach noch ein wenig. In den ersten Wochen kann viel passieren. Es reicht auch, wenn er nach der Scheidung davon erfährt. Wie gesagt, ich will ihm seine Zukunft nicht verbauen …«

»Wie selbstlos von dir«, zischte die Freundin. Es war ihr deutlich anzusehen, was sie davon hielt.

Scarlett ermahnte sich, es zu ignorieren. Es war ihr Leben. Ihre Entscheidung!

»Für mich klingt das ein bisschen nach davonlaufen«, mischte sich Izzy ein.

»Sagte das Partygirl …« Sie wollte nichts mehr davon hören. Natürlich wäre sie am liebsten zu Elliot gelaufen, um sich in seine Arme fallen zu lassen. Sie träumte davon, wie sie die freudige Botschaft zusammen feierten. Wie sie sich küssten und ewige Liebe schworen. Aber das waren nichts als Hirngespinste. Die Realität sah nun mal anders aus! Der Ballast in ihrem Herzen wurde zunehmend schwerer.

»Jedenfalls muss dein Elliot ein Wahnsinnstyp sein«, meinte Izzy indes. »Zuerst heiratest du ihn schnell zwischendurch, und drei Jahre später lässt du dich eben mal von ihm schwängern. Das nenn ich mal einen Volltreffer.« Sie grinste begeistert.

Tammy gluckste, und selbst Livs Mundwinkel hoben sich. Schließlich lachte auch Scarlett los. Eine gewisse Ironie war wohl nicht abzustreiten.

ALS SCARLETT eine Stunde später nach Hause lief, nutzte sie die Gelegenheit, das Gespräch mit ihren Freundinnen Revue passieren zu lassen. Sie war selbst überrascht, wie klar ihre Vorstellungen doch waren. Obwohl sie erst mit der neuen Lage konfrontiert worden war und noch keine Zeit zum Nachdenken gehabt hatte, waren ihre Aussagen ziemlich konkret. Sie horchte in sich hinein und stellte fest, dass nichts davon nur so daher gesagt war. Sie hatte die Antworten instinktiv gefunden. Eine Welle der Erleichterung durchlief sie. Zumindest konnte sie sich endlose Grübeleien ersparen. Zum ersten Mal seit Wochen fühlte sie sich wie befreit. Sie wusste endlich, wie es weitergehen sollte.

Beherzt griff sie zum Telefon. Wozu es noch auf die lange Bank schieben? Sie wollte ihren Worten Taten folgen lassen. Tammy würde ihre Handlung vielleicht als überstürzt darstellen, und Liv würde ihr sicherlich sagen, dass man vor schwerwiegenden Veränderungen erst einmal innehalten sollte. Aber es fühlte sich richtig an!

Also schickte sie Dennis eine Nachricht, dass sie sich treffen mussten. Dann buchte sie ein Zimmer auf Rügen. Sobald sie alles geklärt hatte, wollte sie sich eine Auszeit nehmen. Sie war zwar bereit, die Konsequenzen für ihr Handeln zu übernehmen, aber sie machte sich auch nicht vor, dass es leicht werden würde. Sie musste sich sammeln, um gestärkt in die Zukunft starten zu können.

Der Wind blies so heftig, dass Elliot nur mühevoll vorankam. Die Wellen stoben tosend an den Strand. Gischt spritzte hoch, während von oben Regen herabprasselte. Die Steine unter seinen Füßen waren zeitweise mit Meerwasser bedeckt. Die Ostsee zeigte sich heute wahrlich von ihrer rauen Seite. Das Wettertief passte zu seinem aufgewühlten Inneren und milderte die Wogen in ihm auf kuriose Weise ab. Unbeirrt lief er die Piratenschlucht entlang und überlegte, ob hier einst wirklich Seeräuber geankert hatten. Ein großer Frachter fuhr in einiger Entfernung vorbei, auch er trotzte den Bedingungen. Wohin ihn sein Weg wohl führen mochte? Das war für Elliot genauso ungewiss wie sein eigener.

Die Restaurantübernahme war jedenfalls ein für alle Mal gestorben. Lona hatte keinen Zweifel daran gelassen, dass sie ihm den Deal keinesfalls mehr vermitteln würde. Und da sie den aktuellen Besitzer bestens kannte, hatte sie genügend Einfluss, um ihn auf ihre Seite zu ziehen. Zweifellos wäre der also nicht bereit, den Verkauf ohne sie abzuwickeln. Sei's drum. Wahrscheinlich war es sogar besser so. Richtig gebrannt hatte er für das Restaurantprojekt sowieso nie, sonst hätte er schon früher zugeschlagen und sich die Übernahme gesichert. Jetzt war ihm die Entscheidung wenigstens abgenommen worden. Und mit was für einem Knall!

Im Nachhinein konnte er darüber nur abschätzig lächeln. Er war froh, diese Episode ein für alle Mal beendet zu haben. Zu was für einer Furie sich Lona doch entwickeln konnte! Dabei hätte er toben müssen, nachdem sie ihm gestanden hatte, was sie Scarlett für einen Blödsinn über sie beide erzählt hatte. Doch er war ruhig geblieben, hatte nur Eiseskälte für sie empfunden, während sie sich im Recht gesehen hatte. Vermutlich dachte sie in ihrer verqueren Welt wirklich, dass sie eine Beziehung geführt hatten. Kurz hatte er sich entsprechend mies und verantwortlich gefühlt. Aber dann hatte er sich die Treffen und das Beisammensein mit ihr im Schnelldurchlauf ins Gedächtnis geholt und konnte zweifelsfrei sagen, dass er ihr wirklich nie Anlass zu einer solchen Annahme gegeben hatte. Es hätte ihn auch gewundert. Er mochte einige lockere Affären gehabt haben, aber er hatte niemals irgendwelche Versprechungen oder Zugeständnisse gegeben. Schon gar nicht welche in der Art, die fehlinterpretiert werden konnten. Bis auf … Scarlett, damals in Las Vegas.

Für eine Sekunde glaubte er, die heiße Sonne Nevadas auf der Haut zu spüren und ihr Lachen zu hören. Sein Herz wurde weit, dann schwer und drohte zu zerreißen. Blinzelnd reckte er das Kinn gen Himmel. Zwei Tropfen rannen ihm über die Wangen. Er wischte sie mit dem Handrücken ab, als ihm auffiel, dass der Regen in feinen Niesel übergegangen war. Mit Nachdruck fuhr er sich über die Augenwinkel. Kerle weinten nicht! Uneins mit sich selbst kickte er einen Stein ins Meer und sah zu, wie er vom Wasser verschluckt wurde. Weg war er.

Ebenso wie Scarlett. Er wusste nicht, ob das Donnergrollen tatsächlich oder nur in seinem Kopf stattfand, aber als es abklang, gestand er sich ein, dass er sie aufrichtig liebte.

Verliebt hatte er sich schon damals in sie, aber in den gemeinsamen Tagen auf Rügen war das Gefühl nicht nur zurückgekommen, es hatte sich obendrein vertieft, so sehr, dass es nun geradezu übermächtig wurde. Vielleicht war er deshalb noch immer auf der Insel, obwohl ihn hier sonst nichts mehr hielt.

Er hatte mit Lona gebrochen und sie in die Schranken gewiesen. Die Restaurantübernahme war ebenfalls gegessen. Trotzdem war er geblieben und wanderte seit Tagen die Küste entlang. Auf und ab. Mal hier, mal da und landete am Ende wieder an der Seebrücke Sellin. Weil sie Scarletts Lieblingsort gewesen war.

Mehr als einmal war er versucht gewesen, sich bei ihr zu melden. Sie anzurufen oder ihr eine Nachricht zu schreiben. Doch in letzter Konsequenz hatte er es dann doch gelassen. Nach ihrer Abreise hatte er wiederholt Kontakt aufnehmen wollen, sie hatte darauf jedoch nicht reagiert. Die Botschaft war also klar. Sie hatte beschlossen, in ihr gewohntes Leben zurückzukehren, und darin war kein Platz für ihn. Besonders wenn sie diesen Dennis heiraten würde. Bei dem Gedanken zog sich alles in ihm zusammen.

Aber was sollte sie davon abhalten? Er hatte ihr keinen Grund gegeben, es nicht zu tun. Auch ihr gegenüber hatte er – wie üblich – keinerlei Zusagen gemacht, nicht mal eine Andeutung. Er presste die Lippen zusammen. Weshalb nur nicht?!

Dabei hatte er gemerkt, wie sich in ihm etwas veränderte, als sie diese wunderschönen Vorweihnachtstage miteinander verbracht hatten. Der alte Groll war verschwunden.

Lange Zeit hatte er sich gefragt, ob er sie bei ihrem Kennenlernen seinerzeit komplett falsch eingeschätzt hatte, und geglaubt, dass sie sich nicht viel aus ihm machte. Nun wusste er, dass sie damals nicht einfach davongelaufen war. Sie hatte ihm von dem Blackout erzählt. Er hatte sich geirrt!

Warum hatte er sich nicht schon da eingestehen können, dass sie vielleicht doch die Richtige für ihn war? Die *Eine,* wie Sebastian gemeint hatte? Sein Cousin hatte recht, er hatte die Chance verstreichen lassen, sein Glück zu finden. Weil er nicht fähig gewesen war, diese unsichtbare Mauer um sich herum abzureißen, die verhinderte, sie einfach zu lieben. Jetzt war es vermutlich zu spät. Sie hatte die Scheidung bereits in die Wege geleitet. Deutlicher ging's nicht.

Elliot rupfte sich die Mütze vom Kopf und raufte sich die Haare. Nein, er würde nicht ohne Weiteres aufgeben. Er würde um sie kämpfen. Nur wie?

Er lief zu seinem Truck und fuhr nach Sellin. Auf der Seebrücke fühlte er sich Scarlett am nächsten. Dort würde er einen Schlachtplan ausarbeiten und endlich aktiv werden!

Scarlett hätte nicht gedacht, dass die Seebrücke in Sellin sie noch einmal mehr bezaubern könnte. Sie hatte sie im strahlenden Sonnenschein gesehen, bei Regen und sogar mit einer anmutenden Schneedecke. Heute jedoch lag sie über die Hälfte im Nebel verborgen. Ein sagenhafter Anblick! Nur das Brückenhaus war erkennbar, alles, was dahinter lag, war in Dunst gehüllt und nur verschwommene Umrisse vereinzelt auszumachen.

Neugierig lief sie den Steg entlang, umrundete das Gebäude und begab sich in den Nebelschleier. Sie genoss jeden Schritt, blieb wiederholt stehen, um über das Geländer auf die Ostsee hinabzuschauen. Das dunkle Wasser umspielte die Pfeiler, aber sie hörte es mehr, als dass sie es sah. Sie fühlte sich wie von einem Kokon umgeben. Vereinzelt tauchten unerwartet andere Besucher aus der Nebelsuppe vor ihr auf, aber sie fürchtete sich nicht. Im Gegenteil, sie fühlte sich eingeigelt und beschützt. Sie beglückwünschte sich selbst, dass sie sich, nach dem stürmischen Schmuddelwetter des Tages, noch aufgerafft hatte, herzukommen. Überhaupt war es eine gute Entscheidung gewesen, hierher zu flüchten, nachdem sie Dennis reinen Wein eingeschenkt hatte. Wie erwartet hatte er sich reglos angehört, was sie zu sagen gehabt hatte. Als sie geendet hatte, war er aufgestanden und hatte nur gemeint: ›Das war's dann also.‹

Dennis ging immer wortkarg mit unangenehmen Dingen um. Als Nächstes war die Tür ins Schloss gefallen, und sie war alleine in ihrer Wohnung gestanden.

Für einen Moment hatte sie sich gewünscht, er hätte anders reagiert. Ihr Zugeständnisse gemacht und seinen Beistand angeboten, ihr gezeigt, dass er sie wirklich liebte. Doch dann hatte sie festgestellt, dass es nichts geändert hätte. Ihre Entscheidung war gefallen. Ihr Herz gehörte Elliot, und gleich darunter trug sie sein Kind in sich. Dennis, mit seiner stoischen Art, hatte es ihr nur leichter gemacht. Sie sollte ihm dafür wahrscheinlich dankbar sein. Immerhin wurde sie so von unschönen Szenen und Streitigkeiten verschont.

Dann hatte sie ihren Koffer gepackt und war früh zu Bett gegangen. Am nächsten Morgen war sie nach Rügen aufgebrochen. Sie hatte dieselbe Ferienwohnung beziehen können wie im Dezember, und so war es ein bisschen wie nach Hause kommen. Dass sie in diesen vier Wänden von den Erinnerungen an Elliot heimgesucht wurde, der hier einige Stunden mit ihr verbracht hatte, war ihr gleich. Ein Teil von ihr begrüßte es sogar. Im Gegensatz zum letzten Mal hatte sie ihn jetzt nicht vergessen, und das wollte sie auch keinesfalls. Nein, diesmal wollte sie jede noch so kleine Kleinigkeit im Kopf behalten. Wie zum Beispiel, als er sich diese Tannenbaumgirlande als Schal um den Hals geschwungen hatte, oder die Grübchen, die sich neben seinem Mundwinkel bildeten, wenn er grinste, und die Zornesfalte auf seiner Stirn, wenn er sauer war. Ein trauriges Lächeln stahl sich auf ihr Gesicht. Wie schade, dass er eine Zukunft mit Lona plante. Dass er sich ausgerechnet an diesen Typ Frau dauerhaft binden wollte, verstand sie zwar nicht, aber sie hatte es zu akzeptieren. Dabei hätte sie vermutet, dass er sich ein weniger strukturbehaftetes, fröhliches Wesen suchen würde. Lona hingegen wirkte mehr steif und berechnend auf sie.

Unwillkürlich strich Scarlett sich über den Bauch. Wie sie wohl die Nachricht von dem Baby aufnehmen würden? Sie dachte daran, wie Elliot auf ihr erstes Wiedersehen am Weihnachtsmarkt in Altefähr reagiert hatte. Relaxt und ein Funken Freude war dabei gewesen. Scarlett glaubte ohne Weiteres, dass sie mit ihm eine Lösung finden würde, aber was Lona betraf, war sie da nicht so sicher. Sie konnte sich durchaus vorstellen, dass sie Scarlett als Lügnerin bezeichnen würde, und behaupten könnte, dass das Kind gar nicht von Elliot wäre.

Für einen Moment schloss sie die Lider. Wenn Lona genug Einfluss auf Elliot ausüben konnte, war die ganze Angelegenheit womöglich eine sich anbahnende Odyssee. Vielleicht sollte sie schlichtweg den Mund halten und das Kind allein großziehen.

Bei dem Gedanken wurde ihr wieder übel. Sie klammerte sich am Geländer fest und atmete mehrmals tief durch. Die salzige Seeluft half. Trotzdem war ihr schwer ums Herz. Auch wenn sie nicht urplötzlich schwanger geworden wäre, hätte sie es gerne mit Elliot versucht. Wie eine echte Beziehung mit ihm wohl aussehen würde? Sie stellte sich vor, wie sie mit dem Foodtruck durch ganz Deutschland reisten und wunderschöne Gegenden entdeckten, unbeschwert lachten und sich verliebt in die Augen sahen.

Sie wünschte sich, er wäre da, und sie könnte ihm all das sagen.

Eine Träne löste sich und kullerte herab. *Blöde Schwangerschaftshormone!*, dachte sie schniefend. Zum Glück sah sie unter der Nebeldecke wenigstens keiner, da trat wie auf Bestellung jemand auf sie zu. Schnell riss sie sich zusammen.

Elliots Augen weiteten sich. Das musste eine Fata Morgana sein! Er hatte in den letzten Stunden so intensiv an Scarlett gedacht, dass er sich nun einbildete, sie vor sich stehen zu sehen. Vermutlich lag es an der Seebrücke, wo er so oft mit ihr gewesen war. Aber konnte eine Fata Morgana schüchtern lächeln und sich fahrig die Haare glattstreichen?

»Scarlett?«, fragte er fast zaghaft und rechnete damit, dass die Fremde verneinen würde. Es war sicherlich nur eine Touristin, die ihr halbwegs ähnlich sah, und Elliots Fantasie erledigte den Rest.

Doch zu seiner Verwunderung klang ihre Stimme wie Scarletts, und die Frau kannte seinen Namen. »Elliot?«

Für einen Moment standen sie wie gebannt voreinander. Dann erreichte die Erkenntnis, dass sie es tatsächlich war, sein Gehirn, und es begann auf Hochtouren zu laufen. Er hatte ihr ja so viel mitzuteilen! Dass Lona gelogen hatte – dass er sich unendlich freute, sie hier zu treffen – dass er vorgehabt hatte, sich bei ihr zu melden – dass Sebastian recht gehabt hatte und er sie liebte! Das Wort ›LIEBE‹ blinkte in Großbuchstaben vor seinem inneren Auge auf. Das sollte er ihr wahrscheinlich zuallererst sagen. Aber wie? Einfach damit herausplatzen?

Scarlett nestelte an ihren Haarsträhnen herum, um ihre Überraschung irgendwie zu überspielen. Sie war plötzlich zapplig wie ein Kind. Niemals hätte sie erwartet, hier auf Elliot zu treffen! Müsste er nicht in Berlin oder sonst wo sein? Auf einem Lichtmessmarkt irgendwo? Gerade hatte sie sich noch nach ihm gesehnt, und nun stand er vor ihr. War das ein Zeichen?

»Ich werde die Scheidungspapiere nicht unterschreiben«, krächzte er.

Sie verstand nicht und fühlte sich, als wäre sie im falschen Film. Mit gerunzelter Stirn schaute sie ihn an. »Wie bitte?«

Elliot räusperte sich. »Ich habe darüber nachgedacht und mich dagegen entschieden. Ich werde die Papiere zerreißen.«

Jetzt war sie völlig perplex. »Was hat das zu bedeuten? Wenn du mir eins auswischen willst, um mir die Hochzeit mit Dennis zu erschweren, kannst du dir das sparen. Wir haben uns getrennt.«

Seine Brauen hoben sich. »Ehrlich?«

»Ja. Wir passen wohl doch nicht so gut zueinander, wie wir gedacht haben. Zu viele unterschiedliche Erwartungen …«

Sie glaubte, ihn minimal nicken zu sehen. Vielleicht war es aber auch nur Einbildung.

»Ich werde einer Scheidung trotzdem nicht zustimmen«, erklärte er dennoch.

»Du willst mit mir verheiratet bleiben? Warum?«

Er nestelte am Zipper seiner Jacke, und Scarletts Gedanken überschlugen sich.

»Oh, du möchtest dir damit ein Hintertürchen offen halten. Damit Lona dich nicht gleich an die Kette legen kann«, kombinierte sie das Erstbeste, was ihr dazu einfiel.

»Was? Nein! Ganz falsch«, widersprach er und schüttelte energisch den Kopf.

»Sondern?« Sie sah in seine wunderbaren magischen Augen. Ihre Blicke trafen sich.

Er nahm ihre Hände. »Ich weiß nicht, wie ich es ausdrücken soll. In so was bin ich nicht sonderlich gut. Aber das, was Lona dir erzählt hat, entsprach wirklich nie der Realität. Es war eine Wunschvorstellung von ihr, die ich zu keinem Zeitpunkt geteilt habe.«

Er sah sie so eindringlich an, dass sie ihm glaubte.

»Okay.«

»Ich habe jeglichen Kontakt zu ihr abgebrochen«, beteuerte er weiter.

»Und was ist mit dem Restaurant?«

Er zuckte mit den Schultern. »Das war sowieso nicht das Richtige für mich.«

»Dann bist du darüber nicht traurig?«

»Nein, das Einzige, was mich traurig gemacht hat, war deine schnelle Abreise und dass du nicht auf meine Anrufe reagiert hast.«

»Oh. Ja, das tut mir aufrichtig leid. Ich wollte … Ich brauchte …«, stotterte sie, von Schuldgefühlen übermannt. »Es muss wie ein Déjà-vu für dich gewesen sein.«

Er lachte auf. »Ein wenig. Aber jetzt bist du da, und wenn mich die Vergangenheit eins gelehrt hat, dann, dass ich dich gut festhalten muss.« Sie hielten sich noch immer an den Händen, und er drückte ihre sanft.

In Scarletts Bauch breitete sich ein komisches Gefühl aus. Doch diesmal handelte es sich nicht um Übelkeit, sondern um viele kleine Schmetterlinge, die auseinanderstoben.

»Dann bist du mir nicht böse?«, fragte sie.

»Das könnte ich nie. Dafür liebe ich dich viel zu sehr«, sagte er, ließ ihre Hände los und zog sie stattdessen in die Arme. Instinktiv schmiegte sie sich an ihn, bis seine Worte ihr Bewusstsein erreichten.

»Moment. Was? Was hast du gesagt?« Sie warf den Kopf in den Nacken, damit sie ihn anschauen konnte.

Er grinste breit. »Ich liebe dich, Scarlett, seitdem ich dich zum ersten Mal gesehen habe.«

Die Schmetterlinge flatterten wild.

»Ich liebe dich auch«, hauchte sie und küsste ihn.

ALS SICH IHRE LIPPEN TRAFEN, war es, als wäre Elliot nach langer Suche und vielen Umwegen endlich angekommen. Dann öffnete sie den Mund, und ihre Zungen trafen sich. Sie schmeckte warm und süß, mit einer Prise Salzwasseraroma. Es erschien ihm wie das Sprichwörtliche ›Salz in der Suppe‹, das das Leben erst lebenswert machte. Ihm wurde klar, dass er nur mit Scarlett perfekt war. Allein war er nichts. Er drängte sich noch näher an sie und versank in diesem verheißungsvollen Kuss, bis sie schließlich beide keuchend nach Luft rangen. Aber er ließ sie nicht los. Das würde er nie mehr, schwor er sich. Also drückte er sein Kinn sanft an ihr Haar.

»Dich zu heiraten war keine Schnapsidee! Es war der klarste Moment, den ich je gehabt habe. Ich möchte mich nicht von dir scheiden lassen, sondern mein Leben mit dir verbringen«, flüsterte er in ihr Ohr. »Was meinst du?«

Sie stemmte sich etwas von ihm ab und schaute ihn an.

»Das würde ich sehr gern. Ich glaube auch, dass wir zusammengehören. Schon immer«, antwortete sie, und ihr Magen grunzte zustimmend.

Elliot musste lachen.

»Da wäre nur noch eine Kleinigkeit«, warf Scarlett ein.

»Ja?«

Sie machte sich von ihm los. »Ich bin nicht allein. Du bekommst mich nur im Doppelpack.«

Verwirrt blinzelte er. »Soll das heißen, du hast eine Zwillingsschwester, oder was?«

Sie gluckste laut, griff nach seiner Hand und legte sie sich auf den Bauch.

»Du erinnerst dich an unsere Nacht im Foodtruck?«

Er stutzte.

»Nun, sie ist nicht ganz folgenlos geblieben.«

»Soll das heißen … du bist schwanger?«

»Ja.«

Elliot riss die Augen auf. »Ja?«

Sie nickte zustimmend. Er schnappte sie, hob sie auf und wirbelte sie herum.

»Wir bekommen ein Baby!«, jubelte er, bevor er sie mit Küssen überdeckte.

EPILOG

»Schau mal, Noah, wie hübsch deine Mama aussieht«, sagte Liv und zeigte auf Scarlett. Sie trug den kleinen Jungen mit Freude herum. Ihr eigener Kinderwunsch war bislang zwar nicht erfüllt worden, aber das hielt sie nicht davon ab, sich eingehend um ihr künftiges Patenkind zu kümmern.

Während das Baby bereits fertig angezogen in sein Taufkissen gepackt war, fehlte Scarlett nur noch der letzte Schliff.

»Du siehst wunderschön in diesem Brautkleid aus«, stimmte Tammy zu und zupfte den Schleier in Form.

»Also, wenn man gleich nach der Geburt schon wieder mit so einer tollen Figur aufwarten kann, überleg ich es mir irgendwann vielleicht doch nochmal anders«, dachte Izzy laut und betrachtete die Freundin bewundernd.

»Solche Worte aus deinem Mund?«, fragte Tammy belustigt.

»Hm. Na ja, dafür brauch ich eh erst mal einen Kerl. Vielleicht sollte ich doch nochmal nach Vegas fliegen?«, meinte Izzy zwinkernd.

Die Freundinnen lachten.

»Du kannst dein Glück gern versuchen«, erklärte Scarlett und drehte sich einmal um die eigene Achse.

»Ich weiß nicht. Den Jackpot hast du ja bereits abgeräumt. Elliot ist einzigartig!«

»Allerdings.« Sie konnte ihr Dauergrinsen nicht abstellen.

»So eine verrückte Geschichte passiert bestimmt nicht zweimal.«

»Nichts ist unmöglich«, warf Tammy ein und seufzte.

Scarlett schenkte ihrer Freundin einen besorgten Blick. »Bist du okay?«

»Alles gut«, beruhigte sie sie, auch wenn das vermutlich nicht ganz stimmte. Sie wussten schließlich allesamt, dass es in Tammys Leben derzeit turbulent zuging. Aber jetzt war nicht der richtige Zeitpunkt für Beistandsgespräche.

Heute waren Scarlett, Elliot und Noah die Hauptpersonen! Dass sie die Taufe mit einer kirchlichen Trauung verbinden würden, war zu Anfang gar nicht geplant gewesen. Eigentlich war es eine spontane Idee, wie so vieles in ihrer Beziehung. Livs Eltern, Thea und Ingo, waren darauf gekommen und hatten einen Großteil der Organisation übernommen. Sie waren wirklich zur Familie geworden, dachte Scarlett glücklich. Sie freute sich sehr, dass Elliot sofort zugestimmt hatte, zu ihr nach Bamberg zu ziehen.

Im Gegensatz zu Dennis gefiel ihm ihre gemütlich eingerichtete Altbauwohnung auf Anhieb, und seine Bude in Berlin fehlte ihm kein bisschen. Zumal er vor Ort einen Job als Sportwissenschaftler gefunden hatte und sich sein Studium nun auszahlte. Den Foodtruck hatten sie aber behalten. Bis Scarletts Babybauch zu groß geworden war, hatten sie damit noch einige Festivitäten besucht. Sie wollten sich die Option offenhalten, irgendwann einmal wieder damit durch die Lande zu ziehen, sollte ihnen die Decke auf den Kopf fallen. Aber seit Noahs Geburt hatte Elliot auch schon darüber nachgedacht, ihn als richtigen Camper umzubauen, um für den Tag gerüstet zu sein, an dem sein Sohn alt genug sein würde, um ihm das Surfen beizubringen. Es war also absehbar, dass es nicht langweilig werden würde.

»Wie kommen eigentlich Elliots Mutter und Vater miteinander aus?«, erkundigte sich Tammy.

»Entgegen unserer Befürchtungen recht gut«, sagte Scarlett erleichtert.

»Seine Mutter Leonore und ihr Lebensgefährte verstehen sich blendend mit meinen Eltern. Die kümmern sich schon darum, dass alles glattgeht«, informierte Liv die anderen.

»Erfreulicherweise hat sich dadurch sogar das Verhältnis zwischen ihnen und Elliot entspannt, und selbst die Anwesenheit seines Vaters samt Begleitung hat nichts daran geändert.« Scarlett warf ihrer Freundin einen dankbaren Blick zu.

»Tja, ein bisschen französischer Charme schadet wohl nie«, meinte Izzy verschmitzt.

»Einer locker gelösten Feier scheint demnach nichts entgegenzustehen. Sind wir dann fertig?«, wollte Liv wissen. »Der kleine Mann hier wird allmählich unruhig. Er möchte endlich seinen großen Auftritt.«

»Ich bin startklar.« Scarlett streichelte ihrem Sohn über den Kopf und gab ihm einen Kuss.

»Okay, dann lasst uns loslegen!«, rief Izzy, sprang auf und klatschte in die Hände.

Scarlett lachte. »Du bist ja auf einmal so aufgekratzt, als würdest du gleich vor den Traualtar treten.«

»Ich?!« Sie legte sich die Hand aufs Herz. »Unvorstellbar. Aber … wir haben eine Überraschung für euch.« Sie grinste von einem Ohr bis zum anderen, ebenso wie Tammy und Liv plötzlich.

Skeptisch besah sie sich ihre Freundinnen. »Was habt ihr vor?«

»Nun geh schon«, forderte Izzy sie auf und schob sie aus der Tür und die wenigen Meter bis zum Kirchenportal vor sich her.

Als sie das vollbesetzte Kirchenschiff entdeckte, wurde Scarlett kribbelig. Gleich würde sie vor Gott und allen Anwesenden ›Ja‹ sagen. Ein Moment, den sie ganz gewiss nie vergessen würde. Dann sah sie Elliot von der gegenüberliegenden Seite auf sich zukommen, und ihr Herzschlag setzte wieder einmal für einen Augenblick aus. Er sah blendend aus, in dem grauschwarzen Anzug, der wie angegossen saß. Sein blondmeliertes Haar hatte er zusammengebunden, und trotzdem verlieh es ihm diese für ihn typische legere Note. So wie Elliot eben war, und dafür liebte sie ihn über alles.

Dann standen sie voreinander, und er bot ihr grinsend seinen Arm. Sie ergriff ihn. Jetzt wurde es ernst. Fehlte nur noch das Einsetzen der Musik, um den Gang hinunterzuschreiten.

Schon setzte sie ein, aber anders als erwartet. Denn plötzlich trat ein Elvis-Imitator vor den Altar und sang *Can't help falling in love.*

Baff schauten sich Scarlett und Elliot an, während ihre Freundinnen hinter ihnen leise jubelten.

»Das ist unser Hochzeitsgeschenk«, wisperten sie ihnen zu.

So wie alles begann …

NACHWORT

Liebe Leserinnen und Leser,

ich hoffe, ihr hattet eine schöne Zeit auf Rügen, und die Winterromanze zwischen Scarlett und Elliot hat euch ebenso bezaubert wie mich.

Anders als im Buch beschrieben sind die Leuchttürme am Kap Arkona in den Wintermonaten allerdings nicht für eine Besichtigung geöffnet. Als Autorin habe ich mir hier die künstlerische Freiheit genommen, sie für euch zu öffnen, um euch ein schönes Lesevergnügen zu bereiten und weil es in die Geschichte einfach so wunderbar gepasst hat.

Campen an der Waldhalle ist höchstwahrscheinlich auch verboten, ebenso wie der Zugang per Pkw. Ich habe es bei meinem Aufenthalt auf Rügen nicht ausprobiert, kann euch aber den Spaziergang dorthin nur empfehlen. Es war eine herrliche Wanderung.

Raureifträume auf Rügen ist der erste Roman der vierteiligen Reihe *Zeit für Meer*. Freut euch auf ein Wiedersehen mit Tammy, Liv und Izzy. Sie alle werden bald ihre eigene Geschichte erzählen.

ÜBER DIE AUTORIN

Birgit Gruber, 1976 geboren, lebt mit ihrem Mann, ihren zwei Kindern und zwei Katzen in der Nähe von Bayreuth.

Bereits im Kindesalter hat sie Geschichten erfunden und aufgeschrieben. Bis zu ihrer ersten Veröffentlichung hat es allerdings etwas gedauert. 2015 erschien ihr Debütroman "Der Mann im Kleiderschrank".

Neben locker-leichten Liebesromanen schreibt sie die witzig-skurrile Cosy-Crime-Reihe „Kati Blum ermittelt". Birgit Gruber veröffentlicht sowohl im Self-Publishing als auch im Verlag.

[**#ICHBINEINSELLINER**]

Es ist das Zusammenspiel der unterschiedlichen Facetten,
die unser Ostseebad Sellin so faszinierend macht.
Und es ist die Natur, die alles umrahmt und zusammenhält.